고양이와 음악과 친구가 있는 한
우리는 행복한 겁니다.

2018. 서로 함께 보는 답.
제육 두손모음.

당신이 허락한다면
나는 이 말 하고 싶어요

당신이 허락한다면
나는 이 말 하고 싶어요

김제동의 헌법 독후감

나무의마음

사랑하는 당신에게

조금 뜬금없죠?

"이번에는 헌법 책이야?" 하고 놀란 분도 계실 거예요.

이 책은 제가 쓴 최초의 '헌법 독후감'입니다.

헌법에 대해 말하기 시작하면서 제가 왜 헌법을 읽게 됐는지 한 번 생각해봤어요. 저는 헌법을 읽으면서 어딘가 기댈 곳이 있다는 것을 확인하고 싶었던 것 같습니다.

우리가 버스를 타고 내릴 때 기사님 얼굴을 확인하는 경우는 거의 없죠. 하지만 버스가 갑자기 멈추거나 덜컹거리면 다들 기사님 얼굴을 쳐다보게 되잖아요. '괜찮겠지? 기사님이 안전하게 데려다주시겠지?' 하는 마음으로요. 말하자면 제게는 헌법이 버스 기사님 얼굴과 같았습니다.

내가 지금 잘하고 있는 걸까, 하고 조금 덜컹거리던 시기에 헌법을 처음 읽었어요. 엄청 충격적이었어요. 헌법은 '내가 지켜야 할 것'이 아니라 '나를 지켜주는 것'이더라고요. 게다가 딱딱하고 어려울 줄 알았는데 감동적인 문학작품 같았습니다.

저는 헌법을 처음 읽었을 때 정말로 울었어요.

"국민의 자유와 권리는 헌법에 열거되지 아니한 이유로 경시되지 아니한다."

헌법 37조 1항을 보고 마치 연애편지의 한 구절 같다는 생각이 들었어요. 서른여섯 가지 사랑하는 이유를 쫙 적어놓고 마지막에 추신을 붙인 거죠.

"내가 여기 안 적어놨다고 해서 널 사랑하지 않는 건 아니야."

법 조항이 그렇게 감동적일 수 있는지 그때 처음 알았어요.

또 재밌더라고요. 읽고 시험 안 치니까 정말 재미있었어요.

제가 헌법을 읽어보고 너무너무 좋았기 때문에, 좋은 책이나 좋은 영화 보면 친구에게 추천하는 것처럼, 맛있는 빵집 알게 되면 빵 한 개씩 사서 나눠 주고 싶은 것처럼 여러분에게도 읽어보라고 하고 싶었어요. 책이잖아요, 사실 헌법도.

이 책을 헌법에 대한 책이라고 생각하고 읽으시면 의외로 재미있을 겁니다. 재밌는 에세이라고 생각하고 읽으시면 의외로 무게가 있을 겁니다.

잘되면 두 가지를 모두 갖춘 훌륭한 책이 되겠죠.

둘 다 잘 안 되면 죽도 밥도 아니겠죠?

(그런데 죽도 몸에 좋고 밥도 몸에 좋은데……)

국내외 헌법 전문가 몇 분과 나눈 이야기도 담았습니다. 권오곤 국제형사재판소 당사국 총회 의장, 에드윈 캐머런 남아프리카공화국 헌법재판소 재판관, 알비 삭스 초대 남아프리카공화국 헌법재판소 재판관과 이야기를 나누었거든요.

제가 알비 삭스 재판관에게 이렇게 물었어요.

"제가 코미디언이라도 헌법에 대해 말할 자격이 있는 걸까요?"

그분이 이렇게 대답했습니다.

"물론입니다. 제동씨는 헌법에 대해 말할 수 있을 뿐만 아니라 '반드시' 말해야만 합니다."

분명히 '머스트must'라고 했어요. '머스트'가 그렇게 감동적으로 들린 건 그때가 처음이었습니다.

요즘 어쩌다보니 고양이 다섯 마리와 함께 살고 있는데요, 사실 저는 법만큼이나 고양이도 멀리하고 살았습니다. 그런데 어느 날 고양이 한 마리가 저희 집 마당에 드나들기 시작하더니, 제가 놓아둔 사료와 물을 슬슬 먹기 시작했어요. 그러다 친구 한 마리를 더 데려

분명히 '머스트 must'라고 했어요.
'머스트'가 그렇게 감동적으로 들린 건
그때가 처음이었습니다.

와 새끼 세 마리를 낳았어요. 이제는 밥그릇이 비어 있으면 화를 냅니다. 그렇게 어쩌다보니 같이 살게 됐어요. 처음에는 저를 무서워하는 것 같아서 속상했고, 나중에는 저를 무시하는 것 같아서 기분이 나빴는데, 이제는 서열도 깔끔하게 정리가 된 것 같습니다.

예, 맞습니다. 제가 제일 밑입니다.

고양이 가족이 천천히 느긋하게, 그리고 아무렇지도 않게 저희 집에 정착한 것처럼, 헌법이 여러분 머릿속에 자리잡을 수 있다면 정말 좋겠습니다. 드라마와 영화처럼, 시와 소설처럼 헌법이 우리 일상으로 깊숙이 들어오면 참 좋겠습니다.

아 참, 이 책을 읽으실 때 주의 사항이 하나 있습니다. 이 책은 제가 읽은 헌법에 대한 독후감이기 때문에 다수 또는 소수, 혹은 어떤 법학자의 견해나 전문 지식과도 일치하지 않을 수 있습니다.

2018년 여름이 가을에게
김제동이 여러분에게

차례

2장 당신이 허락한다면 나는 이 말 하고 싶어요

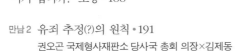

3장 가족을 먹여 살리는 것보다 숭고한 일이 있습니까?

4장 추신: 아직 못다 한 이야기

1장

당신 생각을 켜놓은 채
잠이 들었습니다

헌법을 아십니까?

저는 요즘 그런 마음이 들어요. 누구든지 길거리 가는 사람 붙들고 "혹시 헌법을 아십니까?" 이렇게 물어보고 싶어요.

"혹시 헌법을 아십니까?"

(비슷한 말 어디서 많이 들어봤죠?)

"왜 이러세요!"

"모든 국민은 신체의 자유를 가집니다. 12조예요. 11조를 보면 우리는 평등해요. 안녕히 가세요. 아 참, 행복하세요. 이건 10조예요."

참 좋지 않습니까? 자다가도 벌떡 일어나서 '사는 게 왜 이렇지' 싶을 때 "그렇지, 난 행복을 추구할 권리가 있어" 하고 다시 자는 거예요. 그게 헌법 10조 '행복 추구권'입니다.

어떤 상황에서든, 애인과 헤어졌든 만나고 있든, 돈이 있든 없든, 지위가 높든 낮든 모든 인간은 어떤 상황에서도 행복할 권리를 가

당신이 허락한다면 나는 이 말 하고 싶어요

진다고 부처님도 가르치셨죠. 읽어보니 헌법에도 그런 내용이 담겨 있더라고요.

'불행' 추구권이 아니고 '행복' 추구권.

행복을 추구할 권리, 다른 말로 바꾸면 "나는 지금 불행해"라고 외칠 수 있는 권리죠.

"나 행복 좀 추구할 수 있게 해줄래?"

"그러기 위해 얘기 좀 하자, 우리!"

헌법을 잘 읽어보니까 국가가 이런 권리를 확인하고 국민에게 보장하게 되어 있어요.

엄마 아빠가 자꾸만 내 사생활에 대해 캐물으면 이렇게 얘기할 수 있어야 돼요.

"엄마 아빠, 지금 헌법 17조 위반이에요."

그러면 "얘가 미쳤나?" 하시겠죠. 그럼 또 얘기하세요.

"헌법에 의하면, 나는 불리한 진술은 강요당하지 않아요."

그래도 엄마 아빠가 "어제 몇 시에 들어왔어?" 하고 물으면 이렇게 대답하면 돼요.

"엄마 아빠, 헌법에 보장되어 있다니까요, 사생활의 비밀과 자유. 헌법이 마음에 안 들면 헌법 소원하세요."

얼마나 삶의 품격이 높아집니까?

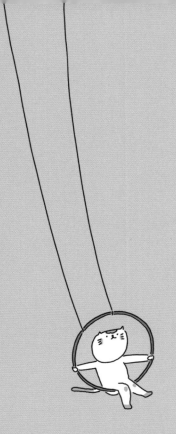

행복을 추구할 권리,
다른 말로 바꾸면
"나는 지금 불행해"라고
외칠 수 있는 권리죠.

그런데 엄마한테 정말로 이렇게 말했다가 무슨 일을 당할지는 제가 책임 못 집니다.

(이게 중요해요.) 😺 ᶻᶻᶻ

저는 헌법을 처음 읽었을 때 이렇게 토닥여주는 것 같았어요.

"당신 안전해야 해."

"당신 행복할 자격이 있어."

위로받고 보호받는 느낌이었어요.

더 감동적이었던 건 헌법이 우리 조상들의 유산이라는 점이에요. 헌법 12조, 신체의 자유에 "모든 국민은 고문을 받지 아니하며", 이 한 줄 넣으려고 얼마나 많은 사람들이 고문을 받았을지 생각하니까 "유구한 역사와 전통에 빛나는…… 대한민국임시정부의 법통과 불의에 항거한 4·19민주이념을 계승"한 사람들이 그려지는 거예요. 3·1운동 때 태극기 들었던 사람들도 떠오르고요.

"모든 국민은 법 앞에 평등하다"는 11조 1항을 보고는 '진짜 그런가?' 하고 헌법 전문가들에게 물어보고 싶었어요. 대한민국에서 어떠한 특수 계급의 제도도 인정되지 아니하고 어떠한 형태로도 이를 창설할 수 없다고 되어 있는데, 창설한 '것들'이 어떤 것들인지 헌법을 읽고 난 다음에야 비로소 보이기 시작했습니다.

내 손녀 손자 혹시 어디 가서 다칠까봐 그렇게 꼼꼼히 적어놓으신 할머니 할아버지 생각이 났어요. "어떤 놈이 와서 고문하거든 12조 2항 들이대라." "어떤 놈이 와서 네 신체에 위해를 가하거든 12조 1항 들이대라." "변호사 불러달라고 해라." "영장 가져왔냐고 물어봐라." "억울한 일 당하거든 11조 들이대라." "만인은 법 앞에 다 평등하다." "안 행복하거든 10조 들이대라." 이런 게 제 가슴속에 그냥 막 와 닿았어요.

제가 헌법 전문부터 시작해서 1조부터 39조까지 외우게 된 이유는 충격적이었기 때문이에요. '왜 이거 아무도 우리한테 안 알려줬지?' '이거 내 것인데 왜 몰랐지?' 이런 생각이 들면서 좀 억울하고 분해서 저절로 외워진 것 같아요.
법이라고 하면 늘 우리를 통제하고 우리가 어떻게 살아야 하는지 테두리 지어놓은 것으로 생각하는데, 헌법은 국민이라는 권력자와 그 자손이 안전하고 자유롭고 행복하기 위해 우리가 만든 국가가 해야 할 일을 적어놓은 거잖아요. 그러니 얼마나 짜릿합니까.

이제라도 헌법이 법조문에만 머무르지 않고 살아 움직이면 좋겠어요. 헌법은 우리의 권리를 명시해놓은 것이니까 국민 각자가 헌법 해석의 주체가 되어야 하는데, 지금은 헌법을 비롯해서 모든 법이 사람들에게서 멀리 떨어져 있잖아요. 마치 귀한 예술 작품들이 부잣집 벽에 걸려 있듯이요. 헌법은 헌법재판소 안에 갇혀버리고 법은 법관들 사이에 갇혀, 법이 진짜 지켜줘야 하는 사람들에게서 멀어져 버렸어요. 그 거리를 좁히고 우리 생활 속에 좀 퍼졌으면 좋겠어요.

우리 모두 각자의 방식대로 헌법을 느낄 권리가 있다고 생각해요. 저는 개인적으로 '나 이렇게 살아도 괜찮구나!' 그렇게 제 존엄을 일깨우는 데 헌법이 굉장히 많은 도움이 되었거든요.

'연예인이 무슨 헌법이야' '학생이 무슨 헌법이야' 아직도 이런 생각이 드시나요? 전에는 헌법이 우리 것인 줄 몰라서 그랬다지만, 이제는 우리 것인 줄 분명히 알게 됐으니 더 알아보고 더 챙겨야 하지 않을까요?

혼자 살면 장점이 있어요.
헌법을 읽게 돼요.

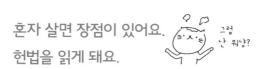

집에서 가만히 헌법을 한 문장 한 문장 읽어보면, 참 아름답기도 하지만 간결한 단문으로 되어 있기 때문에 운율이 있어서 잠도 잘 옵니다.

말 잘하고 싶은 사람들에게는 훌륭한 교재가 되기도 할 거고요.

원래 저는 이 책 제목을 '말 잘하는 법'으로 짓고 싶었어요.

(출판사의 반대에 부딪혀 사라져버린 불쌍한 내 책 제목……)

앞으로는 길거리에서 누가 "도를 아십니까?" 하면

"바빠요." 이러고 그냥 지나갈 일이 아니에요.

눈을 게슴츠레 뜨고서 말해주세요.

"혹시 헌법을 아세요?"

그러면 생각지도 못한 효과가 있겠죠?

아마 그분이 도망가실 거예요.

헌법의 효과, 대단하죠?

우리 생활 속에 녹아들 수 있는 소소한 권리들이 헌법에 보장되어 있다는 건 짜릿한 일이죠. 미국 드라마를 보면 심심찮게 "수정헌법 5조의 권리를 행사하겠다" "묵비권을 행사하겠다!" 이런 대사가 나오더라고요. 우리도 그럴 수 있으면 참 좋겠습니다.

모두가 남의 집 귀한 자식입니다

우리 헌법에 제일 많이 나오는 구절이 뭔지 아세요?

'모든 국민은' 그리고 '누구든지'.

(아마 그럴 거예요.)

대한민국 국민이면 누구나 사회적 신분과 지위 고하를 막론하고
아무 조건이나 단서 없이 헌법의 보호를 받는다는 뜻이죠.

"모든 국민은 인간으로서의 존엄과 가치를 가지며, 행복을 추구
할 권리를 가진다. 국가는 개인이 가지는 불가침의 기본적 인권
을 확인하고 이를 보장할 의무를 진다."

헌법 10조입니다. 캬~ 좋죠? 딱 떨어지죠?

말은 이래야 되는 거죠.

모든 국민은 누구나 개개인의 가치를 인정받아야 합니다.

'남의 집 귀한 딸, 아들인 우리 알바생들에게 술 먹고 반말하거나 욕하면 우리도 그런 인간에게는 술 팔지 않습니다.'

어떤 식당에 가면 큰 글씨로 이렇게 적어놨대요. 저는 그런 데서 헌법을 살아 움직이게 하는 사람의 마음을 느껴요. 우리 헌법 전체를 한 문장으로 표현하면 '우리는 모두 남의 집 귀한 딸과 아들이다' 저는 그렇게 해석하거든요.

만약 사장이 이렇게 챙겨주면 알바생은 손님이 반말을 해도, 심지어 술 먹고 시비를 걸어도 덜 서럽습니다. 사장이 나와서 "저런 인간한테 술 팔지 마!" 하면 오히려 사장님을 말리게 됩니다.

"사장님, 이래 가지고 장사 어떻게 하려고 그러세요! 그 성질 좀 죽이세요! 사장님도 술 먹으면 똑같단 말이에요. 이 인간 저 인간 가려가며 술 팔아가지고 언제 돈 벌 거예요? 놔두세요. 저희가 알아서 할게요."

이렇게 되는 거죠, 사람이. 그러면서도 마음속으로는 자신이 진짜 보호받는 느낌이 드는 거죠.

무슨 느낌인 줄 다 알죠? 심리적 지지를 얻는 느낌?

그렇게 일하면 신이 납니다.

'우리는 모두 남의 집 귀한 딸과 아들이다. 한때 뒤집기만 해도 박수를 받았던 사람이다.'

저는 이게 헌법의 핵심이라고 봐요.

헌법이라는 체계는 사람들이 억울한 일을 당하지 말라고 만들어 놓은 것이잖아요.

어디선가 무슨 일이 생기면 나타나서 도와주는 친구 있죠?

사실 헌법이 그래야 하잖아요.

"니들 무슨 일 있니?"

"니들 이렇게 무시당하고 살면 안 돼."

헌법, 정말 정 많고 오지랖 넓죠?

생활에서 분쟁이 발생하면 계약서를 꺼내 보잖아요.

"계약서대로 해!"

이렇게 얘기하려면 일단 꺼내 봐야죠.

헌법을 읽어보면 우리 국민이 보통 '갑'도 아닌 '슈퍼 갑'이라는 걸 금방 알 수 있어요. 헌법은 우리가 지켜야 할 법이 아니라, 국가기관이 권력자인 국민을 위해 어떻게 봉사해야 하는지 적어놓은 법이더라고요.

헌법 중에서 국민이 지켜야 할 조항은
사실상 38조 납세의 의무,
39조 국방의 의무 정도예요.
나머지는 전부 국가 권한에 대해서 또는
정치하는 사람들이 국민을 어떻게 대우해야 하는지
적어놓은 거더라고요.

그런데 우리가 헌법에 대해 잘 모르니까 이게 우리의 권리인지도 모르고 당하는 일이 너무 많아요. 법은 늘 힘 있는 사람의 칼이었지, 힘없는 사람들의 지팡이였던 적이 없었잖아요. 그러나 실제로 헌법은 힘 있는 사람들만의 것이 아니라 우리 같은 보통 사람들이 힘들고 지칠 때 딛고 건널 수 있는 디딤돌이라는 생각이 들었어요.

결국 헌법은 약자에게 남은 마지막 무기인데, 지금까지 국가 권한자들의 무기로 인식되었다면 지금부터는 우리들의 무기로 인식할 수 있어야 합니다. 저는 그렇게 생각해요.

헌법을 읽어보면 우리 국민이 보통 '갑'도 아닌
'슈퍼 갑'이라는 걸 금방 알 수 있어요.

세종대왕이 한글을 창제하고 반포했을 때 훈민정음이 살아 움직일 수 있었던 것은 사람들이 그걸 실제로 사용했을 때부터잖아요. 그러니까 헌법을 이제 우리 '진짜 갑'들이 제대로 사용해야 한다고 생각합니다.

여러분, 갑이 되어본 거 오랜만이죠? 저만 그런가요?

이런 이야기를 하면서도 '과연 헌법이 그럴 수 있을까?' '헌법 정신만 실현되면 행복할까?' '과연 실현될 수 있을까? 그렇게 되지 못할 것 같은데……' 하는 생각이 들기도 해요. 그러면서도 꿈을 꾸는 거죠.

가끔은 실현되기 힘든 것을 꿈꿀 때가 있잖아요.

'정말로 사랑하는 사람과 손톱 발톱 깎으면서 살 수 있을까?'

'어려울 것 같은데…….'

이런 생각을 하면서도 사랑을 꿈꾸는 것처럼요.

우리가 꾸었던 열 가지 꿈 중에 한 가지만이라도 현실이 된다면, 그걸로 충분하지 않을까 싶어요.

10분이면 충분해요
Just 10 minutes!

우리 엄마 무섭습니다. 얼마나 무섭게 저를 키웠는지 몰라요.

초등학교 때 제가 산에서 굴러 떨어진 적이 있는데, 그때 친구가 저를 간신히 업고 집에 왔어요.

"제동이 산에서 굴러 떨어졌어요!"

이 말을 듣고 빨래하던 엄마가 저를 보고 뭐라고 했는지 아세요?

"신발은?"

그래서 제가 신발 찾으러 다시 산에 갔다 왔습니다. 엄마가 저한테 그랬거든요.

"잘 들어라, 아는 또 낳으면 되지만 신발은 사야 된다!"

제가 이렇게 엄한 가정교육을 받고 자랐습니다. 우리 엄마가 말씀을 얼마나 딱딱 끊어지게 하시는지 거의 헌법 수준이거든요.

물론 밤새 저를 걱정하던 엄마도 생각나지만요.
(우리 엄마 박동연 여사가 이 말도 꼭 넣으랍니다.)

말을 하는 직업을 가진 제가 보기에 헌법만큼 명확한 게 없습니다. 토를 달 수가 없거든요. 굉장히 멋있기도 하고요.

집에서 또박또박 스타카토로 끊어 읽어보세요. 억수로 기분 좋아집니다. 그리고 말하기 훈련도 되실 거예요.

예를 들면 이런 거예요.

"모든 국민은 양심의 자유를 가져. 토 달지 마."(19조)
"재산권 있지? 그건 내가 얘기를 좀 해야 되는데? 네 재산 네 마음대로 해도 되지만, 다른 사람 권리를 침해하면서 그러는 건 안 돼. 돈 가지고 유세하지 마. 그 꼴은 못 봐."(23조)
"주권은 국민에게 있어. 잊지 마. 모든 권력은 국민으로부터 나와."
(1조 2항)

짱이죠? 그다음부터는 다 국가의 권한입니다.
"이 뒤로 누구도 권력이라는 단어 함부로 쓰지 마. 못 써."
물론 이렇게 적혀 있는 건 아니에요. 그런 뜻이라는 거죠.

헌법 조항은 130조까지 있는데, 1조에서 37조까지 국민의 자유와 권리에 대해 얘기해요. 행복 추구권, 평등권, 표현의 자유, 종교의 자유, 양심의 자유 등 여러 가지를 설명한 다음에, 37조 1항에 "국민의 자유와 권리는 헌법에 열거되지 아니한 이유로 경시되지 아니한다"고 멋지게 마무리를 해요.

38조는, 이 정도 보장했으니 국민이 세금 적당히 내서 국가가 이런 일을 할 수 있게 하자는 것이고, 39조는 국방의 의무를 다해서 나라를 지키자, 하는 겁니다. 40조부터는 국회에 대한 조항, 66조부터가 대통령과 행정부에 대한 조항이에요. 앞에서 말한 권력자인 국민들에게 심부름꾼으로서 예를 갖추라는 거예요, 나머지는 전부.

여러분도 시간 날 때 한번 읽어보세요. 적어도 1조부터 39조까지는 한 번씩 읽어보면 좋지 않을까 생각합니다. 읽는 데 오래 안 걸리거든요. 10분이면 다 읽을걸요? 설마라고요?

일단 한번 읽어보세요. 물론 등산할 때 옆에서 "이제 거의 다 왔어!" 하는 거랑 비슷한 느낌이 들 수는 있을 거예요.

우리들의 상속 문서

쥐뿔도 상속받은 거 없는 줄 아셨죠? 저도 처음에 그런 줄 알았어요. 근데 꽤 되던데요.

우리들의 상속 문서 함께 살펴볼까요? 꼼꼼

저는 2016년 중순에야 헌법을 처음으로 읽었어요. 그래서 사실 조금 부끄러웠습니다. 헌법을 읽지 않았던 것이 부끄러웠다기보다 안타까웠어요. 지지리도 가난한 집에서 살았는데, 우연히 장판 밑에서 돌아가신 할머니 할아버지가 남겨주신 상속 문서를 발견한 거죠.

'이걸 진작 알았으면 떵떵거리며 살았을 텐데……'

그런 의미에서 부끄럽고 안타까웠어요.

제가 말을 하는 사람이고 그걸로 공격받고 비난당하는 일이 많다보니, 누구도 토를 달 수 없는 문장, 누구도 비난할 수 없는 근거를 갖고 싶은 무의식이 있었던 것 같아요. 그런 권위에 기대고 싶었던 거죠. 꼰대 같은 권위 말고 정당한 권위 말이에요.

뜬금없이 자기고백을 하네요. 외로운가봐요.

(하여간 외로움이 문제예요.)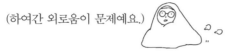

그동안 권위주의라고 하면 나쁘게만 들렸잖아요. 그런데 다시 생각해보면 정당한 권위만큼 아름다운 게 없더라고요. 정당한 권위나 위엄 같은 것. 예를 들면 태백산, 금강산, 북악산, 이런 산들은 굉장히 위엄 있으면서도 모든 것을 키워내잖아요. 짓누르지 않고 키워내는 위엄과 권위, 저한테는 헌법이 그랬거든요.

헌법에 따르면 어떤 순간에도 국민이 '갑'입니다.
그러니까 헌법을 이야기하는 것을
두려워하거나 불안해할 필요 없다고 생각해요.
이제부터는 쫄지 말고
마음껏 우리들의 이야기를 해도 된다,
이런 얘기를 하고 싶습니다.

제가 광장에서 헌법에 대해 이야기할 때 저보고 이렇게 말하는 사람들이 있었어요.

"연예인 따위가 무슨 헌법을 이야기해?"
"'헌법 조무사'의 개헌학 개론인가?"

이런 말은 특정 직업을 무시하는 발언입니다.

누군가를 돕는 사람을 비하하는 것이고, 연예인은 헌법을 얘기하면 안 된다고 하는 것 자체가 "모든 국민은 법 앞에 평등하다. 누구든지 성별·종교 또는 사회적 신분에 의하여 정치적·경제적·사회적·문화적 생활의 모든 영역에 있어서 차별을 받지 아니한다"는 헌법 11조 위반입니다.

"네가 뭘 안다고 헌법을 이야기하느냐"고 하지만,
아무것도 아니라고 여겨지던 사람들이
헌법에 대해 이야기할 수 있어야
우리가 헌법의 진짜 주인이 됩니다.

우리가 잘 몰라서 그렇지, 헌법은 '연예인 따위'가 언제든 말하고 요구할 수 있는 것이더라고요.

"연예인 따위가 무슨 헌법을 이야기하느냐?"는 말은, 조선 시대에 양반들이 "니들이 문자를 알아서 뭐해?"라고 했던 것과 마찬가지라고 생각해요. 법은 힘 있는 사람들, 돈 있는 사람들, 정치인들, 그리고 법률가에게 맡겨야 한다는 말인데, 저는 그러면 안 된다고 생각하거든요. 당신과 나, 그리고 우리 모두의 헌법이니까요.

지금껏 수많은 '따위'로 일컬어졌던 우리가
저마다 한 사람의 국민으로서
헌법을 말할 자격이 있는 거죠.

여러분이 저를 부를 때 여러 가지 호칭이 있죠.
방송인, 연예인, 개그맨, 사회자 등등.
그중에서도 저는 '사회자'로 불리는 게 제일 좋아요.
사회자는 마이크를 여기저기 배달하는 게 일이잖아요.
제가 한창 광장에서 이야기할 때 저더러 "본업에 충실하라"고 하는 사람들이 있었어요. 저는 사실 본업에 충실했습니다. 사람들 목소리를 증폭시키는 스피커 역할을 조금 한 거죠.
대한민국에 이렇게 헌법을 얘기하는 사회자가 있다는 건 참으로 다행스러운 일 아닌가요?
(그냥 저도 저를 한번 쓰다듬어주고 싶을 때가 있어요.)

계속 어여쁜 당신

유구한 역사와 전통에 빛나는 우리 대한국민은 3·1운동으로 건립된 대한민국임시정부의 법통과 불의에 항거한 4·19민주이념을 계승하고, 조국의 민주개혁과 평화적 통일의 사명에 입각하여 정의·인도와 동포애로써 민족의 단결을 공고히 하고, 모든 사회적 폐습과 불의를 타파하며, 자율과 조화를 바탕으로 자유민주적 기본질서를 더욱 확고히 하여 정치·경제·사회·문화의 모든 영역에 있어서 각인의 기회를 균등히 하고, 능력을 최고도로 발휘하게 하며, 자유와 권리에 따르는 책임과 의무를 완수하게 하여, 안으로는 국민생활의 균등한 향상을 기하고 밖으로는 항구적인 세계평화와 인류공영에 이바지함으로써 우리들과 우리들의 자손의 안전과 자유와 행복을 영원히 확보할 것을 다짐하면서 1948년 7월 12일에 제정되고 8차에 걸쳐 개정된 헌법을 이제 국회의 의결을 거쳐 국민투표에 의하여 개정한다.

—1987년 10월 29일

당신이 허락한다면 나는 이 말 하고 싶어요

우리 헌법 전문입니다. 읽으면서 혹시 눈치채셨습니까?

우리 헌법 전문은 전체가 한 문장으로 되어 있습니다.

제가 첫번째로 놀란 대목이에요. 이음새가 완벽합니다. 그러니까 한 문장일 수 있었던 거죠.

또 놀란 건 뭔 줄 아세요?

대부분의 사람들이 "유구한 역사와 전통에 빛나는 우리 대한민국은" 이렇게 시작된다고 알고 있을 거예요. 저도 그랬고요. 그런데 다시 잘 읽어보면,

"유구한 역사와 전통에 빛나는 우리 대한국민은"

이렇게 되어 있습니다. 헌법 전문의 주어가 '대한국민'이에요. 헌법 선언의 주체가 바로 우리들이다, 하는 겁니다. 제가 두번째로 놀란 대목이에요.

그다음에 세번째로 놀란 대목은, "정치·경제·사회·문화의 모든 영역에 있어서 각인의 기회를 균등히 하고…… 안으로는 국민생활의 균등한 향상을 기하고"입니다.

우리 헌법 전문에 '균등'이라는 단어가 두 번이나 등장합니다.

함께 잘살자는 얘기잖아요. 가슴이 막 뛰지 않습니까?

정치·경제·사회·문화 영역에 있어서 각인의 기회를 균등히 한다고 할 때는 '기회의 균등'을 얘기하는 것이고, 국민생활의 균등한 향

상을 기한다는 건 '결과의 균등'까지 우리가 함께 신경써야 한다는 뜻이라고 저는 이해했어요.

기회를 균등히 제공해 능력을 최고로 발휘할 수 있도록 공정한 경쟁을 보장하되, 경쟁에서 이긴 사람뿐만 아니라 모든 국민이 골고루 잘살 수 있게 하는 데도 신경써야 한다는 의미죠. 아름답지 않습니까?

최고예요!

마지막으로 "우리들과 우리들의 자손의 안전과 자유와 행복을 영원히 확보할 것을 다짐하면서 1948년 7월 12일에 제정되고 8차에 걸쳐 개정된 헌법을 이제 국회의 의결을 거쳐 국민투표에 의하여 개정한다"라고 되어 있습니다.

우리가 보통 '후손', '후대' 이렇게 뭉뚱그려서 얘기할 때는 별로 가슴에 와 닿지 않는데, 이렇게 '우리들과 우리들의 자손'이라고 하면 확 와 닿지 않습니까? 그렇게 해서 확보하고자 하는 목표가 우리와 우리 자손의 안전과 자유와 행복이라는데 눈물이 안 날 도리가 있습니까?

저희 동네에 저를 보실 때마다 손 붙잡고 담배 끊으라고 말씀하시는 할아버지가 계세요. 그 할아버지가 매일 오후 일정한 시각이 되면 손녀 손을 잡고 태권도장에 데려다주세요. 그 아이가 전에는 흰 띠를 하고 다니다가 요새는 노란 띠를 해요. 그 할아버지가 손녀 손을 잡고 가실 때 보면 세상에서 가장 행복한 표정이에요.

그 아이, 그 할아버지가 손잡고 다니는 일상을 깨뜨리면 안 되는 것이죠. 이러한 일상의 안전과 자유와 행복을 위해 헌법이 있는 거잖아요. 정말 좋죠?

"헌법을 이제 국회의 의결을 거쳐 국민투표에 의하여 개정한다."

이 말도 저는 와 닿았어요. 국회는 거치는 과정이고 국민투표에 의해 개정한다는 뜻이니까요. 우리가 헌법을 만들고 고치는 결정권

자라는 의미죠. 따라서 법학자들에게만 맡겨둘 게 아니라 우리가 그들과 함께 헌법 해석의 주체가 되어야 합니다. 이것이 우리 헌법 전문의 뜻이고, 헌법 정신이니까요.

　언젠가 개헌을 한다면, 아이들도 '내가 가장 좋아하는 헌법 조항'을 써 내고 어른들도 하나씩 적어 내면 좋겠어요. 그렇게 국민들이 축제처럼 참여할 수 있어야 하지 않을까요.

　헌법이 좀더 우리 가까이, 집안 가훈 정하듯이 다가와서 특정한 사람들만 알 수 있는 게 아니라 우리 모두가, 이거 내 것이구나, 하는 날이 오면 참 좋겠습니다.

이리 와요, 함께 먹어요!

대한민국은 민주공화국이다. (1조 1항)

영화 「웰컴 투 동막골」을 보면, 북한군 장교가 촌장님한테 물어요. 둘이 주고받은 대화가 이랬던 것 같아요.

"어떻게 이렇게 마을이 평화롭습니까?"
그러니까 촌장님이 대답합니다.
"뭘 많이 멕이면 돼."

1조 1항에서 '공화국'의 뜻이 뭘까요?
공화국이라고 하면 벌써 가슴이 덜컥 내려앉죠?
'그' 공화국 아니니 마음 놓으세요.
제가 생각하는 공화국은 다른 게 아니라 '밥을 같이 먹는 나라'예요.
누가 주인이 되어서? 우리가 주인이 되어서 밥을 같이 먹는 나라.

저는 민주공화국을 그렇게 해석합니다.

민주공화국의 '공'은 '공동' 할 때 '공共' 자죠. '함께'입니다.

'화和'는 뭘까요? '나무 목木' 자 위에 점이 하나 찍혀 있어요. 벼를 보면, 벼가 서 있고 그 위에 쌀알이 달려 있죠? 목 자 위에 달린 것은 쌀알입니다. 그래서 '벼 화禾'입니다. 이것을 옆의 '입口'들이 같이 먹어요. 입들이 모여서 밥을 함께 먹는 것, 그것이 제가 해석하는 '공화共和'입니다.

한문 억수로 많이 아는 것 같죠? 딱 필요한 글자만 압니다. 있어 보이잖아요. 빨리 쓰고, 이게 아닌가 싶은 건 얼른 지워버립니다. 아니면 아주 조그맣게 쓰거나. 나중에 증거로 남지 않도록.

그런데 밥을 같이 먹으면 화합이 될까요, 안 될까요? 됩니다. 밥을 어떤 놈이 혼자만 먹으면 화합이 안 되겠죠? 다시 말해서 일부 '특수 계급'이 주인이 되는 것이 아니라 우리 각자가 주인이 되어서, 어떻게 밥을 함께 먹을지 고민하는 나라가 민주공화국의 핵심 아닐까, 저는 생각합니다. 물론 이건 제 생각이니까 여러분은 다르게 정의를 내리셔도 됩니다.

공화국은 '왕이 없는 나라'라는 뜻도 있다고 해요.

우리나라는 오랫동안 왕이 통치해온 나라였잖아요. 그런데 언제부터 '대한민국'이라는 명칭을 사용했을까요? 찾아보니까 상해 임시

우리가 주인이 되어서 밥을 같이 먹는 나라.
저는 민주공화국을 그렇게 해석합니다.

정부 때부터였더라고요. 조선 말기의 국호였던 '대한제국'에서 '제국帝國'을 '민국民國'으로 바꿨을 뿐인데 여기에 큰 차이가 숨어 있죠?

"이제부터는 왕이나 임금이 통치하는 시대가 아니라
우리 국민 각자가 주인인 시대다."
이런 엄청난 선언인 거죠.

그런데 우리 안에는 아직도 왕이나 군주를 모시는 백성이라는 인식이 남아 있는 것 같아요. 어떤 개인이나 특정 세력을 떠받드는 것은 민주공화국의 정의에 반하는 것임에도, 대통령을 공주님, 임금님 모시듯 하고 재벌 회장을 우상처럼 떠받들어왔어요. 나라를 이끄는 정치 지도자, 나라를 먹여 살리는 경제 지도자는 마땅히 그렇게 떠받들어야 하는 줄 알았던 거죠.

우리가 원래 당당한 권리와 권한을 가지고 있음에도 불구하고 스스로를 주인으로 대우하지 않았기 때문에, 지금껏 무릎 꿇고 살았던 게 아닌가 싶어요.
이제 우리를 잘 좀 대우해주자고요.

우리 헌법에서 규정하고 있는 '민주공화국'은
사람 위에 사람 없고 사람 아래 사람 없는 나라,
함께 더불어 사는 나라,

동등하게 공존하는 나라라는 것을
잊지 않으면 좋겠습니다.

당신과 나의 든든한 빽 조항

대한민국의 주권은 국민에게 있고, 모든 권력은 국민으로부터 나온다. (1조 2항)

헌법 1조 2항은 영화 「변호인」에서 주인공을 맡은 배우 송강호씨가 했던 대사이기도 합니다. 죄 없는 아이들을 끌고 가 잔인하게 고문한 공안 경찰이 "나는 사람들 눈만 봐도 국가보안법 위반인지 아닌지 다 알 수 있다. 국가보안법 위반인지 아닌지는 국가가 판단한다"고 말하죠. 그러자 변호인이 "국가가 뭡니까?" 되물으며 이렇게 절규합니다.

"헌법 1조 2항, 대한민국의 주권은 국민에게 있고
모든 권력은 국민으로부터 나온다.
국민이 국가입니다.
니는 애국자가 아니고, 죄 없고 선량한 국가를 병들게 하는
버러지고 군사정권의 하수인일 뿐이야.
진실을 얘기해라. 그게 진짜 애국이야."

당신이 허락한다면 나는 이 말 하고 싶어요

이 영화를 볼 때 제 가슴에 와 박힌 말이 또 하나 있어요. 사람들과 모여 독서 토론을 했다는 이유로 잡혀가 모진 고문을 당한 대학생 진우가 한 말이에요.

"데모하는 사람들이 천벌을 받아야 한다면,
그 데모를 하게 만든 장본인들은 무슨 벌을 받아야 하나요?"

누구나 행복하고 싶고, 포근하고 따뜻한 데 기대고 싶어하잖아요.
헌법이 그런 온수매트 같은 느낌을 줘야 하는 거죠, 원래. 헌법을 읽어보면 그런 건데, 우리 현실은……

지금까지 법은 늘 힘없고 약한 사람들이 억울하게 죽을 때 덮어주는 수의 같은 역할만 해왔어요. 대충 격식만 갖춰주고는 "사는 게 다 그런 거지, 뭐" 하면서.
그런데 우리 사회에 정의롭지 못한 일이 발생했을 때, 결국 우리가 불러내 기대야 하는 것이 헌법이잖아요.

헌법을 보면, 국가가 국민들의 '빽'이 되어줘야 한다고
되어 있습니다.

국가는 서 있는 개인을 둘러서서 보호해줘야 합니다. 그리고 함께 지켜야 합니다. 저는 '나라 국國' 자를 그렇게 해석합니다. 그게

진짜 국가의 의미여야 하지 않을까요?

우리 헌법 130조 중에 '권력'이라는 단어는
딱 한 번, 1조 2항에만 나옵니다.
그래서 저는 어떤 감동적인 소설을 읽었을 때보다도
헌법 1조 2항을 읽었을 때 소름이 돋을 만큼 감동했습니다.

입법 권한, 사법 권한, 행정 권한. 이런 '권한'들은 '권력'이 아닙니다. '권력'은 우리 국민에게 있는 것이고, 그들에게는 국민이 '권한'을 준 것이니까요. 진짜 권력은 국민에게서만 나오니까요.

대통령에게 무슨 일이 생겼을 때 그것을 대행하는 사람을 뭐라고 하죠? '대통령 권한 대행'이라고 합니다. '권력 대행'이라고 하지 않아요. 권력은 대통령에게 주어진 적이 없기 때문이죠. 줄 수도 없고, 주어져서도 안 되기 때문에 그렇습니다.

지금까지는 '권한자'들이 국민에게 '빽'이 되어준 게 아니라 힘 있고 돈 있는 사람들에게만 '빽'이 되어줬습니다. 많이 배웠다는 사람들, 권한을 갖고 일했던 사람들 거의 다 지금 대기업이나 대형 로펌 같은 데 가 있죠. 그런 곳은 문턱이 너무 높아서 문 두드려볼 엄두가 안 나잖아요.

우리는 심지어 임금 제대로 못 받고, 실습 나갔다 다쳐도 제대로 도움을 받지 못해왔어요.

헌법을 보면, 국가가
국민들의 '빽'이 되어줘야 한다고
되어 있습니다.

이럴 때 누가 나서야 할까요? 국가가 도와줘야 할 것 아닙니까. 왜? 우리가 만든 국가니까. 우리가 낸 세금으로 운영되는 국가니까. 권력은 국민에게서 나오니까.

이제는 누가 '권력 교체'라고 하면 이렇게 말해야 합니다.

"건방지게! '권한 교체'라고 해!"

이제 권력을 가졌다고 착각하는 권한자들에게 진짜 권력자인 국민들이 눈빛으로 레이저를 쏠 수 있어야 합니다.

원래 레이저는 우리 국민들만 쏠 수 있는 거니까요.

받아랏!

'너여!' 조항

예전에 「톡투유 시즌 1」에서 사투리에 대해 이야기를 나눈 적이 있어요. 그때 "난 네가 좋아"를 각 지역 사투리로 한번 해보자고 해서 여러 가지가 나왔습니다.

"널 사랑해!" "난 너 없인 못 산다!" 등등이 나왔는데, 그중 기억에 남는 한마디가 있어요. 전라도에서 오신 분이었는데 그분이 이렇게 말했어요. 짧고 굵어요.

"너여!"

저는 대한민국 헌법 1조 2항을 두 글자로 줄이면 "너여!"라고 생각합니다.

혹시 기억나시나요?

(헌법 전문 읽은 지 얼마 안 됐는데……)

우리 헌법 전문에서도 이렇게 말하고 있습니다.

"유구한 역사와 전통에 빛나는 우리 대한국민은"이라고 '당신'을 콕 찍어 말하고 있습니다.

헌법의 주인은 바로 당신, '너여!'라고.

살면서 이렇게 완벽한 고백은 받아본 적이 없어요.

당신이 허락한다면 나는 이 말 하고 싶어요

세종대왕과 헌법

법이라는 게, 그것을 만든 사람조차도 그 법 아래 있다는 게 좋은 점이죠. 왕이든 대통령이든 법에 의해 구속당할 수 있는 겁니다. 특히 헌법은 국민을 위해서, 오히려 정부 권한이나 입법 권한, 사법 권한을 규제하려고 만들었다는 느낌이 강하거든요.

법은 정말 누구 것일까요? 무엇보다 헌법은 우리 것이어야 하잖아요. 그런데 아직 우리 것이라는 인식이 별로 없어요. 누군가가 의도적으로 그걸 막아왔어요.
(누군지는 저도 모릅니다.)

그래서 진짜 헌법 전문가에게 물어보고 싶었어요. 에드윈 캐머런이라는 분이 쓴 『헌법의 약속』이라는 책을 읽고, 그분을 꼭 한 번 만나보고 싶었거든요. 현재 남아프리카공화국 헌법재판소의 재판관인 그분에게 물어봤어요.

"제가 헌법에 대해 이야기하면 어떻게 코미디언이 헌법에 대해 말할 수 있느냐고 하는 이들이 있습니다. 그런 논리로 본다면 어떻게 가난한 사람들, 제대로 교육받지 못한 사람들이 헌법에 대해 말할 수 있을까요? 이건 정당하지 않습니다. 저는 모든 사람들이 헌법에 대해 말할 권리가 있다고 생각하거든요. 헌법은 오직 판사, 변호사, 교수 등 전문가들만 말할 수 있다는 주장에 저는 동의하지 않습니다. 재판관님은 어떻게 생각하십니까?"

캐머런 재판관이 정말 멋진 대답을 해주셨어요.

"저도 제동씨 의견에 깊이 동감합니다. 다음에 또 그런 사람들을 만나면 남아공의 헌법재판관들이 제동씨 생각이 옳다고 했다고 전해주세요. 몇몇 사람들이 그러한 관점을 유지하는 데는 몇 가지 이유가 있습니다. 사람들이 왜 이런 어리석은 생각을 하는지 이해하는 것은 중요합니다. 한 가지 이유는 지적 우월감 혹은 엘리트주의 때문이에요.
예컨대 천체물리학을 이해하지 못하면 별을 볼 필요가 없다거나 기계공학을 이해하지 못하면 자동차를 운전하면 안 된다고 주장하는 것과 비슷하죠. 매우 어리석은 논리입니다. 또다른 이유는 좀더 악의적인 의도에서 비롯되는데, 바로 권력과 관계가 있습니다. 법과 관련된 많은 논의들이 사실은 권력과도 깊은 관련이 있죠. 만약에 소수의 사람들만 법에 대해 말할 수 있도록 규제한다

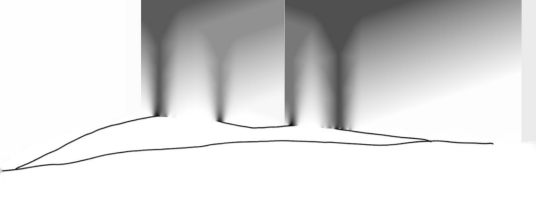

별은 누구나 볼 수 있어요.

면 국민을 통제하기가 쉬워집니다. 반면에 힘없고 가난한 사람들이 헌법에 보장된 자신의 권리를 정확히 이해하고 요구한다면 소수의 힘 있는 사람들로서는 성가시겠죠.

몇몇 사람들이 제동씨에게 그런 이야기를 하는 이유는, 그들이 뭘 몰라서 그러는 게 아니에요. 여러 가지 이유가 있을 수 있습니다. 엘리트주의를 고수하기 때문이기도 하고, 다른 이들이 권력을 갖는 것을 원치 않기 때문이죠."

캐머런 재판관의 이야기를 들으며 참 많은 생각이 들었어요. 법률 용어, 판결문, 참 어렵죠. 그렇게 우리가 모르는 자기들만의 언어를 사용하는 것이, 일부 전문가들이 자기들만의 영역을 구축하고 특권을 누리는 출발점인 것 같아요. 병원에 갔을 때도 의사 선생님이 엑스레이 사진을 걸어놓고 "보면 아시겠지만"이라고 말할 때, 사실 잘 모르겠잖아요, 들여다봐도. 그럴 때 기분 별로죠.

그렇게 보면 헌법은 참 쉬워요. 정말로 우리 것이 맞아요. 저는 헌법이 만들어진 이유가 훈민정음과 같다고 생각해요.

문자를 알면 정보를 갖게 되고, 정보를 가지면 권력을 갖게 되는 거잖아요. 그래서 세종대왕이 한글을 만든 본래 뜻은, 모든 백성이 두루 권력을 갖게 하려는 거였다고 생각합니다. 반면 양반들은 "삼돌이 네가 문자를 알아서 뭐할 건데?" 했겠죠. 문자를 몰라야 역사를 알 수 없고 왜 지배당하는지도 모를 테니까요. 그래야 통치할 수 있으니까요.

당신이 허락한다면 나는 이 말 하고 싶어요

그런 의미에서 헌법이, 일부 헌법을 알고 법을 공부하고 전공한 사람들에 의해 독점되는 것은 옳지 않다고 생각합니다. 헌법은 우리의 권력(권리)을 분명하게 밝혀둔 것이니까요.

저도 이걸 안 지 얼마 안 됐어요. 알고 나니 헌법에 대해 더 많은 사람들과 더 자주 이야기하고 싶어졌어요.

사람들이 웃고,
사람들이 함께 공감대를 형성할 수 있고,
사람들이 자기 이야기를 할 수 있다면
그게 민주주의지 별거냐?
그런 생각 해봅니다.

'사랑꾼' 조항

신문 칼럼에서 우연히 37조 1항을 처음 봤을 때, 연애편지의 한 구절 같았어요. 서른여섯 가지 사랑하는 이유를 쫙 적어놓고 마지막에 추신을 붙인 거죠.

"내가 여기 안 적어놨다고 해서 널 사랑하지 않는 건 아니야."

저는 법 조항이 그렇게 감동적일 수 있는지 처음 알았어요.

또 어떤 느낌이었느냐 하면, 좋아하는 사람이 있었는데 말 못한 채 오랜 세월이 지난 뒤에야 그 사람도 저를 좋아했다는 걸 알게 된 거죠. 예전에 그애가 담벼락 밑에 편지를 한 통 찔러 넣고 전학을 갔는데, 세월이 많이 흐르고 난 다음에야 그 편지를 발견한 거예요. 그런데 그애는 이미 전학을 가버린 거죠. 그래서 이 편지를 조금 더 일찍 발견했어야 하는데, 하는 안타까움과 이걸 이제야 확인했다는 자책이 든 거죠.

(⋯)

열몇 살 때 그 집 뒤뜰에

내가 당신을 심어놓고 떠났다는 것 모르고 살았네

당신한테서 해마다 주렁주렁 물방울 아가들이 열렸다 했네

누군가 물방울에 동그랗게 새겼을 잇자국을 떠올리며

미어지는 것을 내려놓느라 한동안 아팠네

간절한 것은 통증이 있어서

당신에게 사랑한다는 말 하고 나면

이 쟁반 위 사과 한 알에 세 들어 사는 곪은 자국이

당신하고 눈 맞추려는 내 눈동자인 것 같아서

혀 자르고 입술 봉하고 멀리 돌아왔네

나 여기 있고, 당신 거기 있으므로

기차 소리처럼 밀려오는 저녁 어스름 견뎌야 하네

안도현 시인의 시 「그 집 뒤뜰의 사과나무」를 읽으면서 그런 마음이 더 들었어요.

헌법 37조 2항에는 이렇게 되어 있어요.

"국민의 모든 자유와 권리는 국가안전보장·질서유지 또는 공공복리를 위하여 필요한 경우에 한하여 법률로써 제한할 수 있으며, 제

한하는 경우에도 자유와 권리의 본질적인 내용을 침해할 수 없다."

간혹 악용되기도 하는 조항이죠.

국가의 긴급한 안전을 위해, 전체 국민의 안전 보장을 위해서는 법률에 따라 자유와 권리를 좀 제한하자고 할 수 있다는 겁니다. 그러나 그러한 경우에도 자유와 권리의 본질적인 내용은 침해하면 안된다고 못박고 있죠.

국가기관이나 권한자들은 이런저런 이유로 37조에서 2항을 주로 인용하지만, 제가 봤을 때 국민의 입장에서는 37조 1항이 압권이라고 생각합니다.

"국민의 자유와 권리는 헌법에 열거되지 아니한 이유로 경시되지 아니한다."

멋있죠? 사랑스럽죠?
이런 사랑꾼 헌법 같으니라고.

열몇 살 때 그 집 뒤뜰에
내가 당신을 심어놓고 떠났다는 것 모르고 살았네
당신한테서 해마다 주렁주렁 물방울 아가들이 열렸다 했네
누군가 물방울에 동그랗게 새겼을 잇자국을 떠올리며
미어지는 것을 내려놓느라 한동안 아팠네

당신이 진짜 권력자입니다

제가 늘 가방에 가지고 다니는 책이 있는데요. 들고 다니면 사람들이 막 빨갱이라고 해요. 어딘가 불온서적같이 생겼거든요. 그런데 이래 봬도 대한민국헌법재판소에서 나온 책이에요.

제게 가끔 "헌법을 언제부터 좋아했어요?" 하고 묻는 분이 있는데, 일부러 공부한 건 아니에요. 2016년 중순쯤에 문유석 판사의 추천으로 헌법을 처음 읽었을 때, '지금까지 이런 거 한번 안 읽어보고 살았구나!' 하는 생각이 들었어요.

그렇게 헌법을 읽는 와중에 성주 농민회 회장님한테 연락이 왔어요. 저희 고등학교 선배여서 안 내려갈 수가 없어 내려갔어요.

그런데 도착해서 보니까 중학생 아이들이 천막 밑에서 사드 배치 반대 서명을 받고 있는 거예요.

그때부터, 이건 아니다, 싶었어요. 우리가 지금까지 아이들에게 해준 게 뭐가 있다고…… 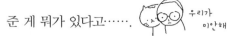 우리가 미안해

학생들하고 냉면 시켜서 먹고 있는데, 참외 팔러 나가셨던 어머님들이 걸어오시더라고요. 그 모습을 보니까 또 속이 너무 상하는 거예요. 그 시간이면 집에서 주무셔야 하거든요. 새벽부터 일하시니까. 그런데 어떤 어머님이 오시더니 저를 끌어안고 막 울면서 말씀하시는 거예요.

"아이고, 나보고 빨갱이란다. 종북이란다. 무서워 죽겠다."

저야 허구한 날 듣는 얘기지만 그 어머님은 얼마나 놀라셨겠어요. 엄청 화가 나는데 문득 헌법 생각이 나더라고요. 어머님 아버님들 집에서 마음 편히 저녁 드셔야 할 시간에 이렇게 아스팔트 바닥에 앉아 있게 한다면 그건 주권자들에 대한 대우가 아니니까요. 그러면 헌법 1조 1항 위반이니까요.

민주공화국의 뜻이 뭔데요? 앞에서 읽어보셨죠? 밥을 나눠 먹는 나라, 누구나 자기 의견을 말할 수 있는 나라가 민주공화국이잖아요. 국민의 요건을 갖춘 사람들이 대한민국에 배치되는 무기 체계에 대해 얘기할 자격이 없다고 하면 헌법 2조 위반이고요. 이렇게 행복하지 않게 하면 헌법 10조 행복 추구권 위반이에요.

1조 2항에 모든 권력은 국민으로부터 나온다고 했는데, 권력자인

우리 어머니 아버지, 그리고 어르신들
홀로 계시지 않도록,
문득 뒤돌아보면 눈 마주치며
환한 달빛처럼 함께 갔으면 합니다.

분들에게 감히 빨갱이라니, 제대로 알려드려야죠.

"아닙니다. 어머님이 진짜 권력자예요!"

딴 건 잘 모르겠고, 성주는 어머니 아버지들이 평생 자식 키우고 농사지으며 살아온 터전이잖아요. 땀 흘려 우리를 먹이고 입힌 분들을 그런 식으로 대하면 안 된다는 게 상식이고, 헌법의 정신이죠.

그분들이 편안하게 농사지으면서 살 수 있도록, 내 땅, 내 흙, 내 손으로 일구어서 참외 키우고 밥 먹도록 해주는 것이 진짜 국가 안보가 아닐까요? 저는 그렇게 생각해요. 그때 제가 하고 싶었던 말은 딱 하나였어요.

우리 어머니 아버지, 그리고 어르신들
홀로 계시지 않도록,
문득 뒤돌아보면 눈 마주치며
환한 달빛처럼 함께 갔으면 합니다.

대한민국의 모든 어머니 아버지가 혼자서 그 높은 산을 넘지 않도록 그들의 뒤를 묵묵히 뒤따르고 있는, 평화를 사랑하는 대한민국의 수많은 국민들이 있다는 걸 기억해주셨으면 합니다.

우리가 모여서 함께 사는 사회를

조금 더 낫게 만들어보자.
힘없고 약한 사람들이 좀더 목소리 낼 수 있는
사회를 만들어보자.

저는 그것이 상식이고, 옳은 일이 아닌가 생각합니다.

경력 9년차입니다만

불법은 참 부지런하고, 늘 정중합니다.

국정원 직원이 저를 찾아왔다는 이야기는 이제 많이 아시잖아요.
전에도 말씀드렸지만 그분들 굉장히 정중합니다. 이제 방송도 하셔
야 되지 않겠느냐면서 제 생각도 해주시고.

그들이 찾아와도 그렇게 겁낼 것까진 없더라고요. 국정원 직원이
상사에게 보낼 문자를 저에게 보내는 '배달 사고'도 있었거든요.
'18시 30분. 서래마을 김제동 만남.'
이렇게 문자가 온 거예요. 그래서 제가 그 국정원 직원에게 전화
해서 알려줬어요.
"문자 잘못 보내신 것 같습니다."
제가 이렇게 국정원에 협조한 사람이에요.

그때 처음으로 제 직업에 심각한 위협을 느꼈습니다. 아니, 국가기관 공무원들이 이렇게 웃기는데, 어떻게 제가 더 웃길 수 있겠어요.

한편으로는 깊은 자괴감에 빠졌습니다.

'이들에게 과연 안보를 맡길 수 있는가?'

'이래서 간첩을 잡을 수 있을까?'

'간첩을 만들어낼 게 아니라 진짜 간첩을 잡아야 할 텐데……'

제가 경력 9년차였어요. 전 정권까지 시국선언 9년차. 그러다 지금은 여러분 덕분에 경력이 단절됐죠. 원말이래

만으로 약 9년 정도, 저는 국민으로서는 불행한 시대였지만 코미디언으로서는 참으로 행복한 시대를 살았습니다. 9년 동안 코미디 소재는 대풍이었거든요. 코미디 같은 정치를 보면서 정말 많이 웃었어요. 지긋지긋하기도 했지만 조금 그립기도 합니다. 왜냐하면 그분들만큼 웃길 자신이 없거든요.

2017년 초에 어떤 강연장에 갔더니 한 고등학생이 마이크를 딱 잡고 또랑또랑한 목소리로 제게 묻더라고요.

"아저씨, 그렇게 정부하고 싸우려고 하면 안 무서워요? 난 되게 무서울 것 같은데."

그래서 제가 대답했어요.

"이렇게 물어봐주는 네가 있어서 괜찮다."

당신이 허락한다면 나는 이 말 하고 싶어요

'18시 30분.
서래마을
김제동 만남.'

저는 정부와 싸운 적은 없다고 생각하지만, 또 제가 다 옳다고 생각하지 않지만, 그래도 이야기는 할 수 있어야 한다고 생각해요. 서로 이야기할 수 있어야죠.

드라마 「비밀의 숲」 마지막 회에 이런 대사가 있었어요.
"헌법이 있는 한 우리는 싸울 수 있습니다."
다양한 이해관계들이 서로 부딪치거나 보수와 진보가 싸우더라도, 적어도 헌법에 기반을 두고 싸워야 하지 않을까요? 저는 보수와 진보가 무조건 통합되어야 한다고 생각하지는 않아요. 다만 야구나 축구에 기본적인 룰이 있듯이, 그 룰 안에서 싸워야 한다고 생각해요. 규칙을 정해놓고 치고받자는 거죠.

글러브를 끼자, 아무리 미워도 선수 머리 쪽으로 볼 던지며 야유하지 말자…….

헌법에 기반을 두고 싸우면 언젠가 화해의 길이 열리지 않을까요? 너무 이상적인가요? 어쨌든 저는 그럴 수 있다고 믿거든요.

다만 블랙리스트를 만든 사람은 꼭 알아내고 싶긴 해요. 왜냐고요? 은혜를 갚고 싶거든요. 혼자 사는 저를 보살펴준 것 아닙니까? 누구랑 전화하는지, 누구랑 만나는지 다 적고, 무슨 일 없는지 집 근처에 와서 살펴봐주고……. 너 진심이니?

이런 이야기를 해야 하는 진짜 이유는, 그래야 우리 아이들이 사는 시대에는 국민 세금으로 엉뚱한 짓 하는 사람이 없을 것이고, 우리 아이들을 위해서 세금 제대로 쓸 것 아닙니까?

저는 진짜로 피해 본 것 없어요. 잘 살아왔고, 앞으로도 잘 살 거예요. 다만 우리 아이들이 살아갈 세상에서는, 이런 일은 그저 호랑이 담배 피우던 시절에나 있었을 법한 일로 끝났으면 좋겠어요.

"일 안 하세요?"

공무원은 국민전체에 대한 봉사자이며, 국민에 대하여 책임을 진다. (7조 1항)

7조 1항은 공무원의 지위와 책임에 대한 조항입니다.

국민 전체에 봉사할 때만 공무원 자격을 인정하는 거죠. 그러지 않으면 방 빼야죠.

예전에 국정원에 강연하러 갔을 때 한 여성분이 사인을 받으러 오셨더라고요. 그래서 제가 사인을 해드리면서 농담 삼아 "아유, 이렇게 마르셔서 누구랑 싸우면 이기시겠어요?" 그랬더니 옆에 있던 분이 그러시더라고요. 무술 합이 8단이라고. 정말 멋지죠?

사실 국정원에는 그렇게 조용조용 열심히 일하는 직원들이 대부분일 거예요. 그만큼 고마운 분들이죠. 우리를 위해 보이지 않는 곳에서 힘든 일을 해주고, 우리가 열심히 개발하는 기술을 다른 나라에 빼돌리는 것을 막아내고, 혹시라도 국민의 안전과 생명을 위협할 만한 테러가 일어날까봐 철저히 감시하고, 위험을 감수하면서도 그 공로를 드러내지 않고 자기 얼굴을 공개하지 않죠.

영화에 보면 그런 장면 나오잖아요. 비밀정보요원들이 테러 위협을 막은 다음에 삭 사라져버리는 모습이요. 그리고 나중에 집에서 텔레비전으로 뉴스를 보면서 아무렇지 않게 맥주 한 캔 쫙 마시는 장면. 원래 그런 임무는 그 공로를 드러내면 실패죠. 그러고 나면 다음부터는 임무를 수행할 수 없으니까요.

그런 훌륭한 재원들을, 애국심을 빙자해 겨우 자판 두드리는 임무에 투입했다는 것은 그분들을 모독하는 거라고 생각해요. 그분들에게 훈련으로 쌓은 능력을 발휘할 수 있는 임무를 주고 국가와 국민을 위해서 일한다는 자부심을 느끼게 한다면, 얼마든지 희생할 각오가 되어 있지 않겠어요?

국정원은 국가에 반드시 필요한 조직이죠. 그런 조직일수록 나라

와 국민을 위해 일하게 해야지, 5년의 유한한 정권을 위해 일하게 하면 국가 손실이죠. 그런 고급 인력들을 힘들게 훈련시켜놓고 고작 댓글이나 달게 하면 안 된다고 생각해요. 그런 건 우리 조카가 훨씬 빠르단 말이에요.

국정원과 같이 헌법과 법률에 의해 설치된 기관을 사적인 수단으로 동원하고, 간첩을 잡아야 할 시간에 간첩을 만들어내게 했다면, 그 조직에 소속된 구성원들이 얼마나 비참했겠어요. 그런 일 하려고 거기 들어간 게 아니잖아요?

그러니까 그런 일을 시킨 사람을 반드시 밝혀내야 합니다. 처벌까지 할 수 있을지는 잘 모르겠지만, 적어도 누구인지는 밝혀내야죠. 잡고 안 잡고는 나중 문제고 "여기 뭐가 없어졌어" 하면 불은 비춰줘야 한다고 생각해요. 누가 그랬는지 알아봐야죠.

헌법 7조 1항에 "공무원은 국민전체에 대한 봉사자이며, 국민에 대하여 책임을 진다" 이렇게 되어 있어요. 그래서 공무원 보면, 특히 우리가 뽑은 선출직 공무원들을 보면 우리는 더욱더 어깨에 힘을 줘야 합니다. 쫄 필요가 없어요. 그들을 무시해서는 안 되지만 우리가 먼저 고개 숙이는 시대는 끝내야 합니다. 우리가 내는 세금으로 일하는 사람들이니까요.

우리 책임지라고 세금으로 월급 주고 배지 달아주고 차 태워주고 비행기 태워주는 거잖아요. 그러니 우리가 가서 일 제대로 하라고 사정하는 것이 아니라 그들이 와서 보고해야 정상입니다. 억울해하고 분해하는 소리 들어주고 귀 열어놓으라고 세금 내는 것이지, 훈계나 변명 들으려고 세금 내는 게 아니니까요.

어떤 사람이 공인일까요? 연예인일까요? 유명한 사람일까요? 저는 공인이 아닙니다. 헌법 어디를 봐도, 연예인이 국민 전체에 대해 책임을 진다, 이런 말 없습니다. 저는 그냥 좀 알려진 사람이에요. 인기 있다는 얘기는 제 입으로 하기 좀 그래서…… 지금 이 부분에서 웃으셨죠? 왜 웃는지는 알겠어요. 어중간하다, 그런 거죠? 그런데 저는 지금이 딱 좋아요.

흑
진심이야

공인은 공적인 일을 하는 사람, 그러니까 국가의 세금을 받고 일하는 사람이잖아요. 그래서 '공복公僕'이라고도 하죠. 이런 사람들은 함부로 놀면 안 돼요. 그리고 함부로 굶어도 안 돼요. 왜? 국민을 위해 봉사하고 국민을 책임져야 하니까.

그런데 영화 「남한산성」을 보면 아무도 책임지지 않습니다. 왕이나 신하들 다 도망가고, 백성과 의병들이 뒷수습을 하잖아요.

위안부 문제도 마찬가지죠. 영화 「아이 캔 스피크」에도 나오지만, 그때 당시에는 우리의 딸과 우리의 언니 누나들을 위해 일해줄 공무원들이 없었어요. 국가가 개인이 가지는 불가침의 기본적 인권을 확인하고 보장해줘야 하는데, 국가가 없었으니까 그런 일이 발생한 거죠. 하지만 지금은 할머니가 된 그분들을 위해 일을 해줄 공무원들

월급을 받았으면 당신 할 일을 끝까지 해라,
이렇게 요구할 수 있어야 합니다.

이 있잖아요. 마땅히 공무원들이 해야 할 일을 지금 시민이나 봉사자들이 대신 하고 있다면, 헌법적 권리를 바탕으로 물어볼 수 있어야 한다고 생각해요. 특히 선출직 공무원들에게 물어봐야 합니다.

"일 안 하세요?"

이렇게 물어볼 수 있어야 해요. 책임질 사람을 뽑아놓은 거니까요.

"백성이 있어야 나라가 있고,
나라가 있어야 임금이 있다.
그래서 충은 임금을 향해 하는 것이 아니라
백성을 향해 하는 것이다."

영화 「명량」에 나오는 이순신 장군의 명대사죠. 임진왜란으로 나라가 도탄에 빠졌는데, 임금은 명나라로 도망칠 궁리나 하고 나라를 지킨 건 백성들이었잖아요.

왕조시대에는 책임을 묻지 못했어요. 열받지만 어쩔 수 없었습니다. 그런데 민주공화국 시대에는 그런 거 참으면 안 됩니다. 우리 손으로 뽑은 공무원에게, 월급을 받았으면 당신 할 일을 끝까지 해라, 이렇게 요구할 수 있어야 합니다.

당신 생각을 켜놓은 채
잠이 들었습니다

모든 국민은 법률이 정하는 바에 의하여 국방의 의무를 진다. (39조 1항)

'대한민국이라는 생각을 켜놓은 채 잠이 들었습니다.'
함민복 시인의 「가을」이라는 시를 살짝 바꿔봤습니다.
원래 시는 이래요.

당신 생각을 켜놓은 채 잠이 들었습니다.

딱 한 문장입니다. 좋죠?
그 가을의 첫사랑을 잊지 못하는 마음을 표현한 시입니다.
이 시를 읽다가 헌법 39조 국방의 의무 조항이 생각나서 제가 살짝 바꿔봤어요. 괴로우나 즐거우나 나라 사랑해야 하니까요.

39조를 읽는데, 안중근 의사의 말도 생각나더라고요.
(저 생각 참 많죠?)

"위국헌신 군인본분爲國獻身 軍人本分**."**

나라를 위해 몸을 바치는 것이 군인의 본분이라는 뜻입니다. 안
중근 의사가 옥중에 남긴 글귀죠. 안중근 의사는 이토 히로부미를
저격하고 붙잡혔을 때, "나는 군인이니 국제법에 따라 포로로 대우
하라"고 하셨대요.

이토록 비장한 글이 어떻게 시처럼 느껴지는 걸까요?

예전에 쌍용자동차 해고 노동자들과 함께 대한문 앞에 있을 때
였어요. 새벽에 같이 담배를 피우다 "내일은요?" 하고 물었더니, 해
고 노동자분이 "내일은 못 있습니다" 그러시더라고요. 왜인지 물었
더니, 예비군 훈련에 가야 한다는 거예요. 애국은 그럴 때 쓰는 겁
니다.

열심히 일한 직장에서 잘릴 때 나라가 아무것도 해주지 않았어도 자기 의무를 다하는 것. 물론 안 가면 벌금을 내야 하니까 가는 것일 수도 있어요. 그래도 의무를 다하는 거잖아요.

그런데 이토록 힘든 상황에서도 자기 의무를 다하는 사람들을 어떻게 '종북'으로 몰 수 있을까요?

국방의 의무를 다하는 국민들 보고 '종북'이라고 하는 사람들이 뒤로는 국방비를 빼돌렸잖아요. 그래놓고 우리 장병들한테 물 새는 전투화 주고 그러지 않았습니까? 전투화에서 물이 샌다고 하니까 뭐라고 했는지 기억하시죠?

"포복 자세가 잘못됐다."

그랬습니다. 그건 마치 고무장갑 끼고 설거지하는데 고무장갑이 물이 새서 제조사에 항의하니까 설거지하는 자세가 잘못됐다고 대답하는 것과 똑같은 거잖아요. 그런 코미디 하면 안 되는 거죠.

자기 스스로 진짜 보수라고 주장하면서 국방을 말하고, 나라 사랑한다고 말하는 그런 사람들, 막상 전쟁 나면 어떻게 할까요? 제일 먼저 도망갈 겁니다.

전쟁은 늘 권한자들이 일으키고 희생당하는 건 국민이잖아요. 역사를 보세요. 임진왜란 때 벼슬아치들은 잘도 도망갔습니다. 임금도 도망을 쳤어요. 임금이 도망가는 것을 '몽진蒙塵'이라고 한다죠. 그냥 도망간다고 하면 될 것을……

『징비록』에 이런 얘기가 나오더라고요. 선조가 백성을 버리고 북으로 도망치다가 비가 와서 땅이 질척질척하니까 이런 말을 했다고 해요.

"이 나라 백성들은 의리가 없다.
임금이 가는 길이 이렇게 험하면 나와 엎드려서라도
길을 맑게 고이 만들어야 될 것이 아닌가."
또 선조가 중국 명나라 국경까지 도망가서 그 앞에서 뭐라고 한 줄 아십니까?
"나는 명나라로 가고 싶다. 죽더라도 천자의 나라에서 죽고 싶다."
이렇게 말했다고 합니다.

왕과 벼슬아치들이 다 도망갈 때 나라를 지킨 건 누구였을까요? 평소 그들에게 천대받고 멸시받던 농민과 노비들이었어요. 왜놈들 손에서 나라 지키겠다고 의병을 일으켰잖아요.

지금도 그렇지 않습니까? 전쟁 난다고 하면 대한민국 국민들 누구나 지키겠다고 나서고, 예비군들도 나서고 장병들도 전역을 미루고 하지 않습니까? 박수 받아 마땅한 일이죠.

지금부터라도 권한자들이 우리의 애국심을 이용하도록 놔둬서는 안 된다고 생각해요. 진짜 애국이 뭔지 함께 생각해볼 필요가 있습니다.

'야, 이 나라 진짜 살 만한 나라다. 이 나라 진짜 멋진 나라다. 나의 조국은 내가 힘든 일이 있을 때 절대로 나를 버리지 않겠구나!'

이런 생각이 들도록, 국민 개개인이 그런 생각을 갖도록 나라를 만드는 것이 진짜 국방 아닐까요?

염치와 부끄러움

2004년에 MBC 특집 방송을 촬영할 때 피천득 선생님을 모시고 서울대학교에 간 적이 있어요. 그때 제가 선생님 휠체어를 밀고 들어갔는데, 결국 그게 선생님의 마지막 강연이 되었어요. 자리가 없으니까 학생들이 창문에 붙어서 어떻게든 선생님 말씀을 들으려 했고, 교수님들도 많이 왔어요. 그 강연 내용이 지금도 어렴풋이 기억납니다.

"학교에서 공사를 그만해라. 학교는 공사하는 곳이 아니라 아이들이 공부하는 곳이다. 학교에 차들이 다니는 도로를 없애라. 학교에는 차들이 아니라 학생들이 다녀야 한다. 강의실을 멋있게 지으려고 하지 마라. 어떻게 하면 학생들이 편하게 다닐지 고민해라. 그게 학교가 할 일이다."

피천득 선생님 호가 '금아琴兒'잖아요. '거문고를 타고 노는, 때 묻지 않은 아이'라는 뜻이라고 알고 있어요. 그 호처럼, 구순이 넘으셨을 때도 천진난만하셨어요. 질문하고 대답하는 시간이 있었는데, 어떤 교수님이 "지금의 젊은이들에게 해주고 싶은 말씀이 있으신가요?" 하고 질문하니까 선생님께서 이렇게 대답하셨어요.

"젊은이들에게 무엇인가를 이야기하기 전에 여러분께 고백할 게 있습니다. 나는 적극적인 친일을 하지도 않았지만 적극적인 항일도 하지 못했어요. 그래서 숨어 있기도 했고 두려워하기도 했습니다. 그것이 지금의 젊은이들에게 가장 미안한 점이에요. 진심으로 미안합니다." 미안해요!

이렇게 말씀하실 때 엄청 뭉클했어요. 항일 투사들의 고생담을 들으면 굉장히 고맙고 감동적이지만, 그때를 생각하면 저 같아도 무섭고 두려웠을 것 같거든요. 그런데 적극적으로 저항하지 못했다고 고백하면서 미안하다고 하시니까 더 감동이더라고요. "내 인생은 사실 여러분이 생각하는 것보다 부끄러운 모습들이 많았다"고 하신 말씀이 그 어떤 교훈보다도 큰 가르침으로 다가왔어요.

'나만 용기 없고 두려웠던 게 아니구나' 하는 생각에 위안이 되기도 하고, 또 용기를 냈던 분들에게는 더 큰 존경심을 품게 되는 거죠. 그리고 저처럼 평범한 사람도 "그래. 이렇게 살아도 괜찮아. 가끔 용기 날 때 한 번씩 나서고, 또 두려울 때에는 두려운 사람들끼리 모여서, 사실은 그때 두려웠지? 무서웠지? 하는 거지" 이런 얘기 하면서 함께 용기를 내서 다시 가는 것이죠.

인생을 돌이켜보고 많은 사람들 앞에서 부끄러운 순간을 털어놓는 건 쉬운 일이 아닐 거예요. 더욱이 피천득 선생님이 용서를 구할 일까지는 아니라고 생각하고요. 그런데 그런 말씀을 해주시니 큰 배움을 얻을 수 있었어요.

"제왕은 무치다." 이런 얘기가 있지 않았습니까? 왕은 수치가 없어도 된다, 부끄러움이 없어도 된다는 말이죠. 그만큼 '절대적인 권력을 행사한다'는 뜻이지만, 부끄러움을 아는 왕들도 있었어요. 그래서 오랫동안 비가 안 오면 자기 부덕의 소치라고 했죠. 그런 왕을 보면서 백성들은 조금이나마 치유를 받았고요.

'아, 임금이 우리 마음을 알아주는구나!'

이렇게 생각했던 거죠.

우리가 살다보면 부끄러운 일을 저지를 때가 있잖아요. 아침에 변기에 앉아 있다보면 치를 떨 때 있잖아요. 갑자기 남들은 모르는 나의 어떤 낯부끄러운 일이 떠올라서. 자다가 문득 떠오른 어떤 생각에 갑자기 이불을 차면서 "아오, 내가 그때 미쳤었나봐" 하기도 하고요.

이런 건 거창한 염치가 아니고 자기를 되돌아보고 돌이켜보며 반성하는 거죠. 누구나 실수할 수 있지만, "이런 건 내가 잘못했던 것 같다. 몰라서 그랬던 것 같다. 앞으로 고치겠다" 하고 용기 내어 사과하는 게 중요하다고 생각해요. 물론 행동이 바뀌지 않고 같은 실수를 반복하면서 습관적으로 사과하는 건 문제가 있지만, 자기 잘못을 돌이켜보고 용서를 구하는 게 진짜 용기가 아닐까 싶어요.

부끄러움을 아는 사람은 희생되고,
부끄러움을 모르는 자들은 아직도 큰소리치며
주위 사람들을 부끄럽게 한다는 게 속상해요.
제가 자주 하는 말이지만,
부끄러움은 부끄러움을 모르는
'그들'의 몫으로 남겨지면 좋겠다,
그런 생각 해봅니다.

우분투
"당신이 있기에 내가 있습니다!"

에드윈 캐머런
남아프리카공화국 헌법재판관

×

김제동

에드윈 캐머런 Edwin Cameron 남아프리카공화국의 헌법재판관. 성소수자임을 밝히고 인권 변호사로 활동해오다 넬슨 만델라 대통령의 발탁으로 고등법원 판사가 되었다. 2009년부터 헌법재판소 재판관으로 재직하며 법치주의 확립과 소수자 보호를 위해 노력하고 있다.

법이라고 하면 전문가의 영역인 줄만 알았는데, 막상 헌법을 읽어 보니까 우리의 권력을 명시해놓은, 우리 것이라는 생각이 들었어요. 다른 사람들에게도 그걸 알려주고 싶어서 이야기하면, 연예인이 무슨 헌법이냐는 소리가 들려왔어요. 그래서 물어보고 싶었어요. 흔히 전문가라고 하는 분들에게 정말로 헌법은 법을 전공한 사람들만 얘기할 수 있는 것인지, 저 같은 사람은 헌법에 대해 얘기하면 안 되는 것인지를요. 이마저도 전문가의 권위에 묻어가려 하는 것 아니냐고 할 수도 있지만, 제 답답한 마음을 좀 풀어보고 싶었어요.

　에드윈 캐머런은 남아프리카공화국 헌법재판소의 재판관인데, 그분이 쓴 『헌법의 약속』이라는 책에 보면 이런 구절이 나오더라고요.
　"헌법은 기본 구조상 가난하고 취약한 사람들에게 관심을 가지라고 요구하며, 사회경제적 권력이 없는 약자와 소수자를 보호하라고 명한다. 이는 옳고 꼭 필요한 일이다. 그렇지 않고는 입헌주의와 법치주의가 허울에 그칠 수 있기 때문이다."

제가 꼭 듣고 싶었던 고백을 받은 느낌이었어요. 뭐랄까, '헌법은 이래야 하는 거 아니야?' 생각하면서도 '내가 뭘 안다고……' 하면서 꾹 눌렀던 여러 가지 생각들에 대해서, 누구나 인정하는 사람이 "네 말이 맞아" "나도 그렇게 생각해" 하며 내 편이 되어주는 느낌이었어요. 성소수자로서 인권 변호사로 일하다 고등법원 판사로 임명되고, 2009년부터는 헌법재판소 재판관이 되어 헌법의 가치를 현실에 적용하기 위해 노력해온 캐머런 재판관과 나눈 대화의 일부를 공유합니다.

바쁘신 분이라 화상 인터뷰로 진행했는데요, 인터뷰하는 날에도 재판이 길어지는 바람에 기다리게 해서 미안하다며, "한국에도 이렇게 헌법에 관심을 가져주는 사람이 있다는 게 참 고마운 일이다"라고 한 말이 아직도 기억에 남네요. 제 짧은 영어 실력으로 직접 질문했습니다. 영어로 나눈 대화 전문을 싣고 싶었지만 출판사에서 극구 말렸어요. 제가 부끄러운가봐요.

김제동 처음 우리나라 헌법을 읽었을 때 한 편의 시 같다고 느꼈습니다. 남아프리카공화국의 헌법과 재판관님의 판결문도 읽어보았는데, 그 또한 무척 감동적이었고요. 남아프리카공화국의 헌법에는 정말로 "당신이 있기에 내가 있습니다"는 '우분투'의 정신이 담겨 있는 것 같았어요. 그래서 헌법은 가끔 저를 눈물 흘리게 만드는 것 같습니다. 법의 어떠한 힘이 저를 눈물짓게 만드는 걸까요? 제 말이 이해가 되시나요?

에드윈 캐머런 그럼요, 잘 이해했습니다. 아주 아름다운 질문입니다. 제 생각에는 두 가지 이유 때문인 것 같아요. 헌법은 단순히 권력을 행사하는 방법 이상으로 많은 것을 함축하고 있습니다. 헌법은, 입법부는 이런 권한을 갖고, 사법부는 이런 권한을 갖고, 경제 부처는 이런 권한을 갖는다고 명시할 뿐 아니라 우리 같은 사람들이 소망하는 미래를 담고 있기도 하거든요. 제동씨가 헌법의 그런 점을 느끼는 것 같아요. 헌법은 법률가들만을 위한 것이 아니라 우리 모두를 위한 것입니다. 헌법은 여러 가지 원리 원칙이기도 하지만 우리가 그리는 미래의 모습이기도 하거든요. 그래야만 하고요.

김제동 우리 아이들을 위한 것이기도 하죠.

에드윈 캐머런 그렇습니다. 바로 그 점이 제동씨가 매우 민감하게 반응했던 부분입니다. 제동씨가 헌법을 읽으며 눈물을 흘렸다는 이야기에 무척 감동했습니다. 매우 아름다운 이야기였습니다.

김제동 제가 만약 가수였다면 헌법으로 노래를 만들고, 작가였다면 헌법을 소재로 소설을 쓰고 싶었을 것 같습니다. 그래서 헌법이 사람들에게 친구 같은 존재가 되면 좋겠어요. 그래야 한다고 생각하고요. 대한민국에서는 개헌 이야기가 계속 나오고 있는데요, 우리 아이들, 소수자들, 그리고 어려움을 겪고 있거나 인권을 보장받지 못하는 많은 이들을 위해 우리 같은 일반인이 어떻게 도움을 줄 수 있을까요?

에드윈 캐머런 제가 대한민국의 사회제도나 정치에 대해서는 잘 알지 못하지만, 한국의 대통령과 관련해 매우 극적인 일이 벌어진 것은 대단히 흥미로웠습니다. 한 편의 드라마 같은, 운명적인 반전이었습니다. 제가 생각하기에 때로는 어떤 조직이나 출판물보다 개인의 힘이 필요할 때가 있는 것 같습니다. 어떤 것을 공론화하는 과정에서 그 사람이 가난한 사람이든 여성이든 동성애자든 간에 그런 개개인의 활약이, 많은 사람들에게 우리가 무엇을 할 수 있는지 보여주고 자신감을 심어줄 수 있거든요. 그래서 제생각에 제동씨의 질문은 개인이 어떻게 헌법을 살아 움직이게 할 수 있을지를 묻는 것이고, 어떻게 우리가 헌법에 담긴 권리를 요구할 수 있고, 이 권리들이 어떻게 우리에게 힘을 실어줄 수 있는가 하는 것입니다. 매우 어려운 질문입니다.

김제동 그렇다면 이 점에 대해서는 어떻게 생각하십니까? 누가 헌법을 소유하고 있는 걸까요? 현재 대한민국에서는 일반인이 법을 발의할 수 없습니다. 오직 국회의원만 법을 만들 수 있습니다.

어떻게 하면 이런 시스템을 바꿀 수 있을까요?

에드윈 캐머런 권력에 관한 질문인 것 같습니다. 만약 헌법이 법을 제정하는 국회의원, 혹은 변호사나 부유한 기업가, 기업들에게 속한다면, 그것은 근본적으로 국민의 권력을 박탈한 것입니다. 왜냐하면 헌법에 국민이 권력을 갖는다고 명시되어 있는데, 국민이 직접적으로 그 권력을 행사하지 못하니까요. 제동씨는 이미 헌법이 소수의 엘리트 집단이 아닌 국민의 것이라고 전제하고 있어요. 그것을 현실화하기 위해서는 해결 방법을 찾아야죠. 제동씨가 알고자 하는 것도 그 방법이라고 생각합니다.

김제동 집안 형편이 어려운 아이들은 판사, 의사와 같은 직업을 가지기 어렵습니다. 물론 이런 직업이 절대적으로 좋다는 뜻은 아니지만요. 꿈을 이루기가 어렵습니다. 이따금 헌법이 선언문의 역할에 그치는 것 아닌가 하는 생각도 듭니다. 그런 역할 자체도 중요하지만, 헌법의 내용을 지금 당장, 이곳에서 실현시키기 위해서는 무엇을 해야 할까요? 어떻게 하면 헌법이 헌법의 힘을 가장 필요로 하는 이들의 무기이자 방패가 될 수 있을까요?

에드윈 캐머런 가난한 아이들이 평등한 교육을 받고 높은 직위에 도달하는 것을 막는 사회적 장벽에 대해 말씀하셨는데, 저는 헌법을 다루는 법조인으로서 헌법이 이런 모든 문제를 해결할 수 있다고 생각하지는 않습니다. 지금껏 그러지 못했으니까요. 오히려 지금과 같이 소수 집단에게만 힘이 집중된 상태를 해결하기 위한 답은 경제 정책에 있다고 생각합니다. 바로 그 이유 때문에 저는 정부가 강한 힘을 가져야 한다고 생각합니다. 프랑스 경제학자인 토마 피케티는 축적된 자산이 늘어나는 속도가 사회적 임금이 늘어나는 속도보다 훨씬 빠르다고 주장합니다. 이 말은, 일하는 사람들은 여전히 가난하지만, 재산을 상속받은 사람들은 아무 일도 하지 않아도 더 부유해진다는 뜻입니다. 한국뿐 아니라 중국, 미국, 남아프리카공화국 등에서 벌어지고 있는 현상이죠. 우리는 경제 정책을 이용해 그런 문제를 해결할 수 있다고 생각합니다. 예를 들어 상속세를 늘리는 방법이 있습니다. 아니면 자식에게 재산을 물려줄 때 한 가정이 집을 구하고 자식을 대학까지 교육시킬 수 있는 정도의 금액을 사회에 내놓고 그 나머지만 상속할 수 있게 하는 법을 만들 수도 있겠죠. 그러면 재산을 가진 사람들만 계속 부를 축적하는 게 아니라 그 돈이 자선단체로 흘러가 가난한 집 아이들도 쾌적한 집에서 생활하며 대학 교육을 받을 수 있게 되는 것이죠. 이런 방식은 매우 극적인 효과를 발휘할 수 있습니다. 하지만 이를 위해서는 용기 있는 정치인과 헌법학자들이 필요합니다.

김제동 재판관님과 대화를 나누면 나눌수록 남아프리카공화국에 직접 찾아가 대화를 나누고 싶다는 생각이 드네요.

이제 마지막 질문이 될 텐데요. 우리는 더 좋은 정치인과 관료, 그리고 캐머런 선생님 같은 재판관이 필요합니다. 그렇게 하기 위해서 저는 선거법을 개정해야 한다고 생각하거든요.

에드윈 캐머런 저도 동의합니다.

김제동 헌법에는 누구나 동등하게 한 표만 던질 수 있다고 명시되어 있지만, 현실에서는 이따금 부유한 사람이 투표용지 100장만큼의 힘을 발휘하는 것처럼 보입니다. 또 어떤 사람은 투표용지 1000장만큼의 힘을 발휘하는 것처럼 보이기도 하고요. 어떻게 하면 우리가 헌법을 통해 정치적 발전을 이루어낼 수 있을까요? 우리가 무엇을 해야 할까요?

에드윈 캐머런 제가 제동씨의 질문을 제대로 이해했다면, 이 질문은 남아프리카공화국의 선거권에 관한 질문과 맞닿아 있습니다. 남아프리카공화국의 투표 제도는 별로 효과적이지 못합니다. 국민이 아니라 정당이 누가 힘을 가질 수 있는지 결정하기 때문입니다. 남아프리카공화국에서는 정치인이나 대통령을 국민들이 직접 개개인에게 투표하여 뽑지 않습니다. 그 대신 정당이 많은 힘을 가지고 있고, 투표에서 이긴 정당이 대통령을 지명합니다. 만약 한 정당이 전체 투표율에서 60퍼센트를 차지했다면, 그 정당이 누가 의회로 갈 수 있는지 결정하는 권한을 갖습니다. 그렇기 때문에 저는 선거법 개정이 경제 정책을 바꾸는 것만큼이나 중요하다고 생각합니다. 이 대화에서 우리는 지금까지 법적 실천legal activism, 시민의 실천civic activism, 개인의 용감한 실천, 그리고 경제 정책에 대해 이야기했습니다. 지금은 선거법 개정에 대해 말하고 있고요. 저는 선거법 개정이 투표가 분배되는 방식을 바꿀 수 있다고 생각합니다. 호주에서는 모든 사람이 투표하도록 법으로 정해져 있습니다. 미국에서는 가난한 사람의 투표 참여 비율이 높지 않습니다. 그렇기 때문에 트럼프가 당선된 것이기도 합니다. 미국에서는 투표에 참여한 70퍼센트를 제외한 나머지 30퍼센트가 가난한 사람입니다. 투표를 법적 의무로 규정하는 것으로 이런 상황을 바꿀 수 있습니다. 선거 제도가 더욱 직접적으로 국민을 대표할 수 있도록 해서 변화를 이끌어낼 수 있을 것입니다. 민주주의를 이루기 위한 다양한 방법을 우리는 고민해볼 수 있고, 그런 방법 중에 경제 정책과 선거법 개정도 있는 것입니다.

김제동 한 가지 더 질문해도 될까요? 저는 남아프리카공화국의 진실화해위원회 활동을 매우 인상 깊게 보았고, 진실화해위원회 위원장으로 선임된 투투 대주교가 사람들을 위해 울어주었다는 구절이 무척 감동적이었습니다. 저는 법이 사람들을 위해 울어줄 수 있어야 한다고 생각합니다. 어떻게 하면 우리가 다른 사람들도 울 수 있는, 감동을 주는 법을 만들 수 있을까요?

에드윈 캐머런 연민에 대해 말씀하시는 것 같습니다. 연민은 다른 사람의 아픔까지도 겸허한 마음으로 공감하는 감정입니다. 저는 법이 그럴 수 있다고 생각합니다. 하지만 아직은 갈 길이 멉니다.

김제동 그렇습니다. 아직 우리는 갈 길이 먼 것 같습니다. 화상통화로 재판관님과 대화하고 있지만, 재판관님이 저의 좋은 친구처럼 느껴집니다. 재판관님도 그렇게 느끼셨기를 바랍니다.

에드윈 캐머런 네, 저도 무척 즐거웠습니다.

김제동 감사합니다.

2장

당신이 허락한다면
나는 이 말 하고 싶어요

권리 위에 잠자는 사람도 보호한다

헌법은 굉장히 넓고 깊은 상수원 같다는 느낌 들어요. 평소에는 잘 안 보이고 어디 있는지도 잘 모르겠는데, 그게 우리를 지탱하고 먹여 살리고, 그곳이 오염되기 시작하면 우리 삶 전체에 깊숙이 영향을 미치는 거죠.

"헌법은 그렇게 좋은데 우리 사는 건 왜 이러냐?"
"내가 살아온 세상은 법대로 지켜지는 게 하나도 없더라."

이렇게 말씀하시는 분들도 있어요. 맞아요. 그랬어요.
그동안 저도 "그런다고 사회가 변할 것 같으냐?"는 얘기 많이 들었습니다.
쉽게 변하지는 않을 거예요. 하지만 우리가 가만히 있으면 세상은 더 나쁘게 변해갈지도 몰라요.

당신이 허락한다면 나는 이 말 하고 싶어요

"헌법은 권리 위에 잠자는 사람도
보호받도록 되어 있어요."

"그런다고 세상이 바뀌나요?"

이렇게 의심하면서도 시도를 했기 때문에 영화 「1987」의 6월 항쟁으로, 영화 「택시운전사」에서 봤던 세상을 끝낸 거잖아요. 그리고 6월 항쟁 이후에 민주정부 수립에 실패한 아쉬움을 완성시킨 게 촛불시민혁명이라고 생각합니다.

촛불시민혁명, 나중에 혁명으로 기록될 거라 누가 그러더군요. 그런데 혁명이라는 건 완전히 바꾸는 거니까, 나중에 기록되는 게 아니라 지금 우리가 이미 기록해나가고 있는 거라고 생각해요.

학교 다닐 때 뜀틀 해보셨어요? 7, 8단을 넘으면 굉장히 잘 넘는 거죠. 저는 그거 잘 못 넘었거든요. 달려가기 전에 딱 바라보면 절대로 못 넘을 것 같은 높이가 있잖아요. 중간에 턱 걸려서 넘어질 것 같은.

그런데 그 겁나는 단을 딱 넘었을 때 "와, 이거. 오~" 하면서 자기 자신한테 놀라는 거 있잖아요. 촛불집회 때 저는 그런 느낌이 들었어요. 몇 천만 명이 함께 단체 줄넘기를 하는 것 같은 느낌도 들었습니다. "이거 아무도 안 걸리고 100번 연속 넘는다는 건 말도 안 돼. 도저히 못 넘을 거야." 그런데 그걸 안 걸리고 다 넘고 나서, 그 놀라움을 굳이 말로 하지 않아도 서로 눈빛으로 아는 그런 느낌이에요. 우리가 함께 해내면서 우리 스스로도 놀라는 거죠.

세상을 바꾸는 사람이 따로 있지 않다고 생각합니다. 우리가 함께 힘을 모을 때, 그때 세상이 바뀐다는 것을, 지난겨울 우리가 광장에서 확인한 게 아닐까 싶어요.

우리가 선배들의 희생 위에서 새롭게 대한민국을 만들어나가고 있다고 생각합니다. 역사와 헌법을 배우는 것도 재미있지만, 역사와 헌법을 우리가 만들어가는 것은 훨씬 더 보람차고 재미있는 일이라고 생각해요.

상실과 배신의 한 해

이런 이야기가 기억납니다.

어떤 나라의 왕이 맹자에게 물었습니다.

"옛 이야기를 보면 어떤 나라에서 백성들이 임금을 끌어냈다는
데, 그거 잘못된 것 아닙니까?"

맹자가 대답했습니다.

"나는 어떤 나라의 임금이 끌어내려졌다는 이야기는 듣지 못했
습니다. 다만 백성을 어지럽게 하고 백성들을 괴롭힌 한 인간을
끌어내렸다는 말을 들었습니다. 백성을 괴롭게 하면 더이상 임금
이 아닙니다."

2017년 3월 당시 대통령에 대한 헌법재판소의 탄핵 심판 결정문
낭독은 이렇게 시작됩니다.

당신이 허락한다면 나는 이 말 하고 싶어요

"지금부터 '2016헌나1' 대통령 탄핵 사건에 대한
선고를 시작하겠습니다.
선고에 앞서 이 사건의 진행 경과에 관하여
말씀드리겠습니다."

존댓말이어서 굉장히 좋았습니다. 법조문 자체가 선언적 문구를
많이 쓰잖아요. 예를 들면, '모든 국민은 인간으로서의 존엄과 가치
를 가진다.' '행복을 추구할 권리를 가진다.' 이런 선언적 문구도 참
좋은데, 헌법재판소의 탄핵 결정문은 국민에게 올리는 보고서 형식
을 띠면서 존댓말을 하니까 더 좋았습니다.
"말씀드리겠습니다."
"보겠습니다."
이렇게 국민들에게 상세하게, 소상하게 보고합니다. 그러면서 다
음과 같이 밝히죠.

"대한민국 국민 모두 아시다시피, 헌법은
대통령을 포함한 모든 국가기관의 존립 근거이고,
국민은 그러한 헌법을 만들어내는 힘의 원천입니다.
재판부는 이 점을 깊이 인식하면서,
역사의 법정 앞에 서게 된 당사자의 심정으로
이 선고에 임하고자 합니다.
저희 재판부는 국민들로부터 부여받은 권한에 따라

이루어지는 오늘의 이 선고가
더이상의 국론 분열과 혼란을 종식시키고
화합과 치유의 길로 나아가는 밑거름이 되기를 바랍니다.
또한 어떤 경우에도 헌법과 법치주의는 흔들려서는 안 될,
우리 모두가 함께 지켜가야 할 가치라고 생각합니다."

대통령을 포함한 모든 국가기관의 존립 근거는 헌법이고, 그런 헌법을 만들어내는 힘의 원천은 국민이라는 사실을 명심하고 있다, 라는 것이죠. 저는 이 대목이 우리 헌법에 명시된 내용을 거듭 확인한 것이지만, 잠자고 있는 줄만 알았던 헌법의 권력을 우리 국민들이 행사하여 탄핵 심판에까지 이르게 됐음을 분명히 하고, 재판관들은 국민들로부터 부여받은 권한에 따라 심판하겠다고 국민 앞에 선서하는 느낌이었어요. 국민에게 모든 공을 돌린다는 느낌이 들어서 굉장히 가슴 뭉클했습니다. 그렇게 계속 존댓말로 이어가다가 선고할 때 딱 한 번 반말이 나왔어요.

"재판관 전원의 일치된 의견으로 주문을 선고합니다.
주문, 피청구인 대통령 박근혜를 파면한다."

국민의 권력을 위임받아 권한을 행사하는 대통령이나 헌법기관이, 주권자이자 헌법의 원천인 국민에게 존댓말을 하는 시대가 열린 거예요. 우리가 그런 시대를 열었다고 생각합니다.

"높은 사람에게도 법으로 대하고, 낮은 사람에게도 법으로 대하라",
그러면 높고 낮음이 근본적으로 없어진다.
이것이 법치의 뜻인 거죠.

법치의 원래 뜻이 뭘까요? 신영복 선생님이 『나의 동양고전 독법 강의』에서 이렇게 말씀하셨어요.

"주周 이래로 규제 방식에는 예禮와 형刑이라는 두 가지 방식이 있었습니다. 공경대부와 같은 귀족은 예로 다스리고, 서민들은 형으로 다스리는 방식이었습니다. '예는 서민들에게까지 내려가지 않고, 형은 대부에게까지 올라가지 않는다禮不下庶人 刑不上大夫.' 이것이 법 집행의 원칙이었습니다. 법가는 주대의 이러한 예와 형의 구분을 없앴습니다. 귀족을 내려 똑같이 상벌로써 다스리는 것입니다."

옛날에 중국에서 "높은 자들은 예로 대하고 낮고 천한 것들은 형으로 대하라" 하던 시대를 끝낸 게 법치입니다. "높은 사람에게도 법으로 대하고, 낮은 사람에게도 법으로 대하라." 그러면 높고 낮음이 근본적으로 없어진다. 이것이 법치의 뜻인 거죠. 대통령도 잘못하면 법의 심판을 받고 우리도 잘못하면 법의 심판을 받아야 합니다. '인치'가 아니라 '법치'인 거죠. 한 사람의 사사로운 감정으로 "저 사람 나쁜 사람이야" 하면 잘리고, "저 사람 좋은 사람이야" 한다고 해서 쓰는 게 아닌 겁니다. 법 앞에서 모든 사람들이 평등해야 한다는 것이 공화국의 원래 뜻이잖아요.

우리는 주권자이며(1조), 인간다운 삶을 살고(34조) 쾌적한 생활을 할 권리(35조)가 있습니다. 그런데 대통령이 특수 계급을 만들어(11조 2항 위반) 나라를 혼란하게 만든다면, 그를 끌어내릴 권리

(65조)가 있습니다.

국가가 국민이 행복을 추구하지 못하게 했다면 헌법 10조 위반이고, 저는 그것이 내란이라고 생각합니다.

이 땅의 권력자는 한 명이 아니라 5천만 국민이라는 선언이 우리 헌법의 정신입니다. 이제라도 우리 권력자들은 어깨에 힘 좀 주고 살아도 된다고 생각해요. 권한자들이 권력자들한테 고개 숙여 인사해야 하는 거잖아요.

옆에 있는 사람을 툭 치면 국가를 치는 거예요. 그래서 국회의원

만 걸어다니는 헌법기관이 아니고, 사실 우리 모두가 걸어다니면서 보호받아야 할 각각의 헌법기관입니다. 사실은 헌법기관 정도가 아니고, 헌법기관이 보호해야 할 목표인 국가가 바로 우리 국민들인 것입니다.

앞으로 신문에서 정권 교체, 이런 얘기 나오면 잘못됐다고 얘기할 수 있어야 합니다. 정부의 권한 교체라고 해야 합니다. 국회의 권력 교체, 이러면 안 되는 거죠. 의회 권한 교체라고 해야 합니다. 권력은 지금까지 단 한 번도 교체된 적이 없으니까요.

왜? 유구한 역사와 전통을 가진 대한국민이 계속 존재하고 있기 때문에 권력은 교체될 수 없고, 우리가 죽으면 우리 자손에게 가기 때문입니다. 똑똑한데♡

당신이 허락한다면 나는 이 말 하고 싶어요

역행보살들

2016년 겨울, 대구에서 비 오는 날 만민공동회를 한 적이 있어요. 사람이 너무 적다고 주최 측에서 걱정하더라고요. 너무 추웠거든요. 가만있어도 이가 달달달 떨릴 정도였으니까요.

비 오는 날, 바닥에 앉아보면 알아요.
그곳에 앉아 있는 것 자체가 얼마나 감동적인 일인지…….

광장에 가보면 말하지 않아도 그런 기운이 느껴지는 거죠. 서로가 서로에게 굉장히 고맙고. 서로가 서로에게 놀라고. 광장에서 만난 분들과 이야기해보면 이런 말씀을 하시더라고요. 날씨가 추워서 사람들이 없을까봐, 자기라도 나와야 할 것 같아서 나왔다고요. 그 말에, 그 마음에 저 울 뻔했어요.

　그렇게 몇 명이 앉아 있는데 갑자기 한꺼번에 사람들이 몰려왔어요. 근처 술집에서 동창회를 하다가 사람이 너무 적을까봐 광장으로 나오신 거예요. 영화에서 수세에 몰려 다 죽게 생겼는데, 저 멀리서 흙먼지 일으키면서 지원군이 나타나면 눈물나잖아요. 저만치서 조자룡이 쌍검 들고 오고, 관운장이 청룡언월도 들고 오고, 장비가 달려 나오는 것처럼 굉장히 감동적이었어요.

　그러고 보면 우리를 광장으로 이끌어내 서로의 소중함을 느끼게 만들어주고, 헌법의 가치와 의미를 새삼 깨닫게 해준 '그분들'은 참 고마운 존재예요.

　성경에 보면 나쁜 짓으로 일깨워주는 사람들 있잖아요. 불교에서는 그런 사람을 역행보살이라고 하던데, 어쨌든 '그분들'도 역행보살

당신이 허락한다면 나는 이 말 하고 싶어요

의 범주에 들어갈 것 같아요. 우리가 광장에 함께 모여 "대한민국의 주권은 국민에게 있다"고 외치게 만들어줬잖아요.

그동안 정치인들은 입버릇처럼 개헌 이야기만 해왔고, 헌법 조항을 가지고 이야기하기 시작한 건 사실 얼마 안 되었잖아요. 저잣거리에서, 사람들 속에서 헌법을 이야기한 건 촛불집회부터가 아닐까 싶어요. 2008년 '미국산 쇠고기 수입 반대'를 위해 국민들이 거리로 나섰을 때, "대한민국은 민주공화국이다"를 외치기 시작했죠. 그리고 2016년에서 2017년으로 이어지는 긴 겨울 동안 다시 한번 헌법을 내세우고, 처음으로 각 조항들을 들여다보기 시작한 거죠.

그렇게 보면 누가 뭐래도 참 고마운 분들이에요, '그분들'.
관점이 너무 착한 거 아니냐고요? '그분들' 입장에서 들어봐요. 착하게 들리나.
연대감은 '그분들'이 우리에게 준 귀한 선물이라고 생각해요. 정말 고마워하고 있어요. 그래도 잘못한 일은 확실히 책임져야겠죠?

'비타민' 조항

모든 국민은 인간으로서의 존엄과 가치를 가지며, 행복을 추구할 권리를 가진다. 국가는 개인이
가지는 불가침의 기본적 인권을 확인하고 이를 보장할 의무를 진다.(10조)

헌법 10조, 행복 추구권을 저는 '비타민 조항' 또는 '피로 회복제 조항'이라고 불러요. 보면 막 힘이 나거든요.

이 조항에서 '모든 국민은'이라고 한 것은 '아무것도 아니어도 된다'는 뜻이죠. 아무런 단서 없이 '모든 국민은 누구든지'입니다. 쓸모로 사람을 평가하지 마라, 사회적 신분으로 평가하지 마라, 이런 얘기겠죠?

얼마 전에 맥도날드에서 배달을 하는 한 청년이 피켓 시위를 했다는 뉴스를 봤어요. 원래 눈이나 비가 오는 날에 배달을 하면 '날씨 수당'으로 100원을 더 지급받는데, 날씨가 너무 더우니까 폭염일 때도 날씨 수당을 지급해달라고 시위를 한 거예요.

"사실 돈으로 치면 크지 않죠.

이 100원이란 뭐냐 하면,
저희가 폭염 속에서 일했을 때 받을 수 있는
어떤 존중감이라고 생각해요."

100원이라는 숫자도 그렇고, 저는 그 청년의 말에 울컥했어요. 여기서 100원은 최소한의 존엄을 얘기하는 거잖아요.

인간으로서의 진짜 존엄은 다른 게 아니라고 생각해요. 모두 같은 사람이잖아요. 다만 누구는 몸 쓰는 일을 할 수 있고, 누구는 머리 쓰는 일을 할 수 있고, 누구는 손 쓰는 일을 할 수 있고, 누구는 운전하는 일을 할 수 있죠.

그런 구별은 있을 수 있지만 서로 존중하며 존엄을 지켜줘야 한다고 생각해요.

국회에서 청소하는 분들이 국회의원들과 마주치지 않게 하고 엘리베이터도 다른 거 타도록 만들면 안 되는 거죠. 청소하는 분들이 일하고 계시면 국회의원이 피해야 하는 거 아닌가요? 그분들이 쓰레기 치우고 계시면 국회의원들이 피해드려야죠. 일하는 사람들이 인간적 모멸감을 느끼게 해서는 안 되죠. 저는 그게 가장 중요하다고 생각합니다. 그래야 우리도 모멸감 느끼는 일을 당하지 않을 테니까요.

땅콩 안 까줬다고 무릎 꿇리지 않는 사회,

함부로 소리 지르거나 물컵 던지지 않는 사회,
인간이 인간에게 모멸을 퍼붓지 않는 사회,
인간이 인간의 존엄을 지켜줄 수 있는 사회.

국가는 누군가가 인권을 침해당하면 가서 도와주는 역할에 그치는 것이 아니고, "당신에게 이런 인권이 있으니 보장해드릴게요" 이렇게 알려주고 챙겨줄 의무가 있다고 생각합니다.

먼저 가서 "혹시 누가 욕했어요? 아니면 누가 해코지하던가요?" 이렇게 물어보고 확인하는 게 국가의 역할 아닌가요? 그런 거 해줘야 한다고 생각해요. 그렇게 되어야 사람이 좀 살 만하지 않겠어요?

사실 이 권리만 완벽하게 보장되어도 사는 데 별 문제없을 거라고 생각해요. 그러면 어디 나갈 때도 어깨 좀 펴지지 않겠습니까?

저는 행복 추구권이 행복할 권리보다 한 걸음 더 나아가고 있다고 생각합니다. 국가가 개인이 가지는 불가침의 기본적 인권을 확인하고 보장해야 하니까요.

그런데 '행복 추구권'이 1980년에 전두환 대통령 때 넣은 조항이래요. 참 아이러니하죠. 인권을 탄압하는 현실을 가리기 위해 끼워 넣은, 허울에 불과한 조항이니 없애야 한다는 여론도 있지만, 저는 생각이 좀 다릅니다.

처음 만들 때 의도가 어떠했든, 인간의 존엄과 가치를 인정하고

저는 행복 추구권이 행복할 권리보다
한 걸음 더 나아가고 있다고 생각합니다.
국가가 개인이 가지는 불가침의 기본적 인권을
확인하고 보장해야 하니까요.

행복 추구권과 기본적 인권을 보장하겠다고 명문화한 것이니까요.

**헌법은, 더이상 내려가면 안 되는 하한선,
더 밀어붙이면 안 되는 최소한의 인간적 범위를
명시해놓은 것이기도 하니까요.**

이 조항은요, 잠이 안 올 때 한번 읽어보세요. 잠이 잘 옵니다.
우울할 때 읽으면 기운이 팍팍 납니다.
비타민 한 알 먹은 것처럼 든든해져요.

'빼빼로' 조항

모든 국민은 법 앞에 평등하다. 누구든지 성별·종교 또는 사회적 신분에 의하여
정치적·경제적·사회적·문화적 생활의 모든 영역에 있어서 차별을 받지 아니한다.(11조 1항)
사회적 특수계급의 제도는 인정되지 아니하며, 어떠한 형태로도 이를 창설할 수 없다.(11조 2항)
훈장등의 영전은 이를 받은 자에게만 효력이 있고, 어떠한 특권도 이에 따르지 아니한다.(11조 3항)

헌법 11조는 뭘까요? 1자가 두 개 나란히 있죠. 바로 평등권입
니다.

사실 엄청 감동적인 조항인데, 세상이 그렇게 안 돌아가서 별로
안 와닿는 거죠. 각종 차별이 일상화되어서 오히려 무감각해진 게
아닌가 싶어요. 11조 1항에 "성별·종교 또는 사회적 신분에 의하여
정치적·경제적·사회적·문화적 생활의 모든 영역에 있어서 차별을
받지 아니한다"고 나와 있음에도 불구하고 현실에서는 차별이 있죠.
이제라도 이런 표현들이 법조문에만 갇혀 있지 않고 살아 움직이면
좋겠습니다.

고속도로를 만들고 관리할 때는 운전자들이 교통사고 없이 원하
는 곳에 도착하는 것이 목표죠? 그러나 현실적으로 교통사고가 일
어나는 건 어쩔 수 없잖아요. 그래도 교통사고가 한 건도 일어나지

않기를 바라면서 노력해야 하는 것이죠.

저는 헌법도 그와 마찬가지라고 생각합니다. 이루어질 수 있든 없든 '모든 국민은 법 앞에 평등하다'라는 목표가 있어야 모든 국민이 법 앞에 평등하지 아니할 때 왜 헌법대로 되지 않느냐고 물어볼 권리가 생길 테니까요.

사실 성별에 따라 응시 자격을 제한하는 건 차별이죠. 면접 원서 같은 데 사진 붙이라고 하는 것도 차별이잖아요. 잘 안 되면 법률구조공단 같은 데 가서 이야기하고, 국가인권위원회에도 진정해야죠. 필요하면 헌법 소원도 할 수 있어야 한다고 생각합니다.

"나는 모든 차별에 반대한다."
"나는 나의 존재에 대해서는 사과하지 않겠다."

남아프리카공화국의 에드윈 캐머런 헌법재판관이 한 말이에요.
제가 그분에게 물었습니다.
"바보 같은 질문일 수도 있겠지만 정말 궁금한 것이 한 가지 있습니다. 모두 그런 것은 아니지만 권력을 쥐거나 경제적으로 부유해지면 대체로 약자의 권리에 공감하는 능력이 떨어지는지 약자의 편에 서지 않는 것 같습니다. 하지만 재판관님의 책을 읽어보면, 재판관님은 갖고 계신 권위를 병들거나 가난한 사람들, 소수자들을 위해 사용하시는 것 같습니다. 재판관님의 마음속 어느 곳에서 그러한

30년, 40년 뒤에는 우리가 어떻게 기억될까요?
우리의 유산은 무엇이겠습니까?
우리의 오만함, 자존심, 거만함이 아니라
친절함이어야겠지요.

힘이 나오나요?"

"매우 바보 같은 질문처럼 들리지만, 사실 어려운 질문입니다. 저로서는 인간의 연약함vulnerability을 기억하기 때문에 가능한 일이라고 생각합니다. 30년, 40년 뒤에는 우리가 어떻게 기억될까요? 우리의 유산은 무엇이겠습니까? 우리의 오만함, 자존심, 거만함이 아니라 친절함이어야겠지요. 동성애자인 저는 약점이 매우 많은 사람입니다. 인간면역결핍바이러스HIV 감염자로 거의 죽을 뻔한 위기를 겪은 저로서는, 언제든 비난받고 상처 입기 쉽다고 느꼈습니다. 그래서 가난하고 약한 사람들을 마주할 때면, 저도 약점이 있는 한 인간이라는 사실을 기억하기 위해 노력했습니다. 이것은 우리가 자신의 인간다움을 계속해서 기억할 수 있느냐의 문제입니다. 판사들만이 아니라 우리 모두 이러한 생각을 할 수 있어야 합니다."

그래서 저도 제 존재에 대해 더이상 사과하지 않기로 결심했습니다. 혼자 사는 내 존재에 대해서 나는 앞으로 절대 사과하지 않겠습니다. 왜 종교 시설에서 혼자 사는 사람들은 수행자로 존경받고, 바깥세상에서 혼자 사는 사람들은 하자 있는 사람 취급을 받아야 할까요? 그것도 다 차별이에요.

차별하고 구별이 잘 구분이 안 되는 것 같아요.
구별은 있을 수 있지만, 차별이 있으면 안 되잖아요.

당신이 허락한다면 나는 이 말 하고 싶어요

예를 들면, '각 개인이 개별적이다' 하는 건 구별을 이야기하는 거
잖아요. 모든 인간은 개별적이다, 하는 그 구별부터 시작해야 할 것
같아요. 그걸 소수자로 퉁치거나 한 인간을 집단 안에 묶으려는 순
간부터 문제가 발생한다고 생각해요.

일부 사람들이 동성애와 동성결혼 합법화 반대 시위를 하죠. 그
런데 그것도 힘든 일이거든요. 동성애는 죄악이고 동성결혼을 하면
지옥 간다고 정성스럽게 적어서 들고 나와요. 그런데 동성결혼을 지
지하는 어느 단체에서 이런 현수막을 내걸었더라고요.

"주여! 동성 커플에게도 우리와 같은 지옥을 맛보게 하소서."
-한국기혼자협회

재밌죠? 이성끼리든 동성끼리든 자기들이 결혼해서 살아보겠다
고 하니 알아서 하게 두자는 뜻이겠죠.

<u>결혼은 정말로 미친 짓이고 지옥인지 저는 아직</u>
<u>확인을 못했네요.</u>

마음속에 차별을 두고 자기와 다른 사람들을 무시하는 사람들, 사는 지역에 따라 차별하는 마음을 가진 사람들은 그 자체로 이미 대가를 받고 있는 거예요. 사실 차별도 진짜 힘이 많이 드는 일이잖 아요.

당신이 허락한다면 나는 이 말 하고 싶어요

'안녕히 계세요' 조항

모든 국민은 신체의 자유를 가진다. 누구든지 법률에 의하지 아니하고는 체포·구속·압수·수색 또는 심문을 받지 아니하며, 법률과 적법한 절차에 의하지 아니하고는 처벌·보안처분 또는 강제노역을 받지 아니한다. (12조 1항)

모든 국민은 고문을 받지 아니하며, 형사상 자기에게 불리한 진술을 강요당하지 아니한다. (12조 2항)

헌법 12조는 신체의 자유입니다. 영화나 드라마에서 보셨죠?

"영장 가져와. 경찰이든 검찰이든 영장 없이는 나 못 데려가."

검사가 신청하고 법원에서 적법한 절차에 의해 판사가 발부한 영장 없이는 우리 집에 함부로 들어올 수 없다고 헌법에 보장되어 있습니다. 거의 형사소송법이라고 해도 될 만큼 아주 꼼꼼합니다. 무려 7항까지 있습니다. 그렇게 엄격하게 정해놓았습니다.

최고예요!

혹시 우리 손자 손녀들한테 누가 손댈까봐
할머니 할아버지들이 그렇게 만들어놓으셨어요.
한 번만 더 얘기할게요. 엄청 감동적이지 않습니까?
엄마가 한번씩 "이노무 새끼 공부 좀 해라" 그러면
할머니가 "아이고, 왜 애한테 자꾸!"
그러면서 감싸주지 않습니까?

할머니한테 전화해서 "엄마 아빠가 또 나한테 뭐라고 해."
그러면 할머니가 "엄마 아빠 바꿔!" 그러시죠.
이 집안의 주인이 누구다?
할머니가 봤을 때는 손녀 손자다.
우리 귀한 애들 건드리지 마라, 이게 헌법 12조입니다.

　신체의 자유. 굉장히 중요합니다. 영장 없이는 아무도, 법률에 근거하지 않고는 아무도 우리를 잡아갈 수 없어요. 2항에 보세요. "모든 국민은 고문을 받지 아니하며, 형사상 자기에게 불리한 진술을 강요당하지 아니한다"라고 되어 있습니다.
　헌법 21조, 언론, 출판, 집회, 결사의 자유는 간혹 들어보셨죠? 타인의 명예를 훼손하지 않는 한 말할 수 있는 자유입니다. 그것만큼 위대한 자유, 아니, 그보다 더 위대한 자유, 그럼에도 우리가 잊고 있던 자유, 훨씬 더 우리를 보호할 수 있는 강력한 자유가 바로 '말하지 않을 자유'입니다. 불리한 진술은 강요당하지 않습니다.

우리에게는 말하지 않을 권리가 있습니다. 불리한 진술은 하지 않아도 된다고 반드시 고지해주도록 되어 있습니다. 대답하고 싶지 않은 것은 대답하지 않아도 되고, 전부 다 대답하지 않아도 된다, 그 대답하지 않은 것으로 인해 불이익을 당하지 않는다. 이렇게 고지하지 않고 받아낸 진술은 전부 무효입니다.

검사가 물어보면 다 대답해야만 하는 줄 알았죠? 이런 걸 몰라서 그렇습니다. 설사 검사하고 만난다 하더라도 검사가 계속해서 물어보면 기분이 나쁘죠. 그러면, 나 기분 나빠서 간다, 하고 나오면 됩니다. 검사가 붙잡을 아무런 권한이 없습니다. 죄짓지 않은 한……

그런데 뉴스에서는 심심찮게 나오죠. 검찰이 조사를 마치고 참고인 누구를 귀가시켰다고요. 그런 표현 자체가 반헌법적입니다. 검찰은 귀가시킬 권한이 없습니다. 참고인은 언제든 자기 발로 걸어 나올 수 있습니다. 심지어, 검사 너 정말 맘에 안 든다, 그러면서 나와도 됩니다. 괜히 쫄 필요가 없다니까요.

제가 얘기하니까 못 믿겠죠? 김두식 교수의 『헌법의 풍경』에 나오는 내용이니까 믿으셔도 됩니다. 이제 믿을 수 있죠?

(이런 엘리트주의……)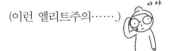

우리 한번 생각해볼까요? 적법한 절차에 의한다 하더라도 수사기관에 불려 가면 일단 겁이 나죠. 죄지은 게 없는데도 이상하게 겁이 나잖아요. 그런데 유명한 사람들이 경찰이나 검찰에서 조사받는다고 하면 신문이나 방송사에서 카메라 든 기자들이 대기하고 있다가 막 사진 찍죠? 취재 기자들이 마이크 건네면서 "혐의를 인정하십니까?" "국민들에게 한 말씀 하시죠" 그러잖아요. 그때 아무 말 않고 쉭 들어가면 우리 막 뭐라 그러잖아요. "저 봐라. 저저……" 하면서. 그리고 다음 날 뉴스에서 누가 혐의를 다 부인했다, 진술을 거부했다고 하면 "뭐 저런 게 다 있어?" "내 저렇게 뻔뻔할 줄 알았다" 그러죠.

그런데 사실은 그게 다 헌법에 보장된 그들의 권리이고, 우리의 권리입니다. 불리한 진술을 강요받지 않을 권리. 그렇다고 죄 지은 사람에게 죄를 묻지 말아야 한다는 게 아니라, 아무리 죄를 지었다고 의심받는 사람이라도 그 사람의 권리는 지켜주어야 하고, 자백에만 의존하지 말고 철저한 수사로 법의 심판을 받게 해야 한다는 겁니다. 그랬을 때 강요된 거짓 진술로 처벌받는 억울한 일도 피할 수 있겠죠. 그리고 그렇게 처벌해야 나쁜 사람들을 더 강하게, 적법하게 처벌하죠.

심지어 친구 사이에도 "너 말해" 하면 형법상 강요죄에 해당된다고 합니다. 말하지 않을 권리를 그토록 폭넓게 인정하고 있습니다.

(우리 엄마 박동연 여사님, "너 언제 결혼할 거야?"라고 자꾸 물으시면 형법상 강요죄……?!)

당신이 허락한다면 나는 이 말 하고 싶어요

'당신 혼자 두지 않아' 조항

누구든지 체포 또는 구속을 당한 때에는 즉시 변호인의 조력을 받을 권리를 가진다. 다만, 형사 피고인이 스스로 변호인을 구할 수 없을 때에는 법률이 정하는 바에 의하여 국가가 변호인을 붙인다.(12조 4항)

내가 말하지 않으면 누군가 내가 할 말을 대신 해줘야 하겠죠? 그래서 헌법 12조에 변호인의 조력을 받을 권리, 도움을 받을 권리가 명시되어 있습니다.

갑자기 체포되거나 구속되었을 때는 반드시 법률이 정한 바에 의해 가족에게 알리도록 되어 있어요. 왜 그렇게 되어 있을까요? 가족에게 알리지 않고 잡아가는 일이 허다했기 때문입니다. 저는 12조 4항을 '당신 혼자 두지 않아' 조항이라고 이름 붙여봤어요.

우리는 행복을 추구하고, 평등하게 대우받고, 마음껏 다닐 수 있는 신체의 자유가 있습니다. 뭔가 잘못했다는 의심을 받더라도 법률에 의거해서 영장을 가져와야 잡아갈 수 있습니다. 잡아가더라도 고문은 할 수 없습니다. 그리고 변호인의 도움을 받을 수 있습니다. 내가 한 자백이 유일한 증거일 때는 그것을 증거로 채택할 수 없습니다. 입증은 누가 해야 할까요? 저쪽에서 해야 합니다. 그렇게 엄격하게 정해놓았습니다.

"제 변호사와 얘기하세요."

영화에서 많이 나오죠. 보통은 지위가 높거나 돈이 많은 사람들이 주로 하는 말이라 거부감이 있지만, 굉장한 권리입니다. 변호인을 두지 못하는 사람들을 위해 국선변호인 제도까지 헌법에 꼼꼼하게 적어놨습니다. 형편이 어려워 변호인을 선임할 수 없으면 나라에서 붙여줘야 합니다.

표현도 정말 우리가 알기 쉽게 국선변호인을 '붙인다'고 되어 있습니다. 헌법에 이런 표현이 나오는 것도 처음입니다. 법률 용어 진짜 어려운데, 여기에는 '붙인다'고 해놓았습니다.

헌법이 7항까지 있는 경우는 별로 없는데, 신체의 자유에 대해서는 7항까지 아주 꼼꼼하게 적어놨더라고요. 우리 귀한 사람들을 함부로 잡아갈 수도 없고 함부로 대할 수 없다, 이렇게요. 지면상 다 못 적었지만 잠이 안 올 때 한번 읽어보세요.

몇 번만 더 쓰겠습니다. 우리 헌법, 엄청 감동적이지 않습니까?

문제는 이 조항을 아는 사람만 알고, 자기들끼리 악용하고 있다는 거죠. 법을 잘못 배운 사람들이 돈 많고 힘 있는 사람들 옆에서

당신이 허락한다면 나는 이 말 하고 싶어요

쓰당
쓰담

"외로워 마세요.
당신 혼자 두지 않을게요."

진술을 거부하라고 알려주고, 돈 없고 힘없는 사람들에게는 자백해야 감형 받는다고 다그쳐요.

이제는 법을 좀 제대로 아는 사람들이 국민들 곁에서 궁금한 것, 억울한 것 좀 풀어주면 좋겠어요.

헌법이 속삭입니다, 여러분에게.

음덕 조항

모든 국민은 고문을 받지 아니하며 형사상 자기에게 불리한 진술을 강요당하지 않는다. (12조 2항)

12조 2항이 우리 헌법에 들어온 게 1963년, 박정희 대통령 때라고 하네요. 아이러니하죠. 그 뒤로도 얼마나 많은 젊은이들과 힘없는 사람들이 억울하게 잡혀가고 고문을 당했습니까. 이른바 "가보면 알아" "조사하면 다 나와" 시절이잖아요.

헌법에 이런 조항이 있다는 걸 20년 넘게 모르다가, 혹은 알면서도 감히 그 권리를 요구하지 못하다가, 도저히 못 참겠다, 하고 일어나게 만든 사건이 있었잖아요. 1987년 1월, 박종철 군 고문치사 사건. "탁 치니까 억 하고 죽었다" 그랬죠.

그러니까 이 조항은, 고문을 겪은 수많은 사람들이
몸으로 그 조항을 펼친 덕분에 지켜지기 시작했고,
모든 국민이 고문 받지 않는 세상이 온 거라고 생각해요.

"모든 국민은 고문을 받지 아니하며"
이 한 줄이 지켜지기까지
얼마나 많은 사람들이 고문을 받았을까,
얼마나 많은 사람들이 고문을 당했으면
이 조항을 넣었을까, 이런 생각이 들었어요.
그들의 희생 위에 이 헌법 조항이 있습니다.

그분들의 음덕 덕분에 우리가 광장에 나가 소리쳐도 고문은 받지 않는다는 안정감을 느끼게 된 거죠. 그런 걸 보면 감동적이에요. 그래서 저는 그걸 온몸으로 한 글자 한 글자 밀어넣은 '음덕 조항'이라고 불러요. 적어도 저같이 겁 많은 사람이 따박따박 누구한테 대들 수 있는 것은 이 조항 덕분이라고 할 수 있죠.

고문이 일상화되어 있는 것과, 적어도 이제는 잡혀가서 고문당할 일은 없다고 안심하는 것과는 굉장한 차이가 있잖아요. 그것도 모든 법의 상위법인 헌법에서 분명히 밝히고 있는 것이니까요.

광장에서 마이크를 잡았을 때 많은 분들이 제게 물으셨어요. 두렵지 않느냐고. 괜찮겠느냐고. 앞에서도 말씀드렸지만 "두렵지 않습니까?" 이렇게 물어봐주시는 분들이 있어서 별로 두렵지 않았어요. 게다가 믿는 구석이 있었거든요. 이렇게 떠들어도 옛날처럼 쥐도 새도 모르게 잡아가고 그러지 않잖아요. 고문당하지 않잖아요. 만약에 잡아가거나 고문했으면 전 아마 안 했을 거예요. 제가 그렇게까지 적극적인 용기나 신념을 가진 사람은 아니에요. 일제 강점기 때 태어났으면 적극적으로 친일을 하지는 않았겠지만, 적극적으로 항일을 했을 가능성도 좀 떨어져요. 딱 그 정도 인간이에요, 제가.

우리는 선배들의 음덕과 은혜 속에 살고 있는 것이죠. 나무가 그냥 서 있는 것 같지만 공기에 기대고 서 있듯이, 우리가 그냥 사는 것 같지만 수많은 선배들의 희생 위에 서 있고, 우리의 삶은 우리 후배들과 이어져 있다는 것을 다시금 생각하게 됩니다.

살다가 문득문득 이런 선배님들 덕분에 우리가 하고 싶은 얘기 하면서 맘 편히 살고 있다는 것을 기억해보면 좋겠습니다. 또 우리도 우리 아이들에게 그런 선배가 되었으면 좋겠습니다.

우리 공동체 안에 이렇게 비스듬히 받치고 있는 멋진 사람들이 참 많죠? 제가 제일 좋아하는 시를 소개하고 싶네요. 정현종 시인의 「비스듬히」라는 시입니다.

생명은 그래요.
어디 기대지 않으면 살아갈 수 있나요?
공기에 기대고 서 있는 나무들 좀 보세요.
우리가 기대는 데가 많은데
맑기도 하고 흐리기도 하니

생명은 그래요.
어디 기대지 않으면 살아갈 수 있나요?
공기에 기대고 서 있는 나무들 좀 보세요.

우리 또한 맑기도 흐리기도 하지요.

비스듬히 다른 비스듬히를 받치고 있는 이여.

마지막 구절은 지금 옆에 있는 사람 얼굴을 보면서 읽어보셨으면
좋겠어요.
"비스듬히 다른 비스듬히를 받치고 있는 이여."

그렇게 '비스듬히' 서로를 받치고 있는 느낌이 들 때가 있죠. 살다
가 어느 날 혼자 남겨진 듯한 느낌이 들 때 제가 당신에게, 당신이
제게 그랬으면 참 좋겠습니다.

'판관 포청천' 조항

모든 국민은 헌법과 법률이 정한 법관에 의하여 법률에 의한 재판을 받을 권리를 가진다.(27조 1항)
모든 국민은 신속한 재판을 받을 권리를 가진다. 형사피고인은 상당한 이유가 없는 한 지체없이 공개재판을 받을 권리를 가진다.(27조 3항)
형사피고인은 유죄의 판결이 확정될 때까지는 무죄로 추정된다.(27조 4항)

우리에게는 마녀사냥 당하지 않고 법률에 의해 재판받을 수 있는 권리가 있습니다. 헌법 27조 재판받을 권리입니다.

27조 1항에서 제가 좋았던 건 그거예요. 사실 재판받는다고 생각하면 겁부터 나잖아요. 재판은 끌려가서 당하는 거라고만 생각했지 재판받는 게 권리라는 생각은 한 번도 해본 적이 없거든요. 그런데 가만히 생각해보니까 재판받을 권리가 없으면, 누구 한 명 찍어 가지고 열 명에서 "얘 사형시키자" 하고 사형시킬 수도 있는 거예요. 헌법에서 재판받을 권리를 보장하고 있으니까 법률에 의거해 법정에서 나의 모든 권리들을 총동원해서 재판받을 수 있는 거죠.

'개인 간에 다툼이 생길 때,
국가를 상대로 억울한 일이 있을 때,

당신이 허락한다면 나는 이 말 하고 싶어요

그리고 범죄를 의심받을 때,
우리에게는 법률에 따라 재판을 받을 권리가 있어.
이상한 놈들한테 잡혀가서 무작정 당하지 말고
재판해서 따져봐.
법률이 정한 재판관들에 의해
재판받을 권리가 당신에게 있어.'

이런 겁니다. 형사피고인에 대한 공개재판을 받을 권리를 명시한 이유는, 국가에 의해 부당한 취급을 받지 않도록 하기 위한 거죠.

문무일 검찰총장이 검찰 사상 처음으로 잘못 처리한 사건이라고 사과했던 인혁당 재건위 사건 같은 경우, 피고인도 부르지 않은 채 비공개로 재판을 진행해 여덟 명에게 사형을 선고하고 열일곱 명에게 무기징역을 선고했어요. 1975년 4월 9일에 그런 일이 벌어졌습니다. 그리고 불과 18시간 만에 사형을 집행해버려요. 끔찍하죠. 그러니까 이 권리 하나하나가 굉장히 귀한 거예요.

헌법 27조 4항 "형사피고인은 유죄의 판결이 확정될 때까지는 무죄로 추정된다". 여기서 유죄 판결은 1심, 2심 판결을 의미하는 것이 아니라 확정된 판결을 의미합니다. 그러니까 1심, 2심에서 유죄 판결을 받았더라도, 피고인이나 검찰이 상고를 해서 아직 대법원 판결이 나지 않은 상태라면 유죄라고 단정지으면 안 된다는 거죠. 비록 구치소에 갇힌 상태라 하더라도 무조건 죄인 취급을 하면 안 되는 거예요.

그런데 감정적으로 잘 안 되죠? 하지만 아무리 나쁜 사람도 판결이 나기 전까지는 무죄 추정의 원칙을 적용해야, 다른 사람들에게도 우리에게도 그 하한선이 마찬가지로 적용되는 거잖아요. 그렇게 하는 게 모두를 위해 좋은 거 아닌가 싶어요.

무죄 추정의 원칙에 대해서는 우리나라 헌법재판소에서 2년여간 근무하고 2001년부터 2016년까지 구 유고슬로비아국제형사재판소 ICTY 재판관으로 활약한 권오곤 국제형사재판소 ICC 당사국 총회 의장을 만나 이야기를 들어보았어요. 그 이야기는 2장 끝에 있어요.

191쪽으로 가자!

사회 분위기가 좀 바뀔 필요가 있는 것 같아요. 사실 재벌 총수나 정치인을 비롯한 유명인이 무슨 혐의를 받고 있다, 검찰에 조사를 받으러 나왔다, 그러면 우리는 이미 죄인 취급을 하잖아요. 구속영장 떨어지면 이미 죄가 확정된 것처럼 생각하고, 구속영장 발부돼서 호송차 타고 구치소로 가는 장면을 볼 때 통쾌함을 느끼기도 하고요. 누구 하나 그 사람이 무죄일 수도 있다는 생각은 하지 않아요. 유능한 변호사를 선임해서 재판을 준비한다고 하면, 제 살길만 찾는다고 욕하죠. 나중에 재판을 통해 무죄 판결이 나도 '아, 내가 오해했구나. 미안하다' 이렇게 생각하는 사람 거의 없어요. '미꾸라지처럼 법망을 빠져나갔다'고 생각하죠. 물론 그럴 수도 있어요. 얄밉게 법망을 잘 피해 갔을 수도 있어요. 그러나 빠져나가지 못하게 법 원리를 촘촘하게 적용하고 증거로 틀어막는 건 검찰의 몫이죠.

저는 오히려 나쁜 놈일수록 무죄 추정의 원칙을 더 철저히 적용해야 한다고 생각해요. 감정적으로는 부글부글 끓더라도요. 그래야 검찰이 더 철저하게 조사해서 절대 발뺌 못하게 증거를 찾아내고, 법원에서 당당하게 법의 심판을 내릴 수 있을 것 아니에요? 그리고 잘못된 수사와 판결로 희생되는 사람이 한 명이라도 나와서는 안 되니까요. 우리에게는 증거도 없이 자백만으로 무고한 사람을 죄인 만들었던 아픈 과거가 있으니 더 조심해야겠죠.

철저!

김기춘씨, 조윤선씨, 우병우씨 등이 검찰에 조사받거나 법원에 재판받으러 나올 때 보면 수의가 아니라 사복을 입고 있습니다. 그것도 다 인권 탄압을 받으면서 문제를 제기한 우리 선배들의 음덕 덕분이에요. 김기춘씨가 법무부 장관일 때만 해도 미결수들 전부 수의 입고 재판받았어요. 아직 유죄 확정 판결이 나지 않은 미결수가 법정에서 수의를 입도록 강제하는 것은, 헌법에 있는 무죄 추정의 원칙에 반하는 것이라고 1999년에 위헌 결정이 났다더라고요.

헌법에 분명하게 밝혀둔 무죄 추정의 원칙을 살려낸 것이 불과 십 수 년 전인 거죠. 저도 좀 놀랐어요. 그것도 나라에서 챙겨준 게 아니라, 전문가가 요구해서 그런 게 아니라, 국가의 폭력에 고통받은 우리 선배들이 헌법 소원을 내서 쟁취한 것이라고 해요

저도 책에서 읽은 건데요, 무죄 추정의 원칙은 형사 절차에서 피고인의 유죄를 입증할 책임이 국가 또는 검찰에게 있다는 데서 출발한다고 합니다. '의심스러울 때는 피고인의 이익으로'라는 형사소송법의 대원칙과 같은 맥락에서 나온 것이죠.

검찰이 합리적인 의심을 넘어설 정도로 유죄에 대한 강력한 확신을 판사에게 심어주지 못하는 한 법원은 피고인에게 무죄를 선고해야 한다고 하네요. 또 불구속 수사 원칙도 무죄 추정을 받는 피고인의 방어권을 충분히 보장하기 위한 것이라고 합니다.

(이 정도까지 읽었으면 이제 책 덮고 사법고시 치러 가도 되지 않을까요? 아, 사법고시 폐지됐지…….)

너희들은 판결에만 전념하라고
비린내 나는 생선은 우리가 팔고
육중한 기계음 들리는 공장 컨베이어벨트는 우리가 지켰다.
(…)
우리는 법을 못 배웠으니까
기꺼이 너희들을 인정하며 너희들에게 법의 칼을 쥐어주었다.
— 김주대, 「반박 성명 발표한 대법관 13인에게 고함」 중에서

지금까지 '재판받을 권리'는 진짜 권력자인 국민을 지켜주지 못했어요. 일부 재판관들은 힘 있는 사람들에게만 그 권리를 보장해주었고, 힘없는 사람들을 희생시킨 일이 많았습니다. 그들은 자신들의

진짜 임명권자가 국민이라는 사실을 까맣게 잊고 있었던 것은 아니었을까요. 제 마음을 김주대 시인이 잘 표현하셨더라고요.

시로 대신 전합니다.

'깨톡' 조항

모든 국민은 주거의 자유를 침해받지 아니한다. 주거에 대한 압수나 수색을 할 때에는
검사의 신청에 의하여 법관이 발부한 영장을 제시하여야 한다.(16조)
모든 국민은 사생활의 비밀과 자유를 침해받지 아니한다.(17조)
모든 국민은 통신의 비밀을 침해받지 아니한다. (18조)

사생활의 자유를 존중받을 권리가 헌법에 명시되어 있습니다.
16조, 17조, 18조가 사생활 보호에 관한 조항입니다. 지켜줄게!

16조는 주거의 자유입니다. 우리 모두에게 집에 콕 박혀 있을 권
리가 있어요. 그러니 우리 집에 허락 없이 들어오면 안 돼요. 주거의
자유가 보장되어 있으니까요.

거주 이전의 자유와 헷갈릴 수 있는데, 거주 이전의 자유는 살던
집에서 이사할 수 있는 것이고, 주거의 자유는 집 안에서 조용히 혼
자 있을 수 있는 권리를 말합니다.

주거지 침입이라고 하죠? 거주지 침입과는 다른 겁니다. 법률에
의하지 않고는 우리 집에 함부로 쳐들어올 수 없습니다. 안전하게
주거할 수 있는 권리죠.

드라마에서 "수색하러 왔습니다" 하면 "영장 가져와" 이러죠. 그러

당신이 허락한다면 나는 이 말 하고 싶어요

면 경찰이 "수색 영장 있습니다" 하죠. 법률에 의거해 판사가 발부한 영장을 들지 않고서는 주거지에 아무도 들어올 수 없다, 그게 헌법에 나와 있습니다.

우리 헌법은 주거의 자유를 보장하고 있기 때문에, 우리가 콕 박혀 있는데 누가 와서 "너 왜 이렇게 콕 박혀 있어?" 이렇게 물어보려면 영장이 필요합니다. 이렇게 주거의 자유를 보장하면 뭐가 또 보장될까요? 누가 함부로 와서 들여다볼 수 없으니 사생활이 보장됩니다.

사생활의 비밀과 자유도 헌법에 보장되어 있어요. 속닥거릴 수 있어요.

"내 사생활 누구한테도 물어보지 마.
내 사생활 들여다보지 마. 내 '깨톡' 보지 마."
헌법 17조 사생활의 비밀과 자유입니다.
"네 사생활을 비밀로 해줄게. 그리고 그거 자유야.
국가에서 침해하면 위헌이야."
이렇게 말하는 겁니다.

사생활의 비밀과 자유를 보호하기 위해 요즘 제일 중요한 게 뭘까요? 저는 헌법 18조에 나와 있는 통신 비밀의 보호 조항이 아닐까 싶어요. 내가 누구와 무슨 얘기를 하는지 이메일을 들여다보거나 통화 내용을 도청하거나 감청하거나 이런 것은 법률에 근거하지 않으면 안 되는 거죠. 또 있어요.

"여자친구 있어?"
"남자친구 있어?"
함부로 물어보면 안 됩니다.

우리 일상의 권리들이 헌법에 보장되어 있다는 건 짜릿한 겁니다. 남자친구 있느냐고 누가 물어보면 "지금 헌법에 보장된 권리를 침해하는 거야"라고 얘기하고, 무슨 헌법까지 들고 나오느냐고 하면 "속 상해서 그랬어. 그러니까 제발 그만 좀 물어봐." 이렇게 얘기할 수 있다는 것이죠.

속상해!

당신이 허락한다면 나는 이 말 하고 싶어요

'당신은 늘 옳다' 조항

모든 국민은 양심의 자유를 가진다.(19조)

헌법재판소 결정문(96헌가11) 중에 양심을 설명한 대목이 있더라고요. 읽고 감동받았어요.

> "헌법이 보호하려는 양심은 어떤 일의 옳고 그름을 판단하고 실천함에 있어서 그렇게 하지 않고는 자신의 인격적인 존재 가치가 파멸되고 말 것이라는 강력하고 진지한 마음의 소리다."

시적이죠? 우리 모두 그런 자유를 실행할 수 있다는 겁니다.

제가 이해하기로 19조는 다른 것 없이 딱 한 문장이에요. 명확합니다. 모든 국민은 이러이러해서 양심의 자유를 가지고요, 이럴 때는 안 되고…… 이런 거 없어요. "모든 국민은 양심의 자유를 가진다." 끝입니다.

여기서 양심의 자유는 자기 양심을 표현할 권리, 표현하지 않을 권리까지 모두 포함합니다. "네가 가진 양심은 어떤 거야? 네 양심은 뭔데?" 하고 물어보면, 대답할 권리도 있고 대답하지 않을 권리도 있습니다.

"네 양심은 뭐야? 대답해보라니까?"

"나 대답하기 싫은데."

계속 물으면 형법상 강요죄에 해당될 수 있어요.

양심의 절대적 기준이 있을까요? 없습니다. 각각의 기준으로 세운 양심은 모두 옳다고 생각해요.

누가 나한테 와서 "괜찮아?" 물었을 때

"아니, 나 화났어" 그러면

"그래, 화났겠다, 옳다 너"라고 말해주는 것.

머릿속으로나 마음속으로는 어떤 생각이든 할 수 있는 것.

물론 생각을 실행으로 옮기는 건 또다른 문제죠.

"당신은 늘 옳습니다." 이것이 제가 생각하는 양심의 자유입니다.

저는 그렇게 받아들이고 있습니다.

옳음과 옳음의 싸움

우리 동네 우동 가게 아저씨는 'TV고려(?!)'를 보시다가도 제가 가면 채널을 슬슬 바꾸십니다. 그러면 저는 "괜찮아요, 같이 봐요"라고 하고는, 아저씨랑 티격태격하면서 이야기를 나눠요. 한 동네 사는 데 전혀 문제가 없어요. 나와 성향이 다른 사람도 틀린 게 아니니까 편하게 이야기 나눕니다.

가끔 엄마와 누나가 싸울 때 보면, 그렇습니다, 둘 다 완벽하게 옳아요. 완벽하게 옳습니다. 완벽하게요, 따로 들어보면요.

둘이 만나도 서로 자기가 완벽하게 옳아요. 방법이 없지, 뭐.

그런데 거기 제가 끼어들어서 누나는 이래야 되고, 엄마는 저래야 된다고 하면, 폭풍우에 휘말립니다.

그럴 때는 가만히 있어야 해요.

엄마가 뭐라고 하면 "그래, 엄마 말이 맞다, 오케이".

누나가 뭐라고 하면 "누나 말이 맞아, 오케이".
그럼 둘이 한꺼번에 저한테 묻습니다.
"그럼 누구 말이 맞단 말이냐?"
"어, 그 말도 맞다."
(황희 정승에게 배웠습니다.)

그러고 집에 와서 일기를 쓰는 거죠.
'진짜 힘든 날이다. 이 일을 어떡하면 좋냐.'
이렇게요.

상대방을 있는 그대로 인정해주는 건 사실 마음처럼 쉽지 않죠.
'저들도 나처럼 가치관의 혼란을 겪고 고통을 겪는 시간을 가지고 있고, 가졌을 사람이다.'
이렇게 보면, 그들이 나와 다른 사람으로 여겨지기보다는 인류적 연대 같은 게 생기면서 인정하기가 좀 쉬워지더라고요.

제가 "당신은 늘 옳다"라고 얘기하는 것은, 인간은 기본적인 자정 능력을 가지고 있고, 마음에 균형 작용이 있다고 믿기 때문이에요. 그런데 간혹 그런 균형 작용과 마음의 작용이 없는 것처럼 보이는 사람도 있긴 해요. 그러나 그들도 나름대로 옳은 선택을 내렸다고 생각해요. 그들 나름대로는 그게 행복이라고 생각하고 내린 선택일 테니까요.

행복하자고 그런 선택을 하지 않았겠어요? 그렇기 때문에 "당신이 그르다"라고 얘기할 생각이 없다는 거죠. 옳다. 그렇게 해라. 다만 그 선택에 대해서는 책임을 져야 한다는 것이고요.

덧붙이자면, 그들은 그들이 옳다고 생각하는 일을 하고 우리는 우리가 옳다고 생각하는 일을 하면 됩니다. 세상의 모든 싸움은 옳음과 그름의 싸움이 아니래요. 그러면 벌써 끝났죠. 세상의 모든 싸움은 옳음과 옳음의 싸움이래요. 그들이 봤을 땐 그게 옳거든요. 그러니까 우리는 우리가 옳은 일을 하자. 저는 그런 방향으로 나아가야 한다고 생각합니다.

정치에서도 마찬가지예요.
좌파가 정권을 잡으면 우파를 쓸어내버리고,
우파가 정권을 잡으면 좌파를 쓸어내버리고……
그럴 필요가 있을까요?
왜 왼손과 오른손이 힘을 합쳐 일하면 안 될까요?
그런 걸 어려운 얘기로 '통합'이라고 하잖아요.

헌법은 사회 갈등을 조화롭게 만들기 위해 모두의 이익을 해치지 않는 범위에서 만들어낸 가장 간결한 문장이잖아요. 그걸 통해서 우리가 치유받을 수 있지 않을까요?

헌법이 법조문을 넘어서서 시나 음악처럼 우리들을 치유할 수 있다고 생각해요.

세상의 모든 다툼은 옳음과 그름의 다툼이 아니고
옳음과 옳음의 다툼이라고 하잖아요.

그런데 이렇게 말하면 저보고 이상주의자 같다고 하시는 분들도 있는데, 맞는 얘기예요. 저는 이상주의자이기도 해요. 그러니까 현실에서 이런 게 다 이루어질 수는 없겠지만 '헌법을 읽을 때 사람들 머릿속에서 그런 게 상상이라도 될 수 있으면 행복하겠다' 하는 생각이 듭니다.

(그래도 저는 아직까지 'TV고려' 볼 때는 좀 힘들어요. 생각이 다른 사람을 만나는 것도요. 제가 이렇다니까요.)

눈물의 권리
모든 국민은 언론·출판의 자유와 집회·결사의 자유를 가진다.(21조 1항)

우리는 대한민국에서 일어나는 정치, 경제, 사회, 문화 모든 영역에서 말할 권리가 있어요. 그것이 헌법 21조에 나와 있는 언론·출판의 자유와 집회·결사의 자유입니다. 이것을 통틀어서 '표현의 자유'라고 하더라고요. 어쨌든 우리에게는 말할 권리가 있어요.

그렇기 때문에, 학생은 공부나 해라, 장사하는 사람은 장사나 해라, 방송하는 사람은 방송이나 해라, 그러는 건 유신헌법의 긴급조치에나 나오는 것이지, 헌법 정신에 비추어보면 완전히 반헌법적입니다. 군사정권 때 국민의 모든 정치 활동을 금지시키고, 전국에 비상 계엄령을 선포한 다음에 공포 분위기 속에서 탄생시킨 게 유신헌법이라고 해요.

헌법을 알고 나니 이런 걸 말할 때 좀더 단호해지고 멋있어질 수 있을 것 같아요. 그냥 "말도 안 돼"라고 하는 것보다 "반헌법적이야" 이러면 좀 있어 보이잖아요. 이런 건 우리가 유구한 역사와 전통을 가진 대한국민으로서 정통성을 확보하는 데 굉장히 도움이 될 거라고 생각해요.

다시 말해서, 헌법 21조는 양심의 자유를 가지고 그 양심을 표현하고(언론), 모여서 얘기하고(집회), 정말 더 굳건하게 모여서 얘기하고(결사), 그것을 출판할 자유가 있다는 거잖아요. 그래서 법원 판례를 보면 이것을 더 세분화해서, 음악, 종교, 시, 문화, 말, 글, 행동, 춤, 어떤 형태로든 개인의 의사를 표현하는 것은 자유다, 라고 되어 있습니다. 모두 표현할 수 있습니다, 어떤 형태로든.

앉아 있는 걸로 표현할 수 있고, 삐딱한 표정으로 표현할 수도 있고, 다 할 수 있습니다. 다만 타인의 명예를 훼손하면 안 되죠. 그러지 않는 범위 내에서는 뭘 하든 자유입니다.

그래서 "너 오늘 표정이 왜 그러냐?" 이렇게 말하면서 표정이 이상하다고 표정 바꾸라고 하면 안 되는 거예요. 다른 사람의 명예를 훼손하지 않는 범위 내에서 내가 어떤 표정을 짓든 그것은 헌법이 보장하는 표현의 자유입니다.

그리고 스케치북에 '나는 오늘 기분이 안 좋아'라고 써서 들고 서 있을 수 있습니다. 타인의 명예를 훼손하지 않는 범위 내에서 그럴 수 있습니다.

나도 기분이 별로야

그런데 여러분도 한 번쯤 들어봤을 법한 인터넷 사이트 회원들이 한때 제 혀를 뽑으러 온다고 그랬답니다. 혀를 뽑으면 안 되잖아요.

웃지 마세요. 저는 심각했어요. 6개월 동안 쌍절곤을 가방에 넣고 다녔다니까요.

"나는 그런 댓글 신경 안 써."

이렇게 말하면서도, 어느 날 집에서 한밤중에 쌍절곤을 연습하는 저를 발견했죠. 덕분에 튼튼해지긴 했지만……

아 참, 저 검도도 해요.

말하는 게 직업인데 말하려고 할 때마다 덜컥덜컥 걸려요. 그래서 차라리 침묵하자 싶을 때가 있어요. 그게 제일 화가 나요. 마음 껏 얘기하고 싶은데, 이렇게 얘기하면 뭐라고 할까, 저렇게 얘기하면 시비 걸지 않을까……, 자꾸 자기 검열을 하게 만드는 거예요. 어쩌면 그게 제일 무서운 게 아닐까 싶기도 해요. 알아서 불안하게 만드는 거요. 혼자서 온갖 검열을 하게 되잖아요.

사람들은 온라인상에서 비수를 꽂는 건 괜찮다고 생각하는 것 같아요. 진짜로 상처 주는 것도 아닌데 뭐, 이렇게 생각하는 거죠. 그런데 댓글이나 이런저런 사이트에서 사실과 다른 이야기들이 왜곡되어 돌아다니고 입에 담을 수도 없는 모욕적인 말들이 있는 것을 보면 견디기 힘들어요.

'사람들이 나를 이렇게 보는구나!' '내가 이런 인간이구나!' '이런 취급 받으며 살아서 뭐하나!' 하는 생각이 들거든요.

모욕적인 말들이 직접적으로 사람의 목숨을 끊는 건 아니지만, 그 말을 보고 들은 사람이 스스로 목숨을 끊어버리고 싶은 생각이 들 만큼 누군가의 삶을 완전히 망가뜨릴 수 있다고 생각해요. 저는 이제 댓글을 안 봐요. 저 자신을 보호하기 위한 최소한의 방어죠. 그러나 보지 않아도 간간이 들려와요. "이런저런 이야기들이 돌아다니던데 너 괜찮냐? 그거 사실이냐?" 하고요.

한창 시끄러울 때(?) 저희 엄마가 전화를 하셨어요.

"하이고, 이노무 새끼야, 내가 니 때문에 제 명에 못 살겠다. 웬만하면 아무나 눈에 띄면 그냥 사모님이라 캐라."

그러시면서 뭐라 캤는지 아십니까?

"어여, 빨리 교회로 돌아와라. 니가 종교가 바뀐 이후로 이런 일이 계속 생기고 있다."

(그때가 언제인지 아시는 분은 아시겠죠?) 에고!

물론 가끔, 아주 가끔 굉장히 좋은 토크 소재가 되는 경우도 있어요. 방송에서 리포터가 "스스로 외모에 점수를 준다면 몇 점 주겠냐?"고 물어서 저는 뭐 돈 드는 것도 아니니까 "나는 92점 주겠다. 하나하나 뜯어보면 크게 이상한 데 없다" 그랬더니, 댓글 중에 "그럼 뜯어라" 이런 얘기가 있더라고요. 그런 말들은 비난이지만 나름대로 재치가 있거든요. 그럴 때는 모욕감을 느끼기보다 마치 동종업계의 라이벌을 만난 것 같은 느낌이 들기도 해요. 저 참 긍정적이죠?

또 저보고 누가 그랬어요.
"넌 새누리당이냐? 민주당이냐?"
그래서 제가 그랬어요.
"난 무가당이다. 아무것도 나한테 첨가하지 마라!"
"좌파냐? 우파냐?"
그래서 "나는 기분파다" 그랬어요.

아니, 좌파, 우파가 어디 있어요? 좌냐? 우냐? "너 칼 쓰냐? 창 쓰냐?" 이런 얘기 아니에요? 칼이든 창이든 들고 전투를 하는 것이 진짜 용장이죠. 그러니까 좌든 우든 칼이든 창이든 양쪽에 들고 대한민국에 이득이 되는 행위를 해야 할 거 아니에요? 그런데 "칼 쓰는 놈은 안 돼" "창 쓰는 놈은 안 돼" 이렇게 얘기하면 안 되죠.

우리 사회에서는 이상하게 반헌법적인 사람들이 헌법적 이야기를 하는 사람들에게 반국가단체다, 좌파다, 빨갱이다, 이런 누명을 뒤집어씌우는 것 같아요. 그런 사람들에게, 당신들이 반헌법적인 주장을 하고 있다는 것을 알려주고 싶어요. 국민으로서 알려줘야 할 의무가 있기도 하고요.

민주주의의 핵심 가치가 뭘까요? 나는 나의 생각을 말할 권리가 있고, 당신은 당신의 생각을 말할 권리가 있다. 나는 당신의 생각에 반대할 권리도 있고, 찬성할 권리도 있고, 당신도 나의 생각에 반대할 권리도 있고 찬성할 권리도 있다. 그러나 내가 당신의 의견에 반대한다 할지라도 누군가가 당신의 말할 권리 자체를 빼앗으려 한다면, 기꺼이 당신 편에 서서 함께 싸울 준비가 되어 있다, 하는 것이 민주주의의 핵심 가치잖아요.

그런데 아직 그게 잘 안 되어 있죠. 말하기가 겁나죠?

겁내지 말고 쫄지 마세요. 우리에게는 말할 권리가 있습니다.

그런데 참 희한합니다. 탕수육 한 그릇을 시켜도 부어 먹을까, 찍어 먹을까로 나뉘죠? 그런데 부어 먹을까, 찍어 먹을까 하는 사람들이 싸우다가 탕수육을 못 먹는 일이 발생해서는 안 되잖아요? 그리고 부어 먹어도 되고 찍어 먹어도 되는 중도들이 있어요. 이 사람들은 늘 싸우는 것만 보다가 정작 탕수육은 못 먹고 지쳐 쓰러져요. 그래서 늘 단무지와 양파만 먹다가, 이제 제발 좀 탕수육 먹자, 하는 거죠.

저는 무엇보다 이 조항은 '눈물의 권리'라고
이름 짓고 싶어요.
울고 싶은 날 울어도 되는 권리.
저는 그게 헌법 21조라고 생각해요.
함께 울어주는 사람들의 어깨를
말없이 받치고 있는 조항이니까요.

'방탄' 조항

모든 국민은 학문과 예술의 자유를 가진다.(22조 1항)

저작자·발명가·과학기술자와 예술가의 권리는 법률로써 보호한다.(22조 2항)

가만히 보면 우리 헌법, 진짜 예쁩니다.

학문의 자유, 예술의 자유를 가진다는 게 헌법 22조에 나와 있습니다.

여러분이 좋아하는 가수, 작가들의 저작권을 보호하고, 그들의 권리를 보호해야 한다는 것이 헌법으로 보장되어 있는 겁니다. 방탄소년단처럼, 아니 방탄조끼를 입은 것처럼 보호받아야 하는 것이죠. 그래서 이 조항을 '방탄' 조항이라고 불러봅니다.

학문과 예술을 하는 이들이 잘 먹고 잘살고, 심리적 대우도 받아야 한다고 생각합니다. 사실 그동안 알게 모르게 잉여 취급 당했던 사람들이 인류 문화를 만들어온 거잖아요.

저는 시인이 '처음부터 끝까지 우리를 위해 울어주는' 사람이라고 생각해요. 그런 이들이 있어야 우리 사는 게 사는 것 같지 않을까요?

시 한 편에 삼만 원이면
너무 박하다 싶다가도
쌀이 두 말인데 생각하면
금방 마음이 따뜻한 밥이 되네

시집 한 권에 삼천 원이면
든 공에 비해 헐하다 싶다가도
국밥이 한 그릇인데
내 시집이 국밥 한 그릇만큼
사람들 가슴을 따뜻하게 덥혀줄 수 있을까
생각하면 아직 멀기만 하네

시집이 한 권 팔리면
내게 삼백 원이 돌아온다

박리다 싶다가도

굵은 소금이 한 됫박인데 생각하면

푸른 바다처럼 상할 마음 하나 없네

함민복 시인의 「긍정적인 밥」이라는 시입니다. 정말 좋죠? 저라면 죽었다 깨나도 이런 시 절대 못 쓸 것 같아요.

그러니 보호해드리는 거 당연하잖아요? 이런 놀라운 재능을 가졌으면서도 한없이 겸손한 마음을 가진 시인들, 예술가들을 보호하고 존중해서, 시인이 이런 생각을 하지 않아도 되는 세상이 되었으면 좋겠어요.

오늘은 문득 커피 한 잔 덜 마시더라도 시집 한 권 더 사야겠다고 생각해봅니다.

시인은 조금도 마음 상하지 않으셨으면 좋겠어요. 그게 제 마음입니다. 그간 우리 대신 마음 많이 상했으니까요.

헌법에는 예술가의 권리를 법률로써 보호한다고 했는데, 한동안 억압을 좀 당했죠. 까만 종이에다가 "얘랑 얘는 안 돼"라고 써놨잖아요. 까만 종이에 쓰면 못 볼 줄 알고. 그러니까 그때 사람들이 전부 촛불을 들고 죄악 나갔잖아요. 그 종이 다 태우려고.

여러분이 얼마나 멋진 사람들인 줄 아십니까. 그거 다 태워가지고 지금 난리 났어요. 전 세계에서 여러분들 수입해 가려고.

'옥자 할머니' 조항

모든 국민은 능력에 따라 균등하게 교육을 받을 권리를 가진다. (31조 1항)

어느 할머니가 예순 넘어서 쓰신 시가 있어요. 제목이 「나도 쓸 수 있어」입니다. 아마도 그분이 한글을 처음 배우고 쓰신 시였나봐요. 삐뚤빼뚤 한글로 쓰셨어요.

이게 무슨 글자더라?
물을라치면
아홉 살 손자
할머니 그것도 몰라
휑하니 가버렸다

무릎 수술 끝내고 보험금 타러 가니
이름 쓰란 소리에 가슴은 방망이질
남편 불러 내 이름 쓸 적에

당신이 허락한다면 나는 이 말 하고 싶어요

숯덩이 내 가슴 숨쉬기도 싫더라

―소망반 이옥자

할머니가 무릎 수술 받고 보험금 타러 갔는데,
직원이 이름 쓰라니까
할머니 가슴이 쿵쾅쿵쾅 뛰는 거죠.
이 시를 보면서 많이 울었어요.
그리고 '아, 이런 게 시구나⋯⋯' 싶었어요.

이 시를 보면 딱 헌법 31조가 생각나요. 누구나 한글을 배우고자
하는 열정만 있으면, 국가가 평생교육진흥원을 통해서 교육을 제공
해야 할 의무가 있어요.

모든 국민에게는 교육받을 권리가 있잖아요. 무상교육이라는 개
념은 제헌헌법 때부터 있었다고 해요. 제헌헌법을 만들 때 이 무상
이라는 개념에 대해서 어떻게 토론했느냐 하면, 공부만 무상으로
시키는 것이 아니고 아이들이 공부하는 데 필요한 모든 것을 일체
무상으로 제공해야 한다고 합의했어요. 적어도 우리 아이들 초등교
육 정도는 무상으로 해야 한다는 게 이때 우리 할머니 할아버지들
의 생각이었던 거죠. 정말 놀랍죠?

그런데 여기서 무상은 공짜로 준다는 게 아니에요. 왜냐하면 국
민이 낸 세금으로 아이들을 먹이고 가르치는 것이니까요. 민주공화

이게 무슨 글자더라?
물을라치면
아홉 살 손자
할머니 그것도 몰라
휑하니 가버렸다

국의 이념에 의해 함께 쌀을 나눠 먹고, 적어도 헌법 31조에 보장되어 있는 교육의 권리를 아이들에게 주려면 이 정도는 제공하는 것이 국가의 기본적 의무인 거죠.

교육의 불평등을 해소해야 된다는 것도 헌법 31조에 해당되겠죠. 그런데 교육의 불평등을 해소하려면 경제적 불평등도 해소되어야 하겠죠. 경제적 불평등을 해소해야 한다는 것 또한 우리 헌법에 명시되어 있더라고요. 뒤에서 더 이야기할게요.

바쁘다 바빠!

생명에 이름을 붙이는 일

모든 국민은 건강하고 쾌적한 환경에서 생활할 권리를 가지며, 국가와 국민은 환경보전을 위하여 노력하여야 한다.(35조 1항)

어렸을 때 저희 집에 돼지를 키웠어요. 제가 일돈이, 이돈이, 삼돈이 그렇게 이름까지 지어주고 정말 애지중지 키웠거든요.

여러분, 돼지 진짜 깨끗합니다. 인간이 더럽게 키울 뿐이지. 그리고 돼지들 진짜 똑똑해요. 키워보신 분들은 알아요. 진짜 똑똑해서 누가 먹이를 줘도 잘 먹습니다. 정말 똑똑하지 않습니까? 사람 차별하지 않고 아무나 줘도 먹습니다.

여하튼 제가 어렸을 때 저희 집에 돼지를 키웠는데, 어느 날 학교 갔다 오니까 집에 있던 돼지 세 마리 중 한 마리를 엄마가 팔아버린 거예요. 그래서 제가 가방을 집어 던지고 처음으로 엄마한테 반항했어요.

"엄마, 저 돼지 중에 한 마리라도 더 팔면 나 학교 안 갈 거다."

그때 우리 엄마가 빨래를 하고 있었거든요. 우리 엄마는 늘 빨래를 하고 있었습니다. 그 모습밖에 기억이 안 납니다. 저를 보며 이렇게 말씀하셨어요.

"흥! 어차피 저거 안 팔면 니도 학교 못 간다."

"……."

집어 던졌던 가방을 다시 챙기며 그날 생각했어요.

'현실과 이상의 차이라는 게 이런 거구나!'

제가 이런 교육을 받고 크지 않았겠습니까.

얼마 전에 어느 다큐멘터리에서 거북이 코에서 빨대를 뽑아내는 장면을 봤어요. 처음에는 무슨 실험을 하는 건가 했는데, 거북이 코에 박힌 빨대를 뽑아내는 것이더라고요.

지금 바다에는 엄청난 양의 플라스틱이 버려져 있어요. 자외선과 파도에 잘게 부서진 미세 플라스틱이 바다 생물들 몸속에 들어가고, 해산물을 먹는 우리 몸속으로도 다시 들어오고 있다고 해요. 우리가 잠깐 쓰고 버린 수많은 플라스틱들이 시간차를 두고 우리에게 다시 돌아오고 있는 겁니다.

이제는 불편함을 좀 감수해야 할 때가 아닌가 싶어요.

장을 보면 에코백에 담아서 가지고 오고, 커피 마실 때는 텀블러나 유리컵을 사용하고요.

**저는 환경을 보호한다는 게 다른 게 아니라,
생명에 이름을 붙이는 일이라고 생각해요.
우리가 키우는 강아지는 먹을 수 없잖아요.**

저는 환경을 보호한다는 게 다른 게 아니라,
생명에 이름을 붙이는 일이라고 생각해요.
이름을 붙이는 순간 소중해지잖아요.
지켜주고 싶잖아요.

일돈이

이돈이

삼돈이

이름을 붙이는 순간 소중해지잖아요.
바다거북이가 개별적 거북이로 느껴지면 지켜주고 싶지 않을까요?

물론 환경을 생각한다고 말하면서 저 역시 아직도 경유차를 타고 다니고, 어쩔 수 없이 가끔은 플라스틱을 사용하고 그래요.

완벽하진 못하겠지만, 앞으로는 불편함을 조금씩 더 감수해보려고요. 그렇게 해서 더 큰 것을 얻어야 한다고 생각해요.

헌법 35조 "모든 국민은 쾌적한 환경에서 생활할 권리를 가지며, 국가와 국민은 환경보전을 위하여 노력하여야 한다"는 것은 이제 의무 조항이 되어야 한다고 생각해요.

국민의 4대 의무 중에 환경의 의무는 없지만, 결국 시대정신이 헌법이 되잖아요. 그런 의미에서 35조는 권리이자 의무로 전환하는 것이 필요하지 않을까요. 지금은 납세, 국방, 교육, 근로의 의무가 있다면 여기서 환경의 의무가 추가돼서 5대 의무가 되는 거죠. 선언적 문구이더라도 그런 방향으로 나아가야 기업들의 환경 파괴도 규제하고, 하위 법률도 구체적으로 바뀌지 않을까 생각합니다.

환경이 먹고사는 문제로 들어왔기 때문에 얼마만큼의 불편을 감수할 것인지 헌법에 담아내는 문제를 두고 논쟁할 여지는 줄어들었다고 생각해요.

예전에는 먹고사는 문제와 환경문제가 양자택일의 문제였잖아요.

환경문제를 얘기하면, "야, 배부른 소리 하지 마라" 그랬어요. 그런데 이제 환경문제를 생존에 관한 문제로 인식하기 시작한 것 같아요.

제가 요즘 다시 한자 공부를 시작했는데요, 환경이라는 단어는 '둘러쌀 환環' 자에 '땅 경境' 자래요. 우리를 둘러싸고 있는 땅이 환경인 거죠. 물, 공기, 이런 것들이 환경이잖아요. 결국 환경문제는 우리가 먹는 물, 우리가 먹는 음식, 먹고사는 문제인 거죠. 먹고사는 문제에 집중하자, 라고 할 때 환경이 제일 먼저인 거예요. 새로운 틀을 만들어나가기에 때늦은 감이 있지만 굉장한 변화이기도 하죠.

뉴스를 보니까 이제 페트병도 색깔 없는 것으로 바꾼대요. 불편함이 생기기 시작하는 거죠. 기업 입장에서는 기존의 방식을 바꾸는 것이니까요. 이제 과자 포장도 옛날 건빵처럼 종이 포장으로 바꿔야 하지 않을까요?

개인용 텀블러에 이름 새겨서 가지고 다니는 게 멋있어 보이고 유행이 되면 좋겠어요. 저도 그렇게 한 지는 얼마 안 됐어요. 방송국에 있다보면 하루에도 종이컵을 몇 개씩 쓰게 되니까 어느 순간 너무 아깝더라고요.

누구든 먹고사는 문제를 잘 해결하는 사람, 후대를 생각하는 사람이 멋있잖아요. 자연을 통틀어서 모든 생명체들이 더불어 잘살 수 있게 만드는 생물이 가장 멋져 보이지 않나요?

그렇게 보면, 텀블러 쓰는 사람들이 멋있다는 느낌이 확산돼서 저 같은 사람들이 멋있어 보였으면 좋겠어요.

저 좀 멋있죠? 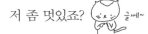 글쎄~

이제 길에서 담배 피우는 사람들 많이 사라졌잖아요. 그게 당연해졌죠. 걸어다니면서 담배 피우는 사람 있으면 막 째려보잖아요. 그런데 불과 20년 전만 해도 비행기 안에서 담배를 피웠거든요.

인식이 전환되는 데 오래 걸릴 것 같지만 일단 시작하면 금방 바뀌는 것 같아요.

앞으로는 플라스틱 컵과 빨대를 쓰는 것이 굉장히 부끄러운 행동이고, 어찌 보면 굉장히 위험한 행동이라는 인식이 점점 퍼지지 않을까요? 우리 아이들을 위해서라도 빨리 그렇게 되면 좋겠습니다.

제가 제일 싫어하는 조항입니다

혼인과 가족생활은 개인의 존엄과 양성의 평등을 기초로 성립되고 유지되어야 하며,
국가는 이를 보장한다.(36조 1항)
국가는 모성의 보호를 위하여 노력하여야 한다.(36조 2항)

헌법 36조 1항과 2항, 제가 제일 싫어하는 조항입니다. 그리고 잘 모르는 조항이기도 하죠. 저는 이런 문제에 대해 얘기할 때 조심스럽습니다. 네가 뭘 아느냐고 할까봐요.

그렇지만 제가 헌법 36조 2항을 읽었을 때 뭉클했던 이유는, 아이를 키우거나 집안일하는 엄마의 모습이 떠올라서가 아니에요. 육아와 살림이 꼭 엄마의 몫은 아니잖아요.

"국가가 모성을 보호해야 한다"고 할 때 저는 이 모성을 여성성이 아니라 아이를 키우는 사람들 전체로 봐야 한다고 생각했어요. 엄마와 아빠가 보호받고 존중받아야 한다는 거죠.

그런 의미에서 구체적으로 누가 보호받을까요? 아이들이 보호됩니다. 아이 입장에서도 한번 생각해봤으면 좋겠어요. 사실은 이게 엄마 아빠를 볼 수 있는 권리를 달라는 거거든요.

제가 만약 이제 막 걷기 시작한 아이라면 국회에 가서 그럴 것 같아요.
"우리 엄마 아빠 얼굴 좀 보고 삽시다."

세 살 된 아이가 잘 놀다가도 엄마 아빠 올 때쯤 되면 창문에 붙어 서서 운다고 합니다. 그 이야기 듣고 짠했어요. 아이가 엄마 아빠와 조금 더 같이 있을 수 있게 사회가 도와야죠.

세종 때는 노비에게도 출산휴가를 100일 줬다고 해요. 그 노비의 남편에게도 30일 산후휴가를 줬고요. 세종 때에 비하면 지금 우리나라 경제가 몇 배 성장했을까요? 그런데 그 정도도 못해줄까요? 안 될까요? 세종 때도 한 걸 지금 못해줄 정도면 경제성장은 해서 뭐할 겁니까?

앞으로는 가족 관계를 바탕으로 우리가 더 잘살 수 있는 사회를 우리 애들한테 물려주면 좋겠어요. 결혼을 꼭 하지는 않아도 되지만, 하고 싶은데 돈 때문에 결혼 못하는 사회를 물려주지는 않았으면 좋겠습니다.

그렇게 아이를 키우는 엄마를 돕고, 아이를 키우는 아빠를 돕고, 전체 국가 사회가 나서서 아이들을 돕는 것이, 하루에 1.5명씩 스스로 목숨을 끊는 우리 청소년들을 돕는 것이, 그 아이들의 목소리를 들어주는 것이, 어른과 국가가 지켜야 할 헌법 36조 2항 '국가는 모성의 보호를 위하여 노력하여야 한다'는 정신을 실현하는 것이 아닐까요?

경북 영천에 저명한 할아버지 한 분이 계세요. 저명한데 함자가 기억이 안 나네요. 그분이 그러셨어요.

"아그들 웃음소리가 안 들리면 그 마을은 끝인 기라!"

마을에 아이들 웃음소리가 안 들리면 그 마을이 끝이고, 그 마을이 끝이면 실은 그 나라도 끝이란 얘기거든요.

애들 웃음소리가 들려야 돼요.

결혼도 안 한 제가 이런 얘길 해서 좀 그렇습니다만.

'국민을 지켜라' 조항

타인의 범죄행위로 인하여 생명·신체에 대한 피해를 받은 국민은 법률이 정하는 바에 의하여 국가로부터 구조를 받을 수 있다.(30조)

　헌법 30조에 범죄 피해 구조권이 있습니다. 국가는 타인의 범죄 행위로 인해 국민이 생명 또는 신체적 피해를 받았다면, 신속히 그들을 구조하고 그들이 일상생활에 복귀할 수 있도록 최선을 다해서 도와야 합니다. 그러지 않으면 헌법 30조 위반입니다.

　범죄 피해 구조권. 굉장히 감동적입니다. 무슨 일이 있어도 국민을 지키겠다, 이것이 국가의 자세여야 한다고 생각합니다.

　범죄를 최대한 막아야 하겠지만, 혹시라도 국민이 어떤 범죄로 인해 피해를 당하면 국가는 그 사람이 일상으로 신속히 돌아올 수 있도록, 다시금 행복을 추구할 권리를 행사할 수 있도록 구조해야 합니다.

　세월호 희생자들도 사실 범죄 행위로 인해 피해를 당한 거죠. 게다가 국가는 국민이 인간다운 생활을 할 수 있도록 재해를 예방하

고, 그 위험으로부터 국민을 보호하기 위해 노력해야 한다는 게 헌법 34조 6항에 나와요. 그래서 세월호 유가족에게 국가의 모든 의무를 다해서 보상하고 배상하고 피해 구조를 해야 합니다.

천안함 희생자와 그 가족에 대해서도 마찬가지입니다. 천안함 피해자에게 무조건적인 육체적·심리적 지원이 필요하다고 생각합니다. 정파의 유리함과 불리함 이전에 모두 우리 국민이니까요.

헌법 69조에 보면 대통령은
"헌법을 준수하고 국가를 보위"할 것을 선서하고
대통령직을 수행하게 되어 있습니다.

여기서 국가는 누구입니까? 가방 메고 수학여행 가는 아이들, 우산 쓰고 길에 나와서 우리의 주권을 주장하는 사람들, 나라를 지키는 군인들, 한 명 한 명이 모두 국가입니다. 국회의원이 헌법기관이라면, 국민은 권력기관입니다.

"왜 자꾸 국가한테 뭐라고 그러냐. 무슨 사고만 나면 픽 하면 국가냐?" 그러면, "헌법 30조, 34조에 그렇게 나와 있다. 헌법 69조에도 나온다" 이렇게 얘기하면 됩니다.

길게 얘기할 필요 없습니다.

"가서 헌법 좀 읽고 와라."

그러면 됩니다.

쫌 읽자!

'내 돈 어디 갔니?' 조항

모든 국민은 법률이 정하는 바에 의하여 납세의 의무를 진다. (38조)

헌법 중 국민이 지켜야 할 것은 사실상 38조 납세의 의무, 39조 국방의 의무 정도입니다. 나머지는 전부 국가 또는 정치하는 사람들이 국민을 어떻게 대우해야 하는지 적어놓은 거예요.

국가 정책의 기조는 크게 두 가지죠. 조세, 돈을 누구에게 얼마만큼 거둘 것인가. 그다음에 재정. 걷은 돈을 누구에게 얼마만큼 쓸 것인가. 조세는 많이 번 사람에게는 많이 걷고 적게 번 사람에게는 적게 걷어야 합니다. 재정은 그동안 기회를 적게 누린 사람에게는 기회를 좀더 많이 주고, 상대적으로 기회를 많이 누린 사람에게는 재정을 적게 투입해야 하는데 지금은 거꾸로 되어 있는 것 같아요.

사실 세금 문제는 결코 간단한 문제가 아니죠. 제가 어느 책에서 읽은 건데요, 북유럽 사람들이 높은 세금을 감수하는 것은 자신이 낸 세금이 효율적으로 쓰여서 반드시 혜택으로 돌아온다는 신뢰가 형성되어 있기 때문이라고 해요. 청렴하고 유능한 정부와 공무원들이 오랫동안 그런 실적을 남겨서 신뢰를 얻어낸 것이죠. 우리나라도 국민이 높은 세율을 감수하게 하려면, 먼저 세금이 효율적으로 사용되어 국민에게 골고루 그 혜택을 돌려준다는 신뢰를 구축해야 하지 않을까요?

그런데 아직까지는 우리가 벌어들인 돈을, 국민들 돈을 마치 아이들 세뱃돈처럼 취급하는 것 같아요. "이리 줘봐. 크면 돌려줄게." 그런데 커보면 그 돈 다 어디론가 사라지고 없죠. 어디에 쓰는지 한번도 알려주지 않아요. 우리 부모님들이야 나쁜 의도를 가지고 아이한테 세배를 시키고 그 돈을 빼앗은 게 아니죠. 그런데 지금 조세와 재정 구조를 보면 거의 국민들 앵벌이 시키는 것 같거든요. 예산 구조로만 보면 말이죠.

> 우리가 낸 세금의 생로병사를 알 수 있었으면 좋겠어요.
> 차 고장났을 때 보험사에 전화하면 내 위치가
> 바로 나오잖아요. 그런 것처럼
> 내가 낸 세금이 지금 어디쯤에서 쓰이고 있는지
> 알 수 있으면 좋겠어요.

어르신들에게 기초노령연금으로 월 20만 원씩 지급하는 것을 마치 국가에서 그냥 주는 것처럼, 정치인들이 선심 쓰는 것처럼 눈치

"제 돈 어디로 갔어요?"
"제가 낸 세금의 생로병사를 알려주세요!"

보게 만들면 조세 정의가 아니라고 생각해요. 우리가 이 땅에 공헌한 기여로 국가 재정이 만들어졌으니 맡아서 관리하다가 우리에게 돌려주는 것이지, 나라에서 그냥 주는 돈이 아니거든요. 우리가 나라에 맡겨놨던 돈을 되찾아오는 과정인 거죠.

길에서 소매치기 당해서 3만 원만 없어져도 하루종일 우울하죠?

주머니에 돈 만 원 넣어놓은 거 어디 흘려가지고 못 찾아도 하루종일 우울하죠?

우리 학교 다닐 때 교실에서 5천 원만 없어져도 전부 다 책상 위에 올라가서 무릎 꿇고 있었잖아요. 범인 나올 때까지. 억울하게 누명 쓰는 경우도 있었고요. 5천 원, 만 원 가지고도 그랬단 말이죠.

국가 재정도 피 같은 내 돈인데, 이게 내 돈 같지 않잖아요. 우리가 내 돈 같지 않아서 신경을 안 쓰니까 남의 돈을 자기 돈인 양 맘 놓고 마구 쓰는 사람들이 있단 말이죠.

이걸 한 문장으로 정리하면 '내 돈 가지고 가서 어디다 쓰는지를 지켜봐야 된다'는 것입니다. 우리 돈을 가지고 가서 우리에게 쓰는지, 아니면 우리 돈을 가지고 함부로 쓰고 있지 않은지를 지켜봐야 하는, 아주 단순하고 명확한 문제라고 생각해요. 세금은 자본주의의 여러 가지 약점을 극복하기 위한 방식이잖아요.

그렇기 때문에 그 훌륭한 세금이 원래의 목적을 달성할 수 있도록, 즉 모두를 위한 세금이 모두에게 쓰일 수 있도록 지켜보는 것이 우리 몫입니다.

앞으로는 이렇게 물어봅시다.

"제 돈 어디로 갔어요?"

"제가 낸 세금의 생로병사를 알려주세요!"

심부름꾼 뽑는 날

모든 국민은 법률이 정하는 바에 의하여 선거권을 가진다.(24조)
모든 국민은 법률이 정하는 바에 의하여 공무담임권을 가진다.(25조)

2017년 대선을 앞두고 청소년들이 모의 투표를 했어요. 그런데 그 결과가 어른들하고 거의 똑같았어요. 1위는 같고, 2위는 달랐습니다. 2위가 누구였는지는 추측에 맡길게요.

우리가 신뢰를 하든 안 하든 아이들은 우리가 생각하는 것보다 훨씬 더 성장해 있는 것 같지 않습니까?

헌법 24조에 "모든 국민은 법률이 정하는 바에 의하여 선거권을 가진다"고 되어 있습니다. 국가에 필요한 주요 공무원들, 그러니까 심부름꾼들을 국민이 선거로 뽑을 수 있다는 얘기죠.

헌법 25조, "모든 국민은 법률이 정하는 바에 의하여 공무담임권을 가진다." 모든 국민은 선거만 할 수 있는 게 아니고, 직접 국가 공무원이 될 수도 있다는 거죠. 국회의원이 될 수도 있고 대통령이 될 수도 있습니다. 다만 '법률이 정하는 바에 의하여'라는 제한이 있습니다. 청소년들이 대선 때 모의 투표만 했던 이유죠.

저는 청소년들에게 투표권을 줘야 한다고 생각해요. 적어도 교육감을 뽑는 선거만큼은 청소년들에게 투표권을 줘야 한다고 생각합니다. 왜냐하면 그들을 위한 정책과 그들이 살아갈 세상과, 그들이 다니는 학교의 정책을 결정하는 사람 정도는 학생들이 직접 선택할 권리가 있다고 생각하기 때문이죠. 15세부터 교육감 선거권 주면, 교육감 하고 싶은 사람들이 학생들의 눈치를 보지 않겠어요? 그리고 교육감을 뽑는 과정에서 우리가 사는 사회에 대해 곰곰이 생각해보고 논의하는 것 자체가 큰 공부가 되지 않을까요? 공부하자!

우리가 꼭 유럽이나 경제협력개발기구OECD 회원국을 따라
할 필요는 없지만,
OECD 회원 국가나 유럽에서는 이미 초등학생 때부터
정치 수업을 시키고 있다고 해요.
15세 때부터는 교육감 선거,
16세가 되면 적어도 지방선거와 국회의원 선거,
17세에는 대통령 선거에 참여할 수 있으면 좋겠어요.

안 될 것 같죠? 우리가 한번 되게 해보면 어떨까요? 그것만큼 좋은 인생 공부가 또 있을까요? 내 나라의 내 심부름꾼을 내가 뽑아보는 경험만큼 좋은 공부가 어디 있습니까? 그러다 애들까지 정치

판에 나서서 전부 다 싸우고 그럴까봐 걱정하시는 거죠? 아니에요. 우리 아이들이 어른들보다 훨씬 나을 겁니다.

유관순 열사가 3·1운동 할 때 열여섯 살이었어요. 4·19혁명 때 가장 앞장섰던 사람들도 그때 당시 중고등학생들이잖아요. 심지어 초등학생들도 "우리 언니, 누나, 형들 때리지 마라" 하면서 참여했어요. 그런데 지금 고등학생들을 아무것도 모르는 애들 취급하면 곤란하죠.

대통령 선거 연령을 만 17세로 해야 한다고 생각합니다. 그렇게 합시다. 그래야 정말로 우리 아이들을 위한 정치를 하지 않겠어요? 15세에 교육감 뽑고, 16세에 지방선거권 행사하면서 자기들이 살 나라의 정치에 관해 자기들이 결정할 수 있는 걸 공부하고 나서 만 17세 정도가 되면 대통령 뽑을 수 있는 권리를 갖는 거죠. 그리고 우리 헌법상 만 40세 이상이 돼야 대통령에 출마할 수 있는데, 선거권을 가짐과 동시에 출마권이 보장되어야 한다고 생각합니다. 그래서 만 17세는 대통령 선거권을 가짐과 동시에 대통령에 출마할 수 있게 하는 거예요. 국회의원도 지금은 만 25세 이상이어야 출마할 수 있는데, 선거권을 가지는 순간 출마할 수 있어야 한다고 생각해요. 변호사 출신, 검사 출신 이런 사람들만 국회의원 하고 돈 많은 사람들만 힘을 가지는 시대를 이제는 끝내야 하지 않겠습니까? 그래야 한다고 생각합니다. 그래서 우리 아이들이 국회에도 진출하고

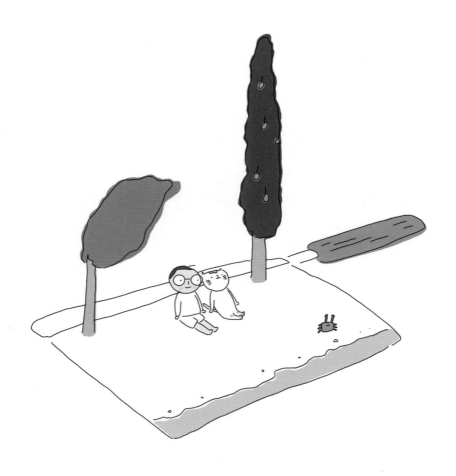

국민의 80퍼센트가 투표하면
정치인들이 80퍼센트의 눈치를 보고,
90퍼센트가 투표하면
90퍼센트의 눈치를 보게 되지 않을까요?

직접 정치에 대해 이야기하고 결정할 수 있게 나아가는 것이 민주주의의 참된 방향이라고 생각합니다.

다시 한번 얘기하고 싶어요. 선거 연령은 낮아져야 하고, 대통령, 국회의원 출마 연령 제한도 폐지되어야 한다고 생각합니다.

정치 자체는 더러운 것도 아니고, 깨끗한 것도 아니라고 말하잖아요. 더러운 이들에게 주면 더러운 것이 되고, 깨끗한 이들에게 주면 깨끗한 것이 되는 거잖아요.
그렇기 때문에 국민의 권리로 반드시 좋은 투표를 해야 하고, 정책도 꼼꼼히 살펴보면서 정치인들을 국민의 하인으로 잘 부려야 한다고 생각해요. 잘해라!

국민의 80퍼센트가 투표하면 정치인들이 80퍼센트의 눈치를 보고, 90퍼센트가 투표하면 90퍼센트의 눈치를 보게 되지 않을까요? 투표는 헌법 11조에 나와 있는 평등권을 지킬 수 있는 거의 마지막 수단이라고 생각합니다. 그걸 지켜내지 못하면 우리의 평등은 더욱 멀어집니다. 정치가 국민들을 굴리는 것이 아니고, 국민들이 일선에 나서서 정치인들을 굴릴 수 있는 시대가 빨리 오기를 진심으로 바랍니다.

우리를 잘 지킬 사람을 뽑으면 된다, 우리가 직접 심부름꾼이 되어 진짜 공복이 어떤 것인지를 보여주는 것도 괜찮겠다, 그렇게 생각합니다.

'이거 뭡니까?' 조항

모든 국민은 법률이 정하는 바에 의하여 국가기관에 문서로 청원할 권리를 가진다.(26조 1항)
국가는 청원에 대하여 심사할 의무를 진다.(26조 2항)

국민들이 문서로 청원하고 물어보고, 이런 것 좀 내놔봐라 할 수
있는 권리, 요구할 수 있는 권리가 헌법 26조 청원권입니다.

우리는 정부에게
"이 문서 좀 줄래요? 내가 좀 알아야 하는데."
그렇게 요구할 수 있습니다.
왜? 국민이 주인이니까.

박주민 의원이 한 얘기인데요, 은평구 의원이 18명인데 19번째
의원이라는 분이 계시다고 해요. 구민인데, 직장에서 정년퇴직하신
이후로 7, 8년째 매일 출근하고 계신대요. 처음에는 공무원들이 귀
찮아하면서 내보내려고도 하고 그랬는데 이제는 거의 한 가족처럼
당연하게 앉아 계시고, 오히려 의원들이 가서 물어보고 그런대요.

지역 사정을 더 잘 아시니까.

사실 그런 분이 의원을 하셔야죠. 저는 그렇게 나라 살림, 지역 살림에 관심 갖고 지켜보시는 분이 1퍼센트, 아니 만 분의 1만 있어도 나라가 바뀔 수 있다고 생각합니다.

그런 이웃들의 힘이 합쳐지면 심부름꾼들이 우리 세금을 중간에서 가로채지 않고 잘 쓰는지 지켜볼 수 있죠. 또 그 일을 잘해내는 사람은 우리가 선거라는 제도를 통해서 일을 맡길 수도 있고요. 그렇게 될 수 있으면 좋겠습니다.

그리고 저들의 정치를 끝내고, 우리의 정치를 시작하려면 정책을 만들어서 끊임없이 저들에게 요구해야 합니다. 그러면서 국가의 돈을 그들을 위해서 쓰는 게 아니라 우리를 위해서 쓰게 해야죠. 그렇게 감시해야 우리 딸, 아들한테 혜택을 줍니다.

눈을 부릅뜨고 지켜보고 자꾸 물어봐야 합니다. 우리가 결코 호락호락하지 않다는 걸 알아야 함부로 못하겠죠.

특히 청년들이 정책 만드는 사람들에게 압력을 가해야 합니다. 국회에 청년이 없고 50대 이상 남성이 대부분인데 청년의 입장을 제대로 반영할 수 있을까요?

청년들이 정치의 전면에 등장할 수 있도록 기성세대들이 길을 열어주고 함께 도와주는 것이 진짜 우리나라를 위한 길이라고 믿어요. 청년이 우리 사회의 미래라고 하는데, 제가 생각할 때 청년은 우리 사회의 현재거든요. 그런데 제가 이런 말을 하는 것 자체가 꼰대 질이 아닌가, 하는 생각도 들어요.

혹시라도 "이왕 얘기 시작했으니 좋다, 당신도 한마디 해봐라" 이
렇게 허락해주신다면 저는 이 말 하고 싶어요.
"우리 세대가 만들어놓은 장애물은 우리가 치우고 가야 하지 않
을까요? 도움은 안 되더라도 방해가 되면 안 되잖아요."

유죄 추정(?)의 원칙

권오곤
국제형사재판소 당사국 총회 의장
×
김제동

권오곤 대한민국 판사로 근무하다 2001년 구 유고슬로비아 국제형사재판소(ICTY) 재판관으로 뽑혀 2016년까지 15년간 밀로셰비치, 카라지치 등 반인륜 범죄 혐의를 받은 피고인들의 사건을 재판했다. 우리나라 헌법재판소에서도 근무했다.

권오곤 선생님은 2001년에 한국인 최초로 구 유고슬로비아 국제
형사재판소ICTY 재판관으로 선출돼 2016년까지 15년간 재직하셨어
요. 2008~2012년에는 ICTY 부소장을 맡았고, 보스니아 내전 당
시 인종 청소 등 반인륜 범죄를 저지른 혐의로 기소된 세르비아계
지도자 라도반 카라지치 사건의 재판장으로서 어려운 임무를 처
리하기도 하셨죠. 권오곤 선생님과 신체의 자유, 무죄 추정의 원칙,
그리고 판결문에 대해 많은 이야기를 나눴는데, 그중 일부를 담았
습니다.

　김제동　저는 헌법을 읽고 엄청 감동을 받아서, 예를 들어 12조
　2항 "모든 국민은 고문을 받지 아니하며"라는 부분을 음덕 조항
　이라고 부르고 있거든요. 저 혼자 그냥 그렇게 불러요. 고문을 받
　았던 수많은 선배들의 음덕이, 지금 우리가 무슨 말을 해도 고문
　받지 않는 나라에서 살게 해주는 거 아닌가 싶어서요.

당신이 허락한다면 나는 야 말 하고 싶어요

권오곤　지금 그 말은 굉장히 충격적이네요. 저는 다른 사람들한테 이렇게 얘기해요. 그러니까 제 생각과 상통하는 면이 있는 것 같아요. 우리나라에서는 사실 헌법 조항이 있다는 건 모두들 알고 있겠지만 잘 안 지켜지고 있어요. 근데 외국은 좀 다르죠. 왜냐하면 그들은 그걸 피와 땀으로 쟁취했거든요. 그들은 마그나카르타(최초의 권리장전) 시절부터 목숨을 바쳐 얻어낸 권리이기 때문에, O. J. 심슨의 경우처럼 피고인이 증거가 부족해서 무죄로 풀려나더라도 '이건 우리가 전통적으로 지켜오는 거야' '아, 이건 당연한 결과야' 하는데, 우리는 우리 조상들 얘기가 아니어서 그런지 피부로 덜 느끼는 것 같다는 생각이 들었어요. 어쨌든 서양으로 치자면 그 많은 조상들이 피와 목숨과 땀을 바쳐서 얻어낸 거예요. 쟁취한 거죠. 우리나라에서도 고문을 당한 사람이 얼마나 많았겠어요. 그런 면에서 음덕 조항이라는 말은 굉장히 탁월한 표현이에요. 그런데 아직도 우리는 '아, 저 나쁜 놈은 고문 좀 해도 되고, 밤새워 조사해도 되고, 저 나쁜 놈은 계속 구속해도 되고' 이렇게 생각하죠. 그런 이중성이 있어요.

김제동　맞아요, 그거 참 고민되는 지점이에요. 헌법 27조에 재판받을 권리가 있는데, 재판받는 게 권리라는 생각은 한 번도 해본 적이 없거든요. 법정에서 내가 재판받을 수 있는 것이 권리다, 하는 건 생각을 못해본 것 같아요.

권오곤　만약 그런 법이 없었다면 어떻게 될지 생각해보면 쉬워요. 도둑질하면 끌고 가서 패고, 손을 자르고. 힘센 사람 마음대로 하게 되겠죠. 영국을 비롯한 나라들은 그런 것들이 역사로부터 이어졌어요. 근데 우리는 일제 강점기를 거치면서 전통과 단절되기도 했고 일제시대, 독재시대를 거치면서 법이 남용됐죠. 그런 면에서 국민들이 이 법이 나를 위해 있는 것이라는 인식보다는 나를 옭아매기 위한 것으로 느끼고, 그래서 최고로 멋있는 사람은 법 없이도 사는 사람이다, 이런 생각이 있는 것 같아요.

김제동　헌법은 우리 국민 모두에게 해석권이 있어야 한다, 저는 그렇게 얘기하거든요. 나는 이 헌법에 대해서 이렇게 생각한다, 나는 이 조문에 대해 이렇게 생각한다, 그렇게 얘기할 수 있어야 한다는 거죠. 그러니까 전문가가 아닌 사람들이 법 해석을 하는 것에 대해 어떻게 생각하세요?

권오곤　얼마든지 할 수 있죠. 다만 분쟁이 생겼을 때 어떻게 해결하느냐는 별개의 문제죠. 분쟁을 해결하는 데 좋은 제도를 '게임의 룰Rule of the game'이라고 하는데, 어떤 법칙을 만들어놓고 해석은 다르게 하더라도 그 법칙에 따라 게임을 한다고 하면 결과에 승복해야죠. 근데 우리는 아직 그게 좀 부족해요.

김제동　그런 승복은 저도 당연하다고 생각해요. 그런데 예를 들

당신이 허락한다면 나는 이 말 하고 싶어요

어, 나는 헌법 12조가 음덕 조항이라고 생각해, 37조는 연애편지 같은 느낌이야, 그리고 나는 이 조문을 읽었을 때 이러면 좋겠어…… 그러면 이런 것조차도 "야, 그건 전문가들의 영역인 거지"라고 하는 사람들이 있어요.

권오곤 그건 아니죠. 말도 안 되는 거죠. 저 산이 멋있다는 걸 꼭 무슨 사진작가나 풍수 화가만 얘기할 수 있는 건 아니니까요. 하늘을 보고 아름답다고 모든 사람이 표현할 수 있듯이 헌법 조문이 이렇다고 누구나 얘기할 수 있어야 해요. 헌법은 우리의, 국민의, 나라의 약속이니까요. 당연한 거예요.

김제동 요새 여론과 다르게 판결이 나면 법관들 신상 털기까지 한다고 그러잖아요. 그런 모습 지켜보면 양쪽 다 고통스럽겠다 싶더라고요. 양심에 따라서 독립적으로 재판한다고 되어 있는데, 이때의 양심이라는 게 사실 다 달라질 수 있는 거잖아요. 해석에 따라서. 그런 것에 대해서는 어떻게 생각하세요? 외람되게 들릴지 모르지만, 오히려 전범戰犯 재판은 쉬울 것 같다는 생각도 했어요.

권오곤 다 나쁜 놈이라서요?

김제동 네, 그냥 누가 봐도 명확할 것 같아요. 그리고 그 재판 과정이 그 나라 국민들에게 굉장한 치유의 과정이었을 거라는 생각이 들어요. 그 공방 과정이.

권오곤 그런데 그렇게 간단한 문제는 아니에요. 보스니아와 세르비아가 내전이 나서 그 안에서 싸우는데, 예전에 세르비아 사람들이 많이 당하기도 했지만 서로 나쁜 짓을 했는데 왜 우리한테만 이러느냐, 전쟁이 나서 대응을 한 건데 이걸 무슨 인종 청소라고 하느냐, 서로 섞여 살다가 내전이 나서 우리가 그 지방을 점령하면 거기 살던 반대 민족, 무슬림들은 도망가고 피난 가는 게 당연한 건데 그게 우리가 쫓아낸 거냐, 그렇게 주장하거든요. 그런 걸 심각하게 판단해줘야죠. 증거를 보면 도망간 게 아니라 쫓아낸 거다, 그렇게 되니까 반드시 쉬운 건 아니에요.

김제동 바깥에서 보면 옳고 그름이 명확할 것 같은데 안을 들여다보면 그렇지 않다는 거죠. 사실 저도 그 말씀을 드리고 싶었던 거예요. 옳음과 그름의 싸움이 아니고, 양쪽 모두가 옳다고 하는 싸움. 이걸 광주민주화운동에 적용해도 마찬가지겠죠. 지금 전두환씨 같은 사람들은, 국가가 혼란 상태에 빠졌으면 군이 진압하고 무정부 상태를 회복시켜야 되는 거 아니냐고 얘기하잖아요. 발포 명령은 내리지 않았다고 그러죠. 그러나 책임자 처벌은 반드시 이루어져야 하겠죠. 처벌이라는 건 다른 게 아니라 사과이고, 그게 있어야 그다음 과정이 이루어지는데 아직 그런 과정들이 이루어지지 않은 것 같아요. 방금 말씀하신 것처럼 굉장히 복잡한 사정들이 있는 것이고요. 이 사람 저 사람 말 다 들어보려니까 재판하는 데 몇 십 년의 세월이 걸리는 거겠죠?

권오곤 그걸 요새는 'transitional justice'라고 해요. 그래서 'International transitional justice' 그룹도 있고요.

김제동 우리말로 번역하면 어떻게 될까요?

권오곤 '전환기적 정의'라고 하죠. 전환기가 왔을 때 어떤 정의를 이렇게 해결해야 치유가 되고 화해가 되어서 다시 화합하는 과정을 겪는다는 거죠. 국제형법 쪽에서 요즘 말로 핫한 이슈 중 하나예요. 여러 가지 방법이 있겠지만 재판에 세우는 것 말고도, 우리가 예전에 각종 위원회 같은 것을 만들었던 시도도 하나의 방법이고요. 그러면서 조금 나아가는 거겠죠.

우리나라에서도 도둑놈이 "나보다 더 큰 도둑놈이 활개를 치고 다니는데 나만 재판하면 되느냐" 하는 건 항변이 안 되잖아요. 그러니까 전체적으로 아직 발전 단계에 있다고 봐요. 우리나라는 아직 무죄 추정의 원칙이 뭔지 잘 몰라요. 심지어는 변호사들 중에서도 무죄 추정을 어떻게 해야 한다는 걸 잘 모르는 경우가 있죠. 아직 좀더 발전해야 하지만, 그럼에도 불구하고 긍정적인 면을 많이 봅니다. 지금 젊은이들 잘하거든요. 역동적이고 열심히 해나가고. 좋다고 봐요.

김제동 공정한 재판과 양심에 따른 재판도 중요하죠?

권오곤 판사가 주관적으로 공정한 것도 중요하지만, 외관상 공정해 보이는 객관적 공정이 더 중요하다고 봐요. "정의는 행해져야 하기도 하지만, 행해지는 것이 눈에 보여야 한다Justice must not only be done, but also be seen to be done"는 유명한 법언도 있습니다.

제가 밀로셰비치(전쟁범죄와 학살 혐의로 ICTY에 기소되어 재판을 받던 중 감옥에서 사망한 전 유고슬라비아의 대통령) 재판을 하는데, 거기 검사팀에 미국에서 온 한국 사람이 있더라고요. 그래서 "너무 반가워요. 나랑 점심 한번 먹어요" 그랬더니 "판사님, 재판하는 검사가 판사하고 밥 먹으면 오해를 살 수 있습니다" 그러더라고요. 그런 것이 전통으로 내려오니까요. '판사랑 검사는 어떻게 생각을 해야 한다'하는 것이 집단 교육이 되어 있다보니까 그런 거죠. 그러니까 판사들도 독립적으로 양심에 따라 판결한다는 것은 객관적인 이야기고, 두번째는 개인의 문제겠죠. 양심. 그다음에 양심이 다 같을 수는 없고 차이가 있을 수도 있으니까 항소심의 구조가 있는 거고, 게임의 룰이 있는 거죠. 근데 모든 사람이 같은 양심을 갖고 있다면 그건 이상한 거죠.

김제동 그렇죠.

권오곤 다른 양심이 있고 그것을 두고 디베이트(debate, 논쟁) 해야 하죠. 우리나라가 아직 잘 안 돼 있는 게 변론이에요. 외국 가서 재판을 보면 법정에서 변론을 하는 게 진짜 적극적이에요. 질문도 하고. 그러다보면 판사가 생각을 바꾸기도 해요. 영미 재판은 시민과 동등한 배심원들이 결정을 해요. 판사는 증거만 이끌어내고 결론은 배심원들이 내리니까 얼마나 좋아요. 그래서 거기는 권위가 있어요. 그 대신 대륙법계(영미법과 대립하는 말로 독일과 프랑스를 중심으로 하는 유럽 대륙의 법)나 우리나라는 판결문으로 설득을 할 수 있죠.

김제동 판결문으로 설득을 한다는 게…….

권오곤 저는 강연을 마무리할 때 사법부의 권위, 법률과 법조의 권위가 필요하다고 하거든요. 그건 어디서 오느냐 하면, 영어를 써서 미안하지만 'power of legal reasoning(법적 논리의 힘)'에서 온다고 얘기해요. 고등학교 때 공부 잘해서 법대 가고 어려운 사법시험 합격한 다음에 판사가 되어서 주말도 없이 일해서 밤새워 판결문을 썼다고 해서 국민들이 따라오느냐? 그렇지 않거든요. 판결 이유에 대해 생각한 걸 다 담아서 설득해야 하고, 당장 설득이 안 되고 비판을 받더라도 그런 과정이 차곡차곡 쌓여야 사법부의 권위가 생기는 것이지, 똑똑하고 열심히 했다는 걸로는 권위가 생기지 않는 거예요. 영미 판사들은 배심원들이 권위를 주지만 우리는 "여러분이 생각한 걸 여기에 담아서 좋든 말든 이걸로 설득하려고 해라. 그렇게 하다보면 권위가 온다"라고 그랬어요. 근데 아직은 판결에 국민들이 궁금해하는 것을 다 담지 않아요.

김제동 판결문이 최종이 아니고 설득의 한 과정이 되어야 한다고 말씀하신 부분이 굉장히 와 닿네요.

권오곤 네, 전 그렇게 봐요. 승복을 하는 것과 비판을 하는 것은 또다른 얘기거든요. 판결은 남아 있고, 그러니까 승복을 하되 이 판결이 옳다, 잘못됐다 그건 나중에 학자들이고 언론이고 비판할 수 있는 거예요. 기록으로 다 남으니까. 그걸 뒤집을 수는 없지만 그러면서 발전하는 거죠. 그걸 뒤집자 그러면, 그건 아까 얘기한 게임의 룰에 어긋나는 거죠.

김제동 승복하되 비판할 수 있다는 거군요.

권오곤 그럼요. 그러니까 승복하는 것과 불복하는 것과 비판하는 것은 다르죠.

김제동 그렇네요. 의외로 그럴 수 있네요. 승복하되 비판할 수 있다. 간단한 건데 그게 잘 안 돼요. 그렇죠? 그러니까 예를 들어 어떤 판결이 나면 그 판결에 불만을 갖고 이쪽에서는 판사가 잘못됐다 그러고 저쪽에서는 훌륭한 판사다 그러는데, 이런 게 비판의 단계가 아니고 그냥 자기 감정 풀이 정도에 그치고 있는 것 같아요.

권오곤 (구속영장이 기각되면 검찰에서는) 이렇게 하면 우리더러 수사를 어떻게 하라는 말이냐 그러는데 말이 안 되는 얘기죠. 마치 구속을 해야만 수사를 할 수 있는 것처럼 얘기하는 것이거든요.

김제동 사실 인신구속은 최대한 조심해서 하는 것이 법의 기준에 볼 때 맞는 거잖아요.

권오곤 그렇죠.

김제동 인권으로 봤을 때는. 그런데 이게 또 감정이라는 게…….

권오곤 무죄 추정이라는 말을 진짜 몰라요. 전범들이 헤이그에서 어떤 대접을 받는지 알면 우리나라 사람들은 참 기가 막힐 거예요. '헤이그 힐튼'이라고 할 정도니까요. "아, 내가 이럴 줄 알았으면 진작 올걸." 이런 얘기까지 하거든요.

김제동 정말이요? 근데 그런 사람들조차도 판결이 나기 전까지는 무죄 추정의 원칙을 적용해야 모두에게 다 좋은 거 아닌가요? 함부로 잡아가지 못한다는 기준이 만들어지는 거니까.

권오곤 그렇게 해서 유죄를 처벌함으로써 그 유죄 판결의 정당성이 확보되는 거죠.

김제동 네, 그게 가장 중요한 것 같아요.

권오곤 이 사람한테 최대한의 권리를 주고 공평하게 함으로써, 처벌을 할 때 '아, 저놈은 우리가 처벌할 수 있다' 이런 정당성이 오는 것 같아요. 조지 부시가 사담 후세인 잡겠다고 이라크에 쳐들어가서 무작정 조준해버리니까, 그게 과연 정당한 것이었느냐 하고 비판받는 거잖아요.

김제동 그러니까 무죄 추정의 원칙 같은 경우에도 마치 이걸 법관들이 재판할 생각이 없다는 걸로 받아들이는 사람들이 많거든요. 예를 들면 "야, 쟤는 무조건 죄 없는 걸로 생각하면, 그렇게 잘해주면 그게 재판이 되겠어?" 이런 거죠. "저런 나쁜 놈한테 아무런 감정도 없이 시작한다는 거야? 진짜 그러면 안 돼" 이런 건데. 사실은 지금 정당한 권위를 확보하고 철저하게 조사하려면 오히려 무죄 추정의 원칙이 상호보완에 있다는 거죠. 재판 과정에 있어서. 얘가 무죄라는 걸 추정했는데도 나쁜 놈이어야 끝까지 추적하고 조사하는 거니까.

권오곤 제동 씨가 내공이 굉장히 강해요. 이런 시각은 내공이 없으면 생각할 수 없는 거예요. 무죄 추정의 원칙이라는 게 서양에서 수백 년 동안 목숨을 바쳐서 깨달은 진리예요. 블랙스톤 (Blackstone, 영국의 판사·법률학자)이 했던 말인가. 형사소송법 교과서에 1번으로 나오는 내용이에요. 열 명을 놓치더라도 한 명의 무고한 사람이 희생되지 말게 하자. 그렇지만 우리나라에서는 무죄 추정의 원칙이 아니라 유죄 추정의 원칙(?)이 더 강한 것 같아요. 우리는 아직 한 명이 잘못되더라도 열 명을 신속하고 효율적으로 처벌하는 게 좋다고 실무자들도 생각해요. 언론도 그렇고 여론도 그렇고, 그런 생각이 아직 보편적이죠.

김제동 우리가 병원에 가거나 한의원 같은 데 가면 이마 만져주고, 배도 눌러봐주고, 등도 쓸어주고 하면서, 여기가 좀 막혔네, 스트레스를 많이 받았네, 그렇게 말해주잖아요. 그 과정에서 이미 아픈 게 절반은 나은 것 같은 느낌이 들 때가 많거든요. 저는 선생님 말씀 들으면서 판결이 마치 우리 사회에 내리는 처방전같이, 물론 가해자를 처벌하는 것도 있겠지만, 그 과정을 통해서 피해자가 치유받고, 사회 구성원들도 치유받는 쪽으로 가면 좋지 않을까 생각했어요. 어떤 사람들은 너무 감정적이라고 하는데, 이게 피해자를 위해서 함께 울어주는 과정인 것 같아요.

권오곤 이를테면 재심 사건 같은 건가요?

김제동 말하자면 그런 느낌인 거죠. 의사 선생님이 기계적으로 청진기 대는 느낌이 아니라 아이를 살짝 안아서 사탕 하나 주면서 "아이고, 또 왔구나" 그런 느낌이 드는 판결문이 있거든요. 그렇게 정당한 권위를 가지면서도 약자를 위해 울어줄 수 있는 판결인 거죠. 판사님 말씀 들으면서 그런 생각이 들었습니다. 이게 판결이 아니고 우리의 생각을 설득하는 과정이 되면 법원에 기강이 점점 더 생기는 거잖아요. "내가 판사고 내가 판결했으니까 이거 끝." 이런 느낌이 아닌 거죠. 사람들이 주는 권위를 얻는 것, 그게 가장 중요하다는 말씀이라는 생각이 듭니다.

3장

가족을 먹여 살리는 것보다
숭고한 일이 있습니까?

경세제민

국가는 균형있는 국민경제의 성장 및 안정과 적정한 소득의 분배를 유지하고,
시장의 지배와 경제력의 남용을 방지하며, 경제주체간의 조화를 통한
경제의 민주화를 위하여 경제에 관한 규제와 조정을 할 수 있다. (119조 2항)

어느 대학교에서 강연하는데 한 학생이 이런 말을 했어요.

"얼마 전에 유명한 강사님의 강의를 들었는데, 그분은 강연을 하는 이유가 솔직히 자기 가족 밥줄 끊길까봐래요. 저는 사람들에게 꿈과 희망을 주려고 강의하시는 줄 알았거든요."

저는 그 강사분의 말에 전적으로 공감합니다.

세상에 가족을 먹여 살리는 것보다
더 숭고한 일이 있을까요?
아등바등 사는 모습은 인간의 거룩한 모습이지,
지질한 모습이 아니라고 생각해요.

2016년에 대우조선에 갔을 때 일이에요. 아버님 한 분이 저한테 오셔서 "오늘 기 좀 팍팍 불어넣어주고 가세요. 늙은 노동자의 부탁

당신이 허락한다면 나는 이 말 하고 싶어요

입니다." 그러시기에 제가 "아이고, 오자마자 사람 울리려고 하면 우얍니까" 했어요.

제가 어디 가면 무대에 서서 마이크 들고 얘기하고 박수 받고 그러지만, 사실 진짜 박수 받아야 할 사람은 여러분이고 여러분 곁에 있는 엄마, 아빠, 딸, 아들이죠. 지금 고생 안 하는 사람 아무도 없습니다. 그런데도 버티는 건 가족 때문이죠. 가족들 먹여 살리려고.

제가 가끔씩 스님이나 신부님을 만나면 그러거든요. 보통 술 먹을 때 술김에 한마디씩 하고 그래요.

(물론 술은 저 혼자 먹습니다.)

"폼 잡고 다니지 마세요."

"……."

"제가 밖에 돌아다니면서 보니까 혼자 사는 게 제일 편하던데요 뭐. 스님, 신부님 존경받을 이유 한 개도 없어요. 결혼 전이랑 완전 딴판인 사람이랑 살면서 애 낳고, 그애가 중2만 되면 완전히 다른 애가 되어서 집에 돌아오는데도 잘 키우면서 살아내는 사람들이 진짜 박수 받아야 될 사람들이에요."

제 말에 스님은 "아미타불" 그러시고, 신부님은 "아멘" 그러세요. 이렇게 좀 건방지게 이야기해도 수긍해주시니 사실 그분들이 부처고 예수죠.

그런데 가족을 먹여 살리는 일이 정말 힘들죠.

오늘 밤에도 월급이 통장에 스치운다.
하늘을 우러러 한 점 잔고만 있기를.

시구처럼 오늘도 월급이 통장에 스치우죠. 나무에 바람이 스치우는 것처럼. 옷깃만 스치우고 두두두 빠져나갑니다.
"안녕하세요. 통신비입니다."
그러고 나가죠.

왜 이렇게 됐을까요?
왜 일하는 엄마 아빠들이 대우받지 못하는 걸까요?
기업의 이득을 가계 소득이 따라가지 못하고 있어서 그런 거죠. 정부는 그에 대해 적절한 조치를 취하지 않아왔고요.
이제 우리에게 돈이 있게 하는 정책을 좀 시행하면 좋겠어요.

자영업자 규모가 600만 명에 육박하고, 무급 가족 종사자 수가 120여만 명이다. 비정규직이 654만 명이다.

이렇게 자꾸 수치로만 얘기하면 피부에 와 닿지 않잖아요. 우리 얘기 같지 않잖아요. 그런데 옆을 보세요. 가족이나 지인 중에 식당 하는 사람 한 명쯤 있죠? 아니면 식당에서 일하는 경우도 있죠? 아버지가 식당 하시면 어머니는 가서 돈 안 받고 일해야 하죠. 주말에는 아들도 가서 일 거들어야 해요. "아르바이트 쓸 돈이 어디 있냐.

당신이 허락한다면 나는 이 말 하고 싶어요

네가 와라. 키워놨으니 이 정도는 해야지." 그러면서 장사 끝나면 몇
만 원 손에 쥐어주면서, 그렇게 돌아가고 있어요. 자영업자 600만,
비정규직 650만이 사실 그냥 숫자가 아니고, 남의 얘기가 아니고,
우리 얘기인 거예요.

우리가 사실 몇 조 원씩 가지기를 바라지 않거든요. 몇 백 억
원씩 가지기 바라지 않잖아요? 이 사회에서 굶어 죽는 일 없고,
한 10년 열심히 일해서 내 집 한 채 장만할 수 있으면 되고, 그 정도
인 거잖아요.

그런 부분을 해소하려는 마음이 있는 사람, 국민들에게 물어볼
수 있는 사람이 경제 정책을 만들어냈으면 좋겠어요. 우리한테 와
서 좀 물어보고요.

"국가는 균형 있는 국민경제의 성장 및 안정과 적정한 소득의 분
배를 유지하고, 시장의 지배와 경제력의 남용을 방지하며, 경제주
체간의 조화를 통한 경제의 민주화를 위하여 경제에 관한 규제
와 조정을 할 수 있다."

헌법 119조 2항에 나오는 경제민주화 조항입니다. 기업이 무조건
적이라는 뜻이 아니에요. 기업에게 좋은 환경이라는 것은, 거기서
일하는 사람들의 환경도 좋아야 하는 거죠. 우리 입장에서 생각해
보면 우리 주머니에 돈이 있어야 휴대전화도 살 것이고, 우리 주머

니에 돈이 있어야 청소기도 살 거잖아요? 우리 주머니에 돈이 있어야 텔레비전도 사고, 우리 주머니에 돈이 있어야 뭘 사 먹죠.

그런데 왜 우리를 경제 주체로 인정해주지 않는 걸까요?

왜 우리들 임금이 높아지는 것은 사회적 비용이고, 우리에게 복지가 오는 것도 비용이고, 기업의 비용을 정부가 부담하는 것은 늘 투자라고 얘기하는 걸까요? 왜 우리 주머니에 돈이 들어오는 것은 투자라고 생각하지 않을까요?

우리 주머니에 돈 들어오면 당장 치킨 사 먹을 텐데……

청년들의 소비 효율이 가장 높습니다. 저축할 여유가 없어요. 있으면 다 써야 됩니다.

예전에는 남자든 여자든 가정에서 한 사람만 벌어도 되는 구조였잖아요. 그런데 지금은 경제가 발전했는데도 소득이 물가 상승률을 따라가지 못하는 구조예요. 물가가 몇 퍼센트 오른 게 중요한 게 아니라 주거비, 교육비 부담이 계속 커지니까 국민들에게 돌아가는 혜택이 줄어드는 방향으로 움직인 거죠. 그런 걸 어려운 말로는 실질 임금 인상률이라고 하더라고요.

그런데 전 그렇게 어려운 건 잘 모르겠고, 살아보면 실질적으로 내 돈이 통장에서 스치고 지나가는 속도가 전보다 빨라진 건 분명한 것 같아요. 예전에는 그래도 통장에 두 시간 정도는 머물렀다 빠져나갔다면, 요즘에는 들어오면 정말로 스치고 빠져나가요.

군이 119조 2항을 꺼내지 않더라도, 정치·경제·사회·문화의 모든 영역에 있어서 각인의 기회를 균등히 하고, 능력을 최고도로 발휘하게 하며, 국민생활의 균등한 향상을 기해야 한다는 헌법 전문의 정신에 비춰봐도 이건 옳지 않은 것 같아요.

"백성은 일정한 수입이 없으면
일정한 마음도 없어집니다.
일정한 마음이 없으면 방탕하고 괴팍하며 삿되고
과도하기를 그만두지 않을 것입니다.
그렇게 죄에 빠진 후에 쫓아가 형벌을 가한다면
이는 백성을 그물로 사냥하는 것입니다."

맹자가 한 말이래요. 어느 책에서 봤어요. 국민의 생활에 있어 기본적인 수요는 충족시켜주는 것이 국가의 의무라는 얘기를 하고 있는 거죠.

제헌헌법 84조에는 "대한민국의 경제 질서는 모든 국민에게 생활의 기본적 수요를 충족할 수 있게 하는 사회정의의 실현과 균형 있는 국민경제의 발전을 기함을 기본으로 삼는다"고 되어 있었어요. 모든 국민이 적어도 어떻게 먹고살지, 아이는 어떻게 키워야 될지, 하는 걱정은 하지 않게 하는 것이 대한민국 경제의 진짜 목표라는 것이죠. 그리고 균형 있는 국민 경제의 발전. 이 두 가지를 충족할 때에만, 각인의 경제적 자유를 행사할 수 있도록 되어 있습니다. 그게 제헌헌법의 목표입니다.

당신이 허락한다면 나는 이 말 하고 싶어요

우리 조상들 참 대단하죠?

'경제'라는 말이 원래 '경세제민經世濟民'에서 온 거잖아요. 세상을 경영하고 사람들을 구해낸다는 뜻이죠. 그래서 경제 할 때 '제濟' 자의 한자가 어떻게 만들어졌는지 보면, 엄마와 아빠와 아이와 이웃 사람들이 손잡고 함께 물을 건너는 것 같아요. 그러니까 아무도 뒤에 남겨두지 않고 우리가 함께 모두 잘살 수 있게 만들어내는 체제가 경제의 원래 뜻이라고 생각해요. '제민'은 사람들을 구해낸다는 뜻이니까, 그 참뜻을 잘 알고 있는 사람이 국회의원을 했으면 좋겠다, 그런 생각이 들었습니다.

일주일에 몇 십 시간씩 열심히 일하는 사람들이 가난하면 안 되는 나라가 되어야죠. 그리고 학교 졸업하고 나서도 계속해서 학자금 대출 갚느라고 허덕대지 않도록, 열심히 일하는 사람들 주머니에 돈이 있어야 그게 진짜 경제라고 생각해요. 어렵게 말할 것 없이 그랬으면 좋겠습니다. 앞으로는 열심히 일하는 우리들 주머니에 돈이 좀 있으면 좋겠어요!

경제민주화 조항은 누가 혼자 만들어서 툭 떨어뜨려놓은 게 아니에요. 이미 1948년에 조상들이, 우리 손녀 손자들이 기본적인 생활을 할 수 있도록 국가에서 보장해라, 라고 적어놨습니다. 그런데 우리가 "경제 민주화는 ○○다"라고 자꾸 그 단어를 설명해야 한다면, 그것이 우리 일상에서 제대로 실행되고 있지 않다는 뜻 아닐까요?

법대로 잘 안 되는 것 같잖아요? 법이 장식품 같죠?

장식품은 어떻게 해야 됩니까?

꺼내서 사용해야 합니다.

이렇게?

먼저 일자리를 달라

모든 국민은 근로의 권리를 가진다. 국가는 사회적·경제적 방법으로
근로자의 고용의 증진과 적정임금의 보장에 노력하여야 하며,
법률이 정하는 바에 의하여 최저임금제를 시행하여야 한다.(32조 1항)
모든 국민은 근로의 의무를 진다. 국가는 근로의 의무의 내용과 조건을
민주주의원칙에 따라 법률로 정한다.(32조 2항)
근로조건의 기준은 인간의 존엄성을 보장하도록 법률로 정한다.(32조 3항)

헌법 32조는 국민의 일할 권리와 그에 대한 국가의 의무를 말하
고 있어요.

국가 경제가 유지되고 발전할 수 있는 것은, 일을 하고 그 대가로
번 돈을 쓰는 사람이 있기 때문이죠. 그렇게 보면 일자리는 단순히
개인의 문제가 아니에요. 그래서 헌법에서도 노동은 국민의 권리이
자 의무로 규정하고 있습니다. '고용 증진'과 '최저임금'도 어느 정권
의 선심성 경제정책이 아니라 우리 헌법에서 보장하는 국민의 권리
인 거죠.

지금 우리 헌법도 놀랍지만 제헌헌법을 제정할 당시에는 이보다
더 놀라운 논의 과정들이 있었더라고요. 심지어 "국가는 국민에게
직장을 부여할 의무를 진다"고 규정한 수정안을 제출한 의원도 있
었어요. 서산 을이 지역구인 의원이었는데, "노동자에게 일터를 주지

않고는 노동자가 근로의 권리와 의무를 가질 수가 없으니 국민에게 직장을 부여하는 것을 국가의 의무로 정해야 한다"는 취지였어요.

근로의 의무를 지우려면 일할 데가 있어야 되는 게 아니냐, 그런 뜻이죠. 그래서 아예 헌법에 넣자고 제안을 했는데, 결국 안 들어 갔다고 해요. 왜 안 들어갔을까요? 다른 국회의원이 이렇게 말하면서 반대했다고 하거든요.
"굳이 조항에 넣을 필요가 뭐 있느냐, 당연한 건데."

당시 울릉도가 지역구인 의원이었는데, 국민에게 근로의 권리를 보장해줄 의무는 국가가 지는 게 당연한 거 아니냐고 해서 안 들어 간 거예요. 우리 조상들 수준이 그 정도였습니다.

부모님이 힘들게 일해서 20년 정도 키워놨으면 이제 직업은 국가 가 책임져줘야 한다는 게 우리 헌법의 정신이라고 생각해요. 실컷 공부시켜놨더니 스펙 쌓는다고 또 학원 다니면서 시간 들이고 돈 들이고, 이력서 몇 십 장씩 쓰면서 자신감 뚝뚝 떨어지는 건 문제가 있잖아요. 힘 있는 사람들이 자기 자식과 지인들의 자식들만 좋은 일자리에 툭툭 꽂아줄 게 아니라, 대한민국에서 나고 자랐으면 자기 에게 맞는 일 하면서 떳떳하게 살 수 있게 해줘야죠.

여자의 근로는 특별한 보호를 받으며, 고용·임금 및 근로조건에 있어서 부당한 차별을 받지 아니한다. (32조 4항)
연소자의 근로는 특별한 보호를 받는다. (32조 5항)

4항과 5항에서 여자의 근로와 연소자의 근로는 특별한 보호를 받는다고 규정한 것은, 이들이 약자라는 뜻에서 그런 게 아니라고 생각해요. 과거에 이들의 노동을 더 가혹하게 착취하고 노동자로서의 권리를 보호해주지 못했기 때문에, 이제라도 더 신경을 써야 다른 노동자들과 균형을 맞출 수 있다는 취지죠. 그때나 지금이나 많은 여성들이 자신들의 권리를 위해 싸우고 있거든요.

전태일 열사가 근로기준법 책자를 손에 들고 분신한 이유도 자기 때문이 아니었잖아요. 주위에 열여섯, 열일곱, 열여덟 살밖에 안 된 동생들이 하루에 열 몇 시간씩 피를 토하며 일하는 모습을 보고 법이 있으니 법대로 지켜달라고 한 거잖아요.

"각하에게 아픈 곳을 알려드리니 고쳐주십시오.
하루 14시간의 작업 시간을 10~12시간으로 단축하십시오.
일요일마다 쉬기를 희망합니다.
시다공의 수당을 50퍼센트 이상 인상하십시오.
인간으로서 최소한의 요구입니다."

전태일 열사가 박정희 전 대통령에게 쓴 편지의 내용인데, 전해지진 못했겠죠.

거창한 걸 바란 게 아니잖아요. 나보다 어린 동생들, 후배들, 우리 아이들이 사는 세상은 일하는 사람이 인간다운 대우를 받을 수 있게 만들어놓자는 거죠.

헌법대로, 법대로만 하면 될 일인데, 그게 참 어렵네요.

어렵구나!

당신이 허락한다면 나는 이 말 하고 싶어요

둘 다 행복했으면 좋겠어요!

"최저시급이 1만 원이면 어떨 거 같냐?"

아르바이트 두 탕 뛰는 동네 청년과 담배를 피우다가 물어보니까 그러더라고요.

"그러면 행복하죠!"

그 말이 제 가슴에 박혔어요. 시급 1만 원이면 행복하다는데, 그걸 못해줄까요?

물론 사장님 걱정도 되죠. 그 가게 사장님하고도 아는 사이니까요. 한쪽만 좋으면 안 되고 서로 좋아야 행복이잖아요.

'시급 1만 원이 되면 좋긴 한데 자영업자는 더 어려워지지 않을까. 한쪽만 좋으면 안 되고, 서로 좋아야 행복이지 않나' 고민하게 됐어요. 정말 방법이 없을까요?

최저임금이 7530원 됐다고, 내년에는 올해보다 조금 더 오른 시간당 8350원으로 결정됐다고 아르바이트생과 자영업자를 싸움 붙이고 있어요. 최저시급 올라가면 자영업자들 힘들다, 이러다 자영업자들 다 망한다, 하면서…….

> 저는 그 가게 아르바이트생하고도 담배 피우고, 사장님하고도 같이 담배 피워요. 제가 아는 두 사람이 모두 행복했으면 좋겠어요. 사실 그 두 사람도 서로 친하거든요. 그런 둘을 싸움 붙이지 않으면 좋겠어요. 둘 다 열심히 자기 일 하는 거니까요. 두 사람에게 모두 좋은 해결책이 나오면 좋겠어요.

토끼는 자고 거북이는 열심히 달려서 경주에서 이겼다는 '토끼와 거북이' 이야기는 다들 아시죠? 토끼는 잤기 때문에 졌다, 뒤처졌다, 거북이 봐라, 열심히 땀 흘려 뛰지 않았냐? 그래서 이겼다. 이런 말도 있죠. 그런데 과연 그게 옳은 경주일까요? 저는 그렇게 생각하지 않아요.

토끼도 좀 자야 하지 않을까요? 애가 잠을 못 자서 눈이 뻘겋잖아요. 아니, 세상에 어떤 생명이 잠을 안 자고 살 수가 있겠어요. 열심히 일하는 것도 좋지만 생명을 유지할 정도의 휴식은 취해야 하잖아요.

그리고 거북이가 육지에서 달리는 게 옳은가요? 누가 봐도 바다에 사는 거북이인데 뛰라고 하면 미칠 노릇이죠. 개는 원래 바다에서 헤엄치는 애거든요. 그런데 그런 애를 땡볕

당신이 허락한다면 나는 이 말 하고 싶어요

에서 뛰라고 하면 경주의 룰 자체가 잘못된 거죠.

요즘 자영업 하는 사장님들과 아르바이트하는 친구들 보면 딱 토끼와 거북이 같아요. 사장님은 맨날 잠도 잘 못 자고 일해서 눈이 벌겋고, 아르바이트하는 친구들은 낮으로 밤으로 일해도 늘 제자리 걸음이고······. 누가 이런 말도 안 되는 경주를 시켰는지, 이 경주를 통해 재미를 보는 게 누구인지 알아야 한다고 생각해요. 토끼와 거북이가 서로 싸울 게 아니라 함께 손잡고, 나무 뒤에서 그 경주를 지켜보고 있는 이들을 불러내야 합니다. 불러내서 도대체 뭐 하고 있느냐고 물어보고, 이 경주의 법칙이 과연 정의로운지 따져봐야 하는 거죠. 지금은 계속해서 토끼와 거북이를 싸움 붙이고, 구경만 하는 구조예요. 바다거북이는 바다로 돌아가 맘껏 헤엄치고, 토끼는 눈 좀 붙일 수 있는 시간이 있었으면 좋겠어요.

경제를 잘 모르는 제 눈으로 보면
이해가 잘 안 될 때가 있어요.
우유 파는 회사가 잘되려면 우유 사 먹는 사람한테
돈이 있어야 해요.
휴대전화 파는 회사가 잘되려면
휴대전화 살 사람들한테 돈이 있어야 해요.

예를 들어 이건희 회장이나 이재용 부회장 같은 사람한테 100조 원이 있다고 해서 휴대전화 1000만 대 살 것 아니잖아요. 휴대전화

누가 제일 많이 사죠? 우리들 아니에요? 그런데 왜 우리들 주머니
에 돈이 들어오는 것을 이렇게 겁내는지 모르겠어요.

　우리가 낸 세금 잘 써서, 일하는 사람들에게 최저임금 1만 원 정
도는 보장해주면 좋겠어요. 나라에 돈이 부족한 게 아니라 돈을 그
런 식으로 쓰려는 의지가 부족한 게 아닐까요. 열심히 일하는 사람
들한테 돈이 좀더 돌아갈 수 있는 구조가 만들어지면 좋겠어요. 그
렇게 되는 것이 결국은 대기업과 건물주들도 함께 잘사는 길이 아
닐까요. 똑똑한데!

　북유럽 쪽에서도 최저임금이 올라갈수록 그 부근의 식당이나 가
게의 매출이 올라갔다고 해요. 왜 그럴까요? 몇몇 대기업에 돈이 다
들어가 있으면 우리 경제는 절대로 돌지 않을 거예요. 그렇지 않을
까요? 우리 주머니에 돈이 있어야 동네 식당에 가서 뭘 사 먹기도
하고, 아이들 주머니에 돈이 있어야 부모님들 주머니에도 돈이 좀
남아 있겠죠? 최저임금 받는 사람들, 우리 서민들, 청년들 주머니에
돈 들어오면 해변에 별장 살 것 아니잖아요. 동네 빵집에서 빵 사
먹고 김치찌개집 가서 김치찌개 사 먹고 그럴 거잖아요. 우리 주머
니에 돈 좀 있고 먹고사는 데 걱정이 없어야 골목 상권에서 소비가
일어난다는 것이죠.

　지난번에 하루 임시공휴일을 지정했더니 수십조 원의 경제 효과

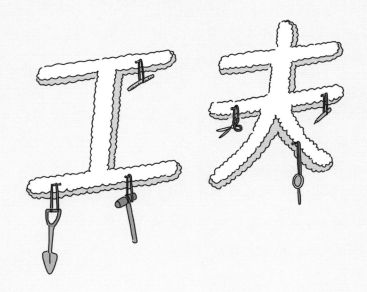

땀의 가치,
노동의 가치,
일하는 사람의 가치가
인정받는 사회가 되었으면 좋겠어요.

가 발생했다고 하죠. 사람들이 일 안 하고 노는데도 경제 효과가 발생하는 이유는 놀면서 돈을 쓰기 때문이잖아요. 이렇게 소비가 발생하려면 사람들 주머니에 돈이 있어야 하는데, 노동자의 임금 개선 얘기는 전혀 없어요. 그래놓고 노동 개혁을 하자고 하면 잘 살펴봐야 해요. 정말로 일자리를 늘리기 위한 것인지, 아니면 기업이 노동자를 쉽게 해고할 수 있게 하려는 것인지, 대기업의 지출을 조금 더 깎아주기 위해서인지 잘 따져봐야 합니다.

우리는 노동으로 자아실현을 한다고 배웠잖아요. 그런데 그걸로 최소한의 생계가 유지되어야 나의 노동이 더이상 돈에 팔려가는 게 아니고 자아실현이 되는 거죠. 우리가 '공부'라고 하면, 보통은 책상에 앉아 책을 보는 것이라고 생각하는데, '공부工夫'의 한자를 가만히 보니까 도구를 들고 일하는 사람으로 해석이 되더라고요.
그렇게 평생을 배워나가는 게 아닐까 싶어요.

땀의 가치,
노동의 가치,
일하는 사람의 가치가
인정받는 사회가 되었으면 좋겠어요.

제~발

당신이 허락한다면 나는 이 말 하고 싶어요

비례성의 원칙

근로자는 근로조건의 향상을 위하여 자주적인 단결권·단체교섭권 및 단체행동권을
가진다.(33조 1항)

헌법 33조는 노동 3권 조항입니다. 단결권·단체교섭권 및 단체행
동권을 저는 이렇게 해석합니다.

'진짜로 문제가 있을 때는 합법적으로 뒤집어라.'

제가 예전에 레스토랑에서 일한 적이 있어요. 지금도 500시시 잔
을 한 손에 여덟 잔 듭니다. 그리고 한 손에 접시 일곱 개씩 들고 돌
아다닙니다. 왼손에는 맥주 여덟 잔 들고. 얼마나 뿌듯한지 생활의

달인이 된 기분이에요. 그러고 지나가면 여학생들이 "우와~" 하고.

그때 제가 해보고 싶었던 게 이거예요. 웨이터들끼리 일하다가 잘 안 되면 뭉칠 수 있어야 할 거 아닙니까?

"야, 모여봐라. 이래가지고는 일 못하겠다!"

이게 단결권이죠.

"사장님, 나와보세요. 이야기 좀 합시다."

단체교섭권 아닙니까?

"이야기가 안 되네, 엎자."

이게 단체행동권이죠.

모이고, 이야기하고, 안 되면 엎는 거죠.

지금은 노동 3권도 제대로 지켜지지 않고 있지만, 제헌헌법에서는 노동 3권이 아니라 노동 4권을 보장했다고 해요. 노동 3권에 더하여 "영리를 목적으로 하는 사기업에 있어서 근로자는 법률의 정하는 바에 의하여 이익의 분배에 균점할 권리"를 보장했는데요. 쉽게 말하면, 기업에 이익이 발생했을 때 노동자들에게도 그 이익을 나눠 가질 권리가 있다는 뜻이에요.

"기업의 이익은 노동자와 '노나' 먹어라!"

한홍구 교수의 『역사와 책임』이라는 책에 나오는 표현입니다. 멋있죠?

제헌헌법에서는 노동자들이 기업의 이익을 나눠 가질 권리를 신체의 자유, 종교의 자유, 표현의 자유와 같은 기본권의 하나로 인정했다고 해요.

물론 그 '이익균점권'이 실현되지는 못했지만요. 하지만 그런 지향점이 우리 할머니 할아버지들의 허황된 꿈은 아니었어요. 기업이란 단어를 보면 영어로 'company'잖아요. 'company'의 어원을 보면 '함께com 빵pany을 나눠 먹는' 사람들이라는 뜻이더라고요. 기업이 원래 함께 나눠 먹는 동료들의 집합인 거죠.

그런데 나눠 먹지 않으니까, 균등하게 나누지 않고 찔끔 나눠 줄까 말까 하니까 얘기 좀 하자고 하는 거잖아요. 그러다 얘기가 안 통하면 단체행동을 하게 되는 거고요. 노동자들은 격렬하게 자기 권리를 주장하고 불의한 공권력에 맞서면서도 기계를 보호하는 사람들이에요. 나중에 일자리로 돌아가면 다시 돌려야 하니까.

회사를 살려야 하는 가장 큰 이유는, 거기에 속해 있는 사람들한 명 한 명이 모두 행복해지기 위해서잖아요. 만약 그 회사 안에 있는 몇 명만 행복해지자고 얘기한다면 그때는 '회사'를 다른 의미로 사용하는 겁니다.

근로복지공단에서 정한 과로사 산재 기준을 아세요? 주 60시간이에요. 굳이 그런 수치까지 들지 않더라도, 지금 우리, 죽을 맛이잖아요.

노동 문제에서 가장 중요한 것은 사람을 대하는 태도라고 생각해요. 무슨 일을 하든 모멸감을 느끼게 해서는 안 되고, '열심히 일하는 사람이 가난하면 안 된다' 하는 사회적 합의가 있어야 합니다. 한 사람의 노동의 가치를 결정할 때 7000원이냐, 8000원이냐가 아니라 '가치를 매길 수 없다'라는 것을 전제로 해야 한다고 생각해요.

근로자나 노동자는 이 땅의 경제 정책을 실질적으로 주관해오고, 이 땅에 경제 건설을 이루어낸 주체들이니 그에 맞는 인간적 존엄과 권리를 보장해주면 좋겠어요. 예를 들어 전화 상담원이 고객에게 욕을 먹거든 그에 상응하는 욕을 할 수 있도록 해줘야 합니다. 그래야 안 하더라도 덜 억울합니다. 그렇잖아요? 사람 사는 게 그렇죠. 하다못해 우리 교전 수칙에도 적이 총을 쏘면 이쪽에서도 총을 쏘도록 되어 있어요. 그래야 사람이 존엄을 유지할 수 있습니다. 먼저 전쟁을 일으키진 않겠지만 저쪽에서 세 발 쏘면 우리도 세 발

간호사에게도 간호사가 필요하고,
엄마에게도 엄마가 필요합니다!

쏠 수 있다, 이렇게 쏠지 말지를 내가 결정할 수 있어야 주인이 되는 거고, 그래야 억울함이 덜합니다.

간호사에게도 간호사가 필요해요. 제일 좋은 복지 시설은 빈방 하나씩 만들어놓고, 거기서 묻지도 따지지도 않고 전부 다 욕할 수 있게 하는 거 아닐까요? 아무리 백의의 천사라고 해도 "날개 확 뿌라뽑고! 에이씨, 천사 안 할란다!" 이러고 싶을 때가 있을 거잖아요. 그런 마음을 인정받아야 또 웃고 일할 수 있는 거죠. 어떤 병원이든 일하는 분들을 위한 상담사가 있어야 할 것 같아요. 간호사에게도 간호사가 필요하고, 의사에게도 의사가 필요하고, 청소하는 이에게도 청소하는 이가 필요하고, 엄마에게도 엄마가 필요해요. 보호자에게도 보호자가 필요하고요. 우리 사회 전체에 그런 장치가 필요하다고 생각해요.

우리는 전부 노동력을 제공하는 주인들입니다.
그런데 인격까지 내주겠다고 한 적은 없어요.
그건 분명히 해줘야 합니다.
그리고 직원은 기업의 비용인 동시에 소득의 원천입니다.
인간적인 대우를 해줘야죠.
균형 잡아줘야 합니다.
내가 이 사회에서 열심히 일하면
어디 가서도 인격적으로 대우를 받는다는

확신이 있어야 하잖아요.

복지국가라는 게 뭘까요? 배 만드는 노동자이든, 비정규직 근로자이든, 판사든 검사든 차이가 없는 나라가 아닐까요? 노동자도 판사를 부러워하지 않고, 판사도 노동자를 보면 '아이고, 나도 판사 때려치우고 저 일 해보고 싶다' 이런 생각이 들 수 있는 나라, 그런 나라가 진짜 복지국가 아닐까요? 판사의 한 시간, 노동자의 한 시간, 검사의 한 시간이 함께 존중받고, 기업주의 한 시간과 노동자의 한 시간이 함께 존중받는 나라, 적정한 임금 보장이 이루어지는 나라, 그런 나라가 우리 아이들이 원하는 나라이고, 우리 아이들이 그런 나라에서 살 수 있어야 공부에만 내몰리는 시대를 끝낼 수 있다고 생각해요.

그런 경제, 꿈꿔볼 수 있잖아요. 그렇게 한번 해봤으면 좋겠습니다.

일도 하고 영화도 볼 권리

모든 국민은 인간다운 생활을 할 권리를 가진다.(34조 1항)

34조는 제가 제일 좋아하는 조항입니다. '인간답게 생활할 권리'입니다. 제일 좋아하는 조항이 대체 몇 개냐고요? 글쎄요. 제 마음 속에 빈방이 좀 많아서……

저는 119조 2항이 아니라 34조가 경제민주화의 핵심이라고 봅니다.

만약 우리가 인간다운 생활을 하지 못하고 있다면
그건 위헌입니다.
"사는 게 왜 이래, 사람 사는 게."
이런 말이 나오면 헌법에 반하는 상황인 거예요.
모여서 얘기해봐야 됩니다.

당신이 허락한다면 나는 이 말 하고 싶어요

34조 1항 인간다운 생활을 할 권리는 1962년 헌법에 추가되었어요. 이 조항을 구체화한 대표적인 법률이 국민기초생활보장법이라고 해요. 『헌법 사용 설명서』라는 책에서 읽은 내용인데요, 국민기초생활보장법 4조 1항을 보면 '급여의 기준'을 이렇게 말하고 있더라고요.

"이 법에 따른 급여는 건강하고 문화적인 최저생활을 유지할 수 있는 것이어야 한다."

헌법에서 말하는 '인간다운 생활을 할 권리'가 무엇인지를 보여주는 하나의 기준이라고 생각해요.

사람이 살아가는 데 돈이 없어도 안 되지만, 돈이 많다고 해서 그렇게 행복하지만도 않다고 연구 결과도 말하고 있습니다. 일정 액수 이상을 벌기 시작하면 소득이 늘어나도 더 행복해지는 건 아니라고 하잖아요. 그러나 생활의 기본적인 수요는 충족되어야죠.

적어도 잠은 편하게 자고 싶다. 일 마치고 떡볶이에 치킨, 맥주 한 잔 정도는 하면서 살 수 있으면 좋겠다. 가끔씩 애인하고 손잡고 영화 볼 수 있으면 좋겠다. 우리 영감하고 어디 다녀올 수 있으면 좋겠다. 아프면 돈 걱정이 먼저 들지만 병원 간다고 집안이 거덜나는 건 아니었으면 좋겠다.

이렇게 최소한의 인간의 존엄을 누리면서 살 수 있겠다는 확신이

"인간답게 살 권리를 보장하기 위해 세계 각국에서
논의되는 것 중 하나가 기본 소득 제도래."
"음… 그래?"

드는 것. 그런 게 인간다운 생활이 아닐까요? 고양이에게도 권리를

인간답게 살 권리를 보장하기 위해 세계 각국에서 논의되는 것 중 하나가 기본 소득 제도죠. 재벌이든 노숙자든 고액 연봉자든 실업자든 모든 국민에게 소득에 상관없이 일정한 금액을 기본 소득으로 지급하는 것인데요. 그런 것이 가능할까 싶기도 하고, 그렇게 하면 누가 힘들게 일하려고 할까 싶기도 하죠. 그러나 그런 것들을 통해, 우리가 어떤 일을 해도 인간적 존엄을 잃지는 않겠다 하는 사회적 합의가 이루어진다면, 이렇게까지 불안하지는 않을 거라고 생각해요.

전 국민을 대상으로 시작하는 게 어려우면 부분적으로, 단계적으로 시도해보는 것도 괜찮지 않을까요? 유럽 국가들이 시행하는 것처럼 사회생활을 시작하는 청년들에게 최소한의 생활이 가능하도록, 첫번째 기본 정착금 정도는 지원하고 나중에 취업하면 갚을 수 있는 무이자 융자 제도 같은 것이 시행되면 좋겠어요. 그렇게 해서 청년들이 출발선상에서 느끼는 고민들은 좀 덜어줘야 한다고 생각합니다.
그런 걸 자꾸 비용으로만 보지 않으면 좋겠어요.

일하지 않아도 기본적 수요는 충족시켜줄게, 한다고 해서 사람들이 일을 안 할까요? 천만에요. 다들 자기 하고 싶은 일 찾아서 할

거예요. 일은 인간의 존재 형태이고, 좀더 열심히 일해서 충족하고 싶은 건강한 욕망이 있기 때문이죠.

정확하게는 모르겠지만, 담뱃값 올려서 10조 원 이상의 세원을 확보했을 거예요. 그럼 그런 것 정도는 목적세로 청년들에게 투입해도 되지 않을까요? 그래야 담배 피우는 저도 연기 뿜을 때마다 국가에 기여하는 마음이 좀 들지 않겠습니까? 에휴~

노동자, 우리 엄마고 아빠고 이모고
삼촌이고 언니고 형이잖아요!

2014년에 영국 옥스퍼드 대학과 케임브리지 대학에서 저를 초청해서 다녀왔어요. 그렇게 두 곳에서 초청받는 경우는 거의 없어요. (손석희 사장님도 한 군데만 갔다왔거든요.) 흥! 혼자 갔니?

그때 옥스퍼드였는지 케임브리지였는지 정확히 기억나지 않지만, 학생들이 제게 학교 투어를 시켜줬어요. 학교를 둘러보다가 "여기 이 초상화는 누구냐?"고 물었더니 자기네 학교 선배래요. 그런데 그 선배가 우리들이 아는 사람이에요.

아이작 뉴턴.

사실 그런 건 별로 안 부러웠어요. 정말로 부러웠던 건 따로 있어요. 건물 벽돌에 뭘 하나씩 새겨놨더라고요. 가만히 보니까 동판에 새겨놓은 것도 있고 학생들이 임의로 새겨놓은 것도 있어요. 예를 들면 이런 거예요. "1870년부터 1905년까지 우리에게 따뜻한 밥을 해주셨던 메리 아주머니에게." 학생 식당에서 일하셨던 분을 기리는 거죠. 그리고 왕의 초상화 옆에 또다른 그림이 있어서 "이건 누구냐?" 하고 물었더니 학교에서 경비로 일하셨던 분이래요. 그분의 초상화를 학생들이 직접 그려서 걸어놓은 거예요.

저는 그 경비였던 분을 왕과 동등하게 바라보면서, 우리에게 도움을 주었고 우리가 살면서 도움을 주어야 할 사람들로 대하는 그 태도와 문화가 참 부러웠어요.

예전에 프랑스에 갔더니 신축 공사장 한쪽 벽면 전체에 노동자분들의 사진이 붙어 있더라고요. 우리나라 같으면 '안전제일' 이런 거 붙여놓는 자리에다가요. 누군가의 남편, 누군가의 아내, 누군가의 엄마, 누군가의 아빠인 그분들의 사진을 붙인 거예요.

사진작가를 섭외해서 평소 일하시는 모습을 가장 자연스럽게 망원렌즈로 당기고 밑에서 올려 찍고 해서, 여기저기 기름때 묻은 모습인데도 진짜 멋있더라고요. 선글라스 끼고 용접하는 모습을 벽 전체에 마치 작품 전시하듯 걸어놓은 거예요. 그 밑에 적어둔 말이 더 멋졌어요.

"이 건물은 이분들이 만들고 계십니다."

이렇게 걸어두면 그분들이 그 건물을 허투루 만들까요? 아닐 거라고 생각해요. 그리고 거기 지나갈 때마다 얼마나 큰 자부심이 들겠어요. 그리고 그 밑에는 가족사진을 붙여놨더라고요.

"이분들의 아빠입니다."

"이 가족의 가장입니다."

자기 아이들 사진을 보고 일하러 들어가면서 그 건물을 대충 만들까요? 저는 그러지 않을 거라고 생각해요.

금전적인 대우도 중요하지만, 이런 것들이 심리적 복지고 대우가 아닐까 싶어요. 저는 사람이 사람을 대하는 태도와 방식, 구성원 한 사람 한 사람에게 어떻게 주목하느냐가 중요하다고 생각하거든요.

세계 여러 나라 헌법이 영국과 프랑스의 시민혁명의 영향을 많이 받았는데, 그 형식만 들여오고 정작 이런 문화와 철학은 들여오지 못한 게 참 아쉬워요. 물론 우리나라에도 좋은 게 많지만, 이런 것도 들여오면 참 좋을 텐데 싶었어요.

최저임금 인상도 중요하지만, 일을 하는 사람으로서 사회에서 어떤 시선을 받느냐도 중요하잖아요. 그런데 그 시선을 만드는 게 누구일까요? 우리잖아요.

앞으로는 일하는 사람 모두가 존중받고 존경받아야 한다고 생각해요. 노동자라고 하면 우리 언니고 누나고 오빠고 형이고 동생이고 딸이고 아들이니까요.

교만과 비굴이 짝이고, 당당하고 겸손한 게 짝이라는 말, 어디선가 들어본 적 있습니다. 그러니까 판사를 보더라도 고개 숙여 인사할 수 있고, 청소하시는 분을 보고도 똑같은 마음으로 인사할 수 있는 나라를 만드는 게 중요하다고 생각해요.

제가 울산에 있는 어느 기업에 가봤더니 정주영 회장의 말이 크게 적혀 있더라고요. "하면 된다." 그걸 떼자는 얘기가 아니에요. 그냥 그 옆에 일하는 우리 어머니, 아버지, 언니, 오빠의 어록도 함께 걸어주면 좋겠어요.

　　우리는 왜 맨날 유명하고 힘 있는 사람들, 돈 있는 사람들이 했다는 얘기를 그저 따라가야만 하는 존재로 여겨지는 걸까요? 왜 우리를 중요한 사람 취급 해주지 않는 걸까요?

　　제가 예전에 아스팔트 까는 공사를 한 적이 있거든요. 그때 하수구 밑에서 배관 공사하고 있으면 트럭에서 빵하고 우유를 툭 던져줍니다. 그러면 받아서 간식으로 먹었어요. 근데 한번은 어르신이 트럭에서 내려서 건네주시더라고요.

　　"야, 이렇게 고생하는데 오늘은 안 던질란다. 먹어라, 배고픈데. 집은 어디고?"

　　경상도 사투리니까 뭐 그렇게 친절하진 않습니다. 그런데도 그 말 한마디가 아직도 기억에 남아요. 별다른 게 아니잖아요. 던져주던 거 손으로 주고받고 그런 거죠.

　　그러면 좋잖아요.

우리 주머니에 돈이 있어야죠

2017년 초에 있었던 한 경제정책 토론회에서 비정규직으로 일하고 있다는 20대 질문자가 이렇게 말했어요.

"저는 도시락을 싸서 다니는데요. 제가 하루에 5만 2천 원을 벌어요. 한번은 정규직분들이 점심을 드신다고 해서 따라갔다가 1만 원을 점심값으로 낸 적이 있습니다. 그래서 그 뒤로 도시락을 싸서 다니는데요. 하루에 5만 2천 원을 벌면, 2만 5천 원은 월세를 내야 하니까 써보지도 못하고 접어두어야 합니다. 3천 원은 오가는 교통비로 쓰고요. 그러면 남는 돈이 2만 4천 원이에요. 그걸로 건강보험료 내고, 통신비 내고, 생필품도 사야 해요. 그리고 저녁도 먹고, 내일 아침도 먹어야 해요. 주말에 쓸 돈도 아껴두어야 합니다. 근데 제가 점심값으로 1만 원을 냈던 그날, 몸이 아파서 병원에 갔습니다. 그래서 약값이랑 병원비가 2만 원이 나왔는데, 그 돈을 내고 나오면서 화가 났습니다. 왜 화가 났느냐 하면 더 참지 않고 병원에 간 저 자신에게 화가 났습니다."

이게 청년들의 현실입니다. 열심히 사는 청년들의 목소리는 신문에, 뉴스에 잘 안 나오잖아요. 이제라도 청년들의 목소리 좀 들어주면 안 될까요?

열심히 사는 청년들이 왜 밥 한 끼 제대로 못 사 먹고, 아파서 병원에 간 자신을 원망해야 할까요?

"일을 해서 돈을 버는 속도보다 돈이 돈을 버는 속도가 더 빠르면 위험하다. 경계해야 한다. 돈이 돈을 버는 속도가 빨라지면 빨라질수록 엄청난 불평등이 초래되어 전 세계에 혼란을 줄 것이다."

토마 피케티의 이런 얘기가 멀리 있는 게 아니라 우리의 이야기이고, 우리 청년들의 이야기인 거죠. 피케티의 『21세기 자본론』을 한 줄로 줄이면 뭘까요?

"사람들 주머니에 돈이 있어야 한다."

저는 그게 21세기에 맞는 자본론이라고 생각해요. 국내 30대 대기업 사내 유보금이 880조 원이 넘는다고 하죠. 우리나라 1년 예산의 두 배 규모예요. 그 많은 돈이 거기에 쌓여 있어요. 강이고 돈이고 가둬놓으면 안 되잖아요. 돈이 흘러가지 못하게 보를 세워놓은

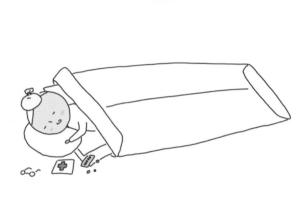

열심히 사는 청년들이 왜 밥 한 끼 제대로 못 사 먹고,
아파서 병원에 간 자신을 원망해야 할까요?

거예요.

  50만 원 벌 때 하루에 두 끼 먹던 사람이 150만 원을 벌게 되면 이제 하루에 세 끼 챙겨 먹어도 되겠다 하겠죠? 집에 사야 할 건 또 얼마나 많겠습니까? 여름에 에어컨은 못 살망정 선풍기는 한 대 들여놔야겠다 생각하겠죠? 속옷도 몇 장 더 사고, 일하러 나갈 때 입을 바지도 한두 벌 사고 그러지 않겠어요? 전에는 돈을 쓰고 싶어도 없어서 못 쓰고, 부족해서 못 썼기 때문에, 지금보다 더 많이 벌면 더 쓸 수밖에 없지요. 더 버는 만큼 더 쓰게 된다는 얘기예요. 이걸 어려운 말로 '한계소비성향'이라고 하는데, 소득이 높은 사람들보다는 소득이 낮은 사람들이 더 벌면 더 쓸 수밖에 없는 거잖아요.

  결국 돈 쓰는 사람들한테 돈이 있어야 경제가 돌아가는 건데, 어째서 일하는 사람들한테 돈이 가는 건 자꾸 비용이라고 하고, 기업에 2조 원, 3조 원, 10조 원, 20조 원 지원하는 것은 전부 투자라고 하는지 모르겠어요. 기업이 무너지면 국가 경제가 무너진다면서.

  그런데 가방 메고 수학여행 가는 아이들이 국가이고, 촛불 들고 국민 주권을 주장하는 이들이 국가입니다. 열심히 아이들 키우고, 학교 다니고, 군대 가고, 결혼하고, 세금 내는 사람들 하나하나가 국가이고, 이 사람들을 지키는 것이 국가를 지키는 것입니다. 우리에게 돈이 있어야 기업에게도 좋은 거잖아요. 우리한테 돈이 있어야 장기적으로 보면 대기업도 사는 거잖아요.

제가 요즘 집에서 혼자 재미 삼아
한문 공부를 하고 있는데요,
'평萍' 자가, 개구리밥이 연못 위에 쫘악 있는 모양이래요.
그걸 보고 이런 생각 들었어요.
'개구리밥이 그렇게 떠 있으면 어떤 개구리도 굶지 않겠다.'
개구리밥이 개구리 숫자보다 많은 데는
분명 이유가 있는 거잖아요.

우리가 가진 것을 헌법에서 약속한 대로 잘 나눠 쓰기만 해도 이
렇게 복작대면서 이렇게 각박하게 살지 않아도 될 것 같은데, 그게
잘 안 되네요.

"재산권은 인정해.
그러나 돈 유세는 곤란해"

모든 국민의 재산권은 보장된다. 그 내용과 한계는 법률로 정한다.(23조 1항)
재산권의 행사는 공공복리에 적합하도록 하여야 한다.(23조 2항)

저는 법관이 되어보지 않았기 때문에 잘 모르지만, 법이 모든 사람의 이익을 세세하게 모두 만족시킬 수 있는 경우가 법정에서는 거의 없잖아요. 어쨌든 이익이 상충되기 때문에, 그래서 옳음과 옳음의 싸움이라고 하죠. 이 싸움이 끝이 안 난다고.

그런데 논쟁할 수 없는 기본적인 가치를 담아놓은 게 헌법이거든요. 우리 헌법은 좌우, 진보, 보수가 어쨌든 이 부분에 있어서만큼은 합의한다고 정해놓은 거잖아요. 그래서 이 헌법을 위반하면 국헌을 문란케 했다고 해서 그걸 반란으로 보는 것이고요.

23조는 좀 특별합니다. 다른 권리는 굉장히 명확하게 한 줄로 되어 있는데 이 조항은 좀 달라요. 19조와 비교해볼게요. "모든 국민은 양심의 자유를 가진다." 여기 토 달린 것 없죠? 그래서 우리 국민의 자유와 권리는 거의 토 달린 게 없습니다. 20조, "모든 국민은 종교의 자유를 가진다", 이렇게 되어 있습니다.

　그런데 유일하게 23조 재산권에는 토를 달아놨습니다. 나머지는 보통 2항이나 3항에 예외 규정을 두기는 하는데, 23조 재산권은 1항 바로 옆에 단서가 붙어 있습니다.

　　모든 국민의 재산권은 보장된다.
　　그 내용과 한계는 법률로 정한다.

　이렇게 되어 있습니다. 헌법에서 보장하는 국민의 권리지만 그 내용과 한계를 분명히 정해야 한다고 보는 것이죠. 그뿐 아니라 그 권리를 행사할 때도 공공복리에 적합하도록 해야 한다고 못박고 있습니다.

　저는 이 조항을 보면서 요즘 자주 듣는 '조물주 위에 건물주'라는 말이 떠올랐어요. 요새 이런저런 사건들이 있는데, 건물주와 세입자 양쪽 다 사정이 있어서 뭘 어떻게 해야 좋을지 모르겠더라고요. 남아프리카공화국의 초대 헌법재판관을 지낸 알비 삭스의 책 『블루드레스』를 보면, 포트엘리자베스 시정부 사건이 나와요. 똑 부러지는 해결책을 제시하는 건 아니지만 가진 사람과 못 가진 사람 사이에 갈등이 생겼을 때 국가가 헌법에 기반을 두고 어떻게 대응해야 하는지에 대한 방향을 읽을 수 있었습니다.

헌법재판소는 백인 소유의 토지 위에 오두막을 짓고 살아온 극도로 빈곤한 사람들을 사전에 어떤 중재 절차 없이 강제로 이주시킨 것은 정의롭지 못하고 공정하지 못하다는 결정을 내렸다.

국가가 머리를 기대고 누울 만한 장소가 절실한 집 없는 가난한 사람들을 궁지로 내몰아 그들이 주변화되는 것을 완화하기는커녕 오히려 강화하는 것은 그들의 존엄성을 훼손하는 행위일 뿐만 아니라, 우리 사회 전체의 품위를 통째로 떨어뜨리는 행위이다. 국가가 극도로 가난한 사람들이 그나마 제대로 살아가기 위해 제기한 최소한의 생존 요건에 대한 권리 주장이 거부되는 것을 막지는 못할망정 오히려 그것을 조장한다면, 권리에 기반을 두고 있는 우리 헌법의 진정성은 큰 손상을 입게 될 것이다. 따라서 사회적으로 스트레스를 유발할 소지가 많고 잠정적으로 갈등의 요소가 많은 문제에 대해서는 특별한 법적 통제가 이루어져야 한다.

토지를 가진 사람의 재산권과 집 없는 사람의 절박함이 대립할 때 국가는 '불법점유'라는 법원의 판단에 기계적으로 대응할 것인가 하는 문제를 제기할 수 있잖아요. 남아프리카공화국의 헌법재판소는 국가가 그런 식으로 대응한 것이 국민의 존엄성을 훼손하고 사회의 품격을 떨어뜨리는 행위라고 꼬집은 거예요.
법적으로 보면 불법점유가 맞지만, 최소한의 생존 요건도 보장해주지 못했다면 그건 국가의 잘못이라는 거죠. 물론 헌법재판소의 이러한 판단은 '특별한 법적 통제가 이루어져야 한다'고 다시 하위

법률에 공을 넘김으로써 형식적이라는 비판을 받았습니다. 하지만 형식적으로라도 그렇게 선언을 해놓아야 언젠가는 그것이 형식이 아니라 현실이 될 수 있겠죠.

우리 헌법에는 아무리 돈이 많고 지위가 높은 '금수저'라 할지라도 법으로 정해진 범위 안에서만 재산권이 보장되고, 공공복리에 적합하지 않으면 재산권 행사가 제한될 수 있다고 되어 있거든요.

그렇다면 공공복리가 뭘까요? 내가 번 돈이 나만 잘해서 번 게 아니니까, 다른 사람들 무시하고 다른 사람들 무릎 꿇려가면서 쓰면 안 된다는 얘기죠. 우리 사회에서 어떤 형태로든 부를 축적한 사람들은 사실 그 사회의 혜택을 본 것이거든요. 그러니까 그 사람의 능력에 더해 그 사람이 속한 시공간, 거기 살고 있는 모든 존재가 도운 것이죠. 그런데도 뭔가에 성공하고 부를 얻게 되면 자기 능력만으로 그렇게 됐다고 생각하는 것 같아요. 사실은 그렇지 않은데 말이에요. 자기들만의 것이 아니죠.

23조 재산권을 다시 풀어보면 이렇습니다.
그래, 당신한테 재산권 있어.
사유재산 가질 수 있는데
다른 사람 권리를 침해하면 곤란해.
그리고 돈 유세 하지 마.
이건 내가 특별히 얘기하는 거야.

얼마면 돼? 이따위 소리 하지 마.

안 돼. 돈 따위로 안 돼.

우리 사회는 그거 용납 안 해!

이런 뜻이죠.

'내가 옷이 두 벌 있는데, 한 벌 가진 사람 것까지 뺏어서 세 벌 가져야겠어.'

'저기 월세 내고 장사하는 작은 가게가 돈 좀 번다는데, 저 건물 통째로 내 것 할래.'

이런 건 좀 아니라는 얘기죠.

그렇다면 어디까지, 어느 선까지 재산권을 행사할 수 있을까요?

저도 잘 모르겠어요. 제가 어떻게 정답을 알겠어요. 그러나 사람은 혼자 살 수 없고 같이 살아가야 한다는 것을 기억해야 하지 않을까요.

사회가 기본적인 욕구는 충족시켜주고, 욕망은 공정한 경쟁을 통해 채우게 하고, 탐욕은 규제해야 하는데, 지금은 거꾸로 가고 있죠. 많은 사람들이 기본적인 욕구 충족도 못하는 상황에서 불공정한 경쟁을 통해 일부 사람들만 욕망을 채우고, 그렇게 욕망을 채운 사람들이 탐욕까지 부리는데도 규제가 잘 안 되니까, 많은 사람들이 열패감에 시달리고 사회 전체가 동력이 떨어지는 거죠.

부패가 척결돼야 하는 이유는 선량하게 노력하는 사람들의 희망을 짓밟기 때문이거든요. '이거 열심히 해도 안 되는구나.' '해봐야 소용없구나.'

재산권에 그런 단서를 달았던 것은 바로 이런 폐단을 막기 위해서이고, 설혹 그런 폐단이 생겼더라도 그걸 되돌리는 것이 헌법 정신이라고 생각해요. "안으로는 국민생활의 균등한 향상을 기하고"라고 헌법 전문에 나와 있으니까요.

부처님은 부를 죄악으로 여기지 않고, 가능하면 성공하고 부자가 되라고 가르치셨대요. 거듭 말씀드리지만 저는 불교 신자는 아니에요. 스님과 친하기는 해요. 어쨌거나 재물을 모아도 된다고 하셨는데, 다만 "꿀벌들이 꽃을 다치게 하지 않으면서 꿀을 모으듯이, 남을 착취하지 않으면서 단계적으로 부를 늘려가야 한다"고 하셨어요. 사람을 쓸 때도 "힘과 능력에 맞는 일을 맡기고, 합당한 임금을 지급하고, 병들면 치료해주고, 좋은 음식을 제공하며, 제때에 일손을 놓을 수 있도록 하라"고 하셨고요.

몇 천 년 전 얘기 같지가 않죠? 열심히 일하고 노력해서 부자가 되는 것, 멋진 일이죠. 힘들게 일하고 번 돈을 기분 좋게 쓸 때 정말 보람 있죠.

세금 제대로 내고, 같이 일하는 사람들이 함께 성장하게 하는 부자들도 사실 잘 드러나지 않지만 엄청 많거든요. 멀리 갈 것도 없이, 경주의 최 부자나 독립운동 때 자금을 댔던 분들만 봐도 존경받는 부자들이 굉장히 많았잖아요. 자기 개인의 능력도 있었겠지만 사회 전체 구성원들이 다져놓은 토대 위에서 자신의 부가 형성되었다는 것을 알았던 분들이죠. 우리 사회의 고소득자들이 '종부세 찬성' '세금 인상 찬성' 같은 현수막을 내거는 날이 빨리 왔으면 좋겠어요. 부자들이 자발적으로 제대로 세금을 내고, 또 그만큼 우리 사회에서 부자에게 합당한 존경을 보내주는 것이죠. 지금의 구도는 부자도 힘들고 가난한 사람도 힘든 것 같아요. 부자는 무조건 욕먹는 거잖아요? 그런데 부자가 자기에게 주어진 의무와 책무를 다한다면, 그렇게 존경받는 부자가 되기 위해 우리 청년들도 힘을 낼 수 있을 거예요.

얼마 전에 라면 먹으러 분식집에 갔더니 어머님께서 "오뚝한 라면(?!)' 먹어야겠다"라고 하시더라고요.
(넘어져도 자꾸 일어나는 거 있잖아요.) 뭔지 알죠?
부자라고 무조건 미워하고 공격하는 거 아니거든요. 이런 게 훨씬 가치 있고 재미있어요. 돈 있고 좋은 일 많이 하는 사람 찾아 칭찬해주는 것. 그런 부자들 찾아서 멋있다고 박수쳐주는 것. 함께 행복하게. 이거 헌법에 있어요. 각인의 기회를 균등히 하고 능력을 최대한 발휘하도록 하며, 자유와 권리에 따른 책임과 권리를 완수하게 하고, 그것으로 국민생활의 균등한 향상을 기하고.
그러나 남을 해치면 안 되고, 남의 몫을 빼앗으면 안 된다는 것. 함께 잘 살아야 한다는 것만 기억하면 좋겠습니다. 우리 서로 존경하는 부자가 되어보면 어떨까요. 그리고 이렇게 말하는 거죠.

"안녕하세요, 이 부자님!"

"안녕하세요, 김 부자님!"

만남 3

"우리의 도덕성이 그들의 잔인함보다
훨씬 강합니다!"

알비 삭스
전 남아프리카공화국 헌법재판관
×
김제동

알비 삭스Albie Sachs 법대생이던 열일곱 살 때 인권 운동을 시작해 감금과 추방, 자동차 폭탄 테러를 당하면서도 인종차별에 저항하는 싸움을 계속했다. 1994년 남아프리카공화국 헌법재판소 재판관에 임명되어 2009년에 퇴임하기까지 인간애를 강조하는 여러 판결을 남겼다.

알비 삭스는 남아프리카공화국의 초대 헌법재판소 재판관을 지냈고, 그전부터 오랫동안 인종차별 정책에 반대하는 활동을 해왔어요. 주변에서 추천받아 그의 책 『블루 드레스The Strange Alchemy of Life and Law』를 읽고 꼭 한 번 만나고 싶었어요. 남아프리카공화국으로 직접 찾아가고 싶은 마음이 간절했지만, 여러 가지 사정상 화상 인터뷰로 먼저 만났습니다.

저는 그날 저와 대화하던 알비 삭스의 표정을 잊을 수가 없어요. 제가 어떤 이야기를 해도 엄지손가락을 치켜들면서 이야기 들어주고 대답해주셨거든요.

화상 인터뷰를 했던 날, 마침 남아프리카공화국에서 대통령 선거가 있어서 옆에 텔레비전을 켜두셨더라고요. 알비 삭스는 텔레비전으로 대통령 선거 방송을 보고 있었다면서 "제동씨와 이야기하면서 선거 방송을 보는 것을 양해해주세요. 전직 재판관으로서 누구를 지지하는지 이야기해서는 안 되지만 국민의 한 사람으로서 관심을 가져야 하거든요"라고 하셨어요.

그 모습이 참 인상적이었고, 그분이 사람을 대하는 태도에서 깊은 감명을 받았어요. 이런 분이니까 화해와 치유가 가능했겠구나 하는 생각이 들었어요.

그날 우리가 나눈 대화를 다시 읽어보니까, 정말 좋은 말씀을 많이 해주셨구나, 하는 생각이 다시 한번 드네요.

김제동 재판관님의 책 『블루 드레스』를 무척 감동적으로 읽었습니다. 가난한 이들과 사회적 약자, 그리고 헌법으로 보장된 권리를 잘 알지 못하는 이들에 대해 관심을 갖고, 그들 편에 서는 모습이 매우 인상 깊었습니다.

알비 삭스 감사합니다. 사실 그 뒤로 제가 책을 두 권 더 냈습니다. 그중 한 권에 대해 말씀드리고, 제동씨에게도 보내드릴게요.

김제동 감사합니다.

알비 삭스 제목이 『우리, 국민We, the People』이라는 책인데, 『블루 드레스』와 요지는 같습니다. 저 같은 법률가들이 헌법을 썼지만, 헌법을 만든 것은 우리 국민입니다. 국민들이 행복하지 않으면, 변화가 더디고 부패가 심하다고 느낍니다. 그러다보면 헌법을 탓하는 이들도 있어요. 하지만 우리는 말합니다. 그건 헌법의 탓이 아니라고요. 헌법을 만든 건 우리 국민이고, 이제 중요한 것은 우리 국민이 헌법을 사용해 이런 문제들을 해결하는 것입니다.

『우리, 국민』에는 '행동하는 법관의 통찰Insights of an Activist Judge'이라는 부제가 달려 있습니다. '활동가 판사'라고 하면 부정적인 의미로 사용되는 경우가 많습니다. 하지만 저는 제가 활동가 판사라는 사실이 매우 자랑스럽습니다. 활동가는 헌법과 헌법에 보장된 권리를 수호하는 역할을 합니다. 고문, 인종차별, 폭력에 결코 중립적이지 않습니다. 입장이 분명합니다. 성차별에 대해서도 마찬가지죠. 중립적이지 않고 태도가 분명합니다. (법을) 실천하는 사람이니까요. 그렇다고 해서 공평하지 않다는 뜻은 아닙니다. 어떤 한 개인이나 정당, 조직, 성별을 지지하지 않습니다. 중립적인 태도와 공평한 태도 사이에는 분명한 차이가 있습니다. 어느 쪽에도 개입하지 않는다는 것은 판사로서 적절한 태도가 아닙니다. 판사라면 반드시 적극적으로 관여해야 합니다. 당연히 헌법이 추구하는 가치에 적극적으로 관여해야 합니다. 다만 그렇게 관여할 때는 공평해야 합니다. 모든 사람들의 목소리에 귀 기울이고, 어느 누구의 편의를 봐주기 위해서가 아니라 헌법의 가치를 지키는 방향으로 헌법을 적용해야 합니다. 이것이 『우리, 국민』의 주요 핵심입니다.

미국 연방 대법원에서 총기 규제와 관련된 사안을 다루는 것을 지켜볼 기회가 있었는데, 총기 규제 이슈에 관해 가장 적극적인 활동가의 모습을 보인 건 보수 성향의 판사들이었어요. 총기를 규제해야 한다는 결정을 완강히 거부했거든요. 아주 적극적이었어요. 선거 자금과 관련된 사안에서도 보수 성향의 판사들이 매우 적극적으로 움직였고요. 그래서 저는 모든 판사들이 활동가라고 생각합니다.

여기서 중요한 건 무엇을 위한 활동가가 될 것이냐입니다. 힘? 권력? 돈? 재산? 이런 것들을 위해 행동할 수도 있겠지요. 그러나 헌법의 정신은 인간의 권리를 보장하는 것입니다. 가난한 사람들, 영세 상인들, 이민자들, 여러 소수자들을 보호한다면, 우리 모두가 활동가가 되는 것입니다. 중요한 것은, 인간을 해방시키고 기본권을 지키기 위한 활동가인지, 부당한 억압과 차별이 만연한 현상태를 지지하여 기존 권력을 돕는 활동가인지 여부입니다.

김제동 선생님은 매우 좋은 교육을 받으셨고, 원한다면 다른 길을 선택할 수도 있었을 텐데요. 왜 굳이 테러리즘과 싸우고 나쁜 정부와 싸우기로 결정하셨나요? 만약 제가 같은 처지였다면 저는 솔직히 더 나은 삶을 사는 쪽을 택했을 것 같기도 하거든요. 하지만 선생님의 책을 읽어보니 선생님은 무척 힘든 길을 걸어오신 것 같아요. 힘든 싸움을 하셔야 했고, (심지어 자동차 테러를 당해) 한쪽 눈과 한쪽 팔도 잃으셨잖아요. 그래서 제가 여쭈고 싶은 것은, 왜 그런 길을 선택하셨느냐는 거예요.

당신이 허락한다면 나는 이 말 하고 싶어요

알비 삭스 답하자면, 저는 이 삶을 선택하지 않았습니다. 저의 삶이 저를 선택해준 것이죠. 이건 정말 놀라운 삶입니다. (다른 길을 택했다면) 아마도 저는 여러 의미에서 더 부유할 수 있었겠죠. 저도 잘 모르겠습니다. 그렇지만 저는 그런 것들에 관심이 없습니다. 편안한 삶을 산다는 것은 좋은 일입니다. 하지만 다른 사람들의 삶과 연결되는 삶을 사는 것 또한 매우 풍요롭고 아름다운 일입니다. (또한) 저를 저답게 만드는 의미를 부여하기도 합니다. 그래서 저는 제가 놀라운 삶을 살아가고 있다는 걸 말씀드리고 싶습니다.

저는 목숨을 앗아갈 뻔한 폭탄 테러에도 불구하고, 자유를 위해 투쟁했습니다. 곳곳에 그런 위험이 도사리고 있다는 걸 누구보다 잘 알았습니다. 제 친구이자 훌륭한 저널리스트 활동가였던 루스 퍼스트Ruth First 교수는 같은 도시에서 폭탄 테러로 목숨을 잃었습니다. 화해의 날인 12월 16일이 되면, 우리는 아파르트헤이트 정책으로 인해 목숨을 잃은 동료들의 묘지를 찾아갑니다. 전에는 그곳에서 자유의 노래를 부르고 묘원 내 빈 공간을 바라보며 다음번에는 누가 저기에 묻힐지 생각하곤 했어요. 그래서 제 차에서 폭탄이 터졌을 때, 깜깜한 어둠 속에서 "자동차 테러가 일어났다"는 사람들의 외침이 들리는 순간 저는 무척이나 기뻤습니다. 어쨌거나 죽지 않고 살아남았다는 뜻이니까요. 모든 자유의 투사들이 기다려오던 순간이지요. '만약 테러 공격을 받으면 과연 살아남을 수 있을까?' 하고 늘 걱정했는데, 살아남은 거예요. 그래서 무척이나 기분이 좋았습니다.

저는 제가 더 나은 사람이 될수록 제가 살아가는 나라도 더 나아질 것이라는 완전한 믿음을 가지고 있었습니다. 이때가 1988년이었지요. 그로부터 2년 후에 넬슨 만델라가 감옥에서 풀려났고, 우리는 다시 새로운 민주주의를 정착시키기 위한 작업을 시작했습니다. 그래서 전 제가 놀라운 삶을 살고 있다고 생각합니다. 덧붙이자면, 법조인으로서 자기 나라의 헌법을 만드는 일에 기여할 수 있다면, 이것이야말로 굉장한 일입니다. 그리고 법정에서 일을 한다는 것은 많은 이들이 삶을 희생해서 일궈낸 헌법을 수호한다는 것이니 이 일 또한 놀라운 임무랍니다. 그래서 제게 이 삶은 희생이 아닙니다. 사람들은 제가 삶을 희생했다고 말하지만, 제게는 이제까지의 삶이 결코 희생이 아니었습니다. 이건 적극적인 참여와 관여입니다. 그렇기 때문에 이 삶은 너무나 굉장한 인생인 것이죠. 그리고 저는 진정한 변화를 목격해왔습니다. 이것이 제동 씨의 질문에 대한 답입니다.

김제동 알겠습니다. 제가 말을 고쳐야 할 것 같네요. 선생님의 삶은 희생이 아니었습니다. 기쁨이었죠. 재판관님의 말씀을 듣다보면, 정말 훌륭한 법관일 뿐만 아니라 인간적으로도 대단한 분이라고 느낍니다. 만약 제가 테러 공격을 받아 한쪽 팔을 잃는다면, 저는 그것을 엄청난 희생이라고 생각했을 거예요. 그래서 그들에게 보상을 요구하거나, 응분의 대가를 치르게 하고 싶었을 거예요. 하지만 선생님은 그러지 않으셨죠. 그 대신 한 걸음 더 나아 가셨어요. 선생님은 다른 이들을 위해 울어주셨고, 테러리스트의 손을 잡아주셨어요. 어떻게 그럴 수 있으셨나요? 내면 어디에서 그런 마음이 우러나오는 건가요?

알비 삭스 첫번째로 말씀드리고 싶은 건, 그게 저만의 개인적인 성향이 아니라는 겁니다. 당시 운동 문화가 그랬어요. (넬슨 만델라가 석방된) 1990년에 「뉴욕타임스」 기자인 안토니 루이스Anthony Lewis 가 제게 이렇게 물었던 게 기억나요. "알비, 이제 남아프리카공화국으로 돌아갈 텐데 당신을 이렇게 만든 사람들에게 화가 나지 않나? 팔도 잃고 눈도 잃고 감옥에 갇히고 해외로 추방까지 당했으니." 그때 제 대답은 "그렇지 않다"였어요. "심지어 감옥에 갇혔을 때도 나를 감시하는 교도관이 밉거나 원망스럽지 않았다. 사실 그래서 내게 문제가 있는 게 아닌가 하는 생각도 들었다. '진정한 투사라면 저 교도관에게 화가 치밀어 죽이고 싶어야 하는 것 아닌가.' 하지만 내게는 그런 분노와 원망이 없었다. 단지 내 조국을 더 좋은 나라로 만들고 싶은 마음뿐이었다." 그랬더니 그 기자가 "걱정 말라"며 "얼마 전에 넬슨 만델라를 인터뷰했는데, 그도 똑같은 대답을 했다"고 하더군요. 그런 점에서 이런 태도는 다양한 배경과 성격을 지닌 사람들이 수십 년에 걸쳐 반인류적인 인종차별과 싸우면서 발전시켜온 하나의 문화라고 볼 수 있어요.
두번째로 말씀드리고 싶은 건, 영국에서 폭탄 테러로 인한 부상을 치료받고 있을 때 한 통의 편지를 받았습니다. 혹시 우표에 침을 발라 붙이던 편지 봉투 기억하시나요? 혹시 나이가 어떻게 되십니까?

김제동 아, 네, 마흔넷입니다.

알비 삭스 그럼 알겠네요.

김제동 그럼요, 잘 알지요.

알비 삭스 그러니까 1988년에 한 통의 편지를 받았습니다. 편지에는 이런 내용이 적혀 있었습니다. "알비 동지, 걱정하지 마시오. 우리가 당신의 원수를 갚겠소." 보낸 이는 '바비'라고 되어 있었어요. 그때 들었던 생각은, '바비라는 자가 어떤 의미로 이런 말을 한 것인가?' 하는 것이었어요. '나는 한쪽 팔을 잃었고 한쪽 눈을 실명했는데, 우리가 원하는 나라가 과연 한쪽 팔과 한쪽 눈이 실명된 사람들로 가득 찬 나라일까?' 그때 다짐했습니다. 만약 우리가 자유를 얻는다면, 민주주의를 얻는다면, 그것이 바로 나의 부드러운 복수가 될 것이라고요. 그러면 제 팔에서 장미와 백합이 피어날 것이라고 말입니다. 그것이 그들에게 당한 그대로 되갚아주는 것보다, 누군가를 감옥으로 보내는 것보다 훨씬 강력한 복수라고요. 그것은 그들이 아닌 내가 살아온 삶과 내 꿈, 내 비전

당신이 허락한다면 나는 이 말 하고 싶어요

이 옳다는 것을 증명하는 것이니까요. 우리는 흔히 사람이 아닌 제도(혹은 시스템)와 싸우고 있다고 말하곤 합니다. 나쁜 일을 하는 사람들조차도 어떤 의미에서는 제도의 희생양입니다. 그래서 반드시 그러한 제도를 변화시켜야 합니다. 헌법이 중요한 의미를 갖는 이유가 바로 여기에 있습니다. 헌법은 여러 가지 원칙의 기초이기 때문입니다.

얼마 후 제가 아직 병원에서 치료를 받고 있을 때, 누군가 "알비 동지의 차에 폭탄을 설치했던 사람을 모잠비크에서 잡았다"고 얘기하는 소리를 들었습니다. 그래서 혼자 생각했어요. 만약 나의 원수가 재판을 받는다면, 그리고 행여 합리적인 의심을 넘어 유죄라는 것을 입증할 만한 증거가 부족하여 그가 유죄를 선고받지 못하고 풀려나더라도, 그것이야말로 나의 부드러운 복수가 될 것이라고요. 왜냐하면 그 사람이 비로소 '법의 지배'를 받게 된 것이니까요. 그것은 저와 우리 사회를 위해 대단히 중요한 일입니다. 사라진 제 한쪽 팔을 되찾거나 한 사람을 감옥에 가두는 일보다 훨씬 더 중요한 것이죠. 그래서 이 부드러운 복수는 제 삶의 주제가 되었습니다.

헌법이 말하고 있는 것도 결국은 부드러운 복수입니다. 그들이 저지른 일에 머물지 않고 그것을 초월하여, 인간의 가장 나쁜 구석에서도 인간다움을 찾을 수 있는 더 높은 경지를 향해 나아가는 것입니다. 그러면 그들 스스로 인간다움을 발견하게 될 것입니다. 제 생각에는 이 부드러운 복수가 가혹한 복수보다 훨씬 더 강력한 힘을 지닙니다. 그리고 헌법이 이 부드러운 복수의 본보기가 됩니다.

우리 남아프리카공화국은 오래된 감옥 한가운데에 헌법재판소를 세웠습니다. 세계에서 유일하게 간디와 만델라가 투옥됐던 감옥입니다. 우리는 그간의 변화를 상징하는 의미에서 그곳에 헌법재판소를 세웠습니다. 사악함과 불의, 공포와 폭력에서 희망과 관심, 존중으로의 변화를 상징하기 위해 교도소 건물 바로 옆에 법정을 세운 것이죠. 이러한 사실만으로도 많은 것을 알 수 있습니다. 헌법재판관들이 그곳에 앉아 있으면, 우리가 어떻게 해서 헌법을 갖게 되었는지를 생각하게 됩니다. 더는 인종과 신념, 의견 차이 때문에 서로 반목하는 일이 없어야 하며, 다시는 투표하고 말하고 표현할 수 있는, 누구에게나 동등한 기본 인권을 거부당해서는 안 된다는 것이 헌법의 존재 이유지요. 하지만 헌법은 우리가 다시는 되풀이하지 말아야 할 일들뿐만 아니라, 우리가 지향하고 이상으로 삼아야 할 것들도 주문하고 있습니다.

헌법재판소 재판관들은 권력을 행사하지 않습니다. 권력을 제어할 뿐입니다. 권력을 행사하는 사람들이 헌법의 기준과 규범에 맞게 행동하는지를 판단합니다. 정말로 흥미로운 일이지만 까다로운 작업이기도 합니다. 그래서 우리는 열한 명이 한 팀으로 일합니다.

하지만 재판관은 참으로 외로운 직업입니다. 동료가 있는데 왜 외롭냐고요? 동료들과 함께 고민하고 토론하더라도 마지막에는 결국 오로지 자기 양심과 이해에 따라 결정을 내려야 하기 때문입니다. 가끔은 사랑하는 사람들이나 동료, 지인들과 의견이 달라 다투어야 할 때도 있습니다. 간혹 혼자서만 소수 의견을 내세울 때도 있고요. 그럴 때는 매우 외롭습니다. 그래도 법이 어떻게 적용되어야 하는지 말해줄 수 있는 것은 제 양심입니다.

* 347쪽으로 이어집니다.

4장

추신:
아직 못다 한 이야기

우리는 모두 누군가에게
필요한 사람이에요

"혹시 대학 다닐 때 운동권이었나요?" 에궁!

저한테 이렇게 묻는 분이 있는데요, 시위 딱 한 번 해봤어요. 우리 학교 매점 우동값 올랐을 때. 그후로 아무 운동도 안 해서 지금 죗값 치르고 있나 그런 생각도 듭니다.

언뜻 보기에는 제가 완벽한 남자(?!) 같지만 콤플렉스 덩어리예요. 태어난 지 70일 만에 아버지가 돌아가셨고, 어머니가 그 충격으로 젖이 안 나와서 동네 아주머니 젖을 먹으며 자랐대요. 그래서 태생적으로 누군가에게 도움을 받고 살았다는 무의식이 깊이 자리하고 있는 것 같아요.

자라서는 공장 다니는 누나들에게 보살핌을 받았어요. 그런 희생은 앞으로 없어져야겠죠. 모두 행복하게 살 권리가 있으니까요. 누나들의 희생이 다음 세대의 우리 딸들에게는 이어지면 안 된다고 생각합니다.

첫째 매형은 조선소에서 일하다 돌아가셨고, 집이 철거되기도 하고 그랬어요. 야구장과 놀이공원에서 사회 보다가 서울에 올라와 운 좋게 방송에 출연하는 혜택을 받았어요. 그러다보니 저만 운 좋게 사는 것 같아 미안함도 컸어요.

또 마이크를 잡는 직업이라는 것 자체가 사람들에게 빚을 질 수밖에 없는 직업이죠. 사람들이 없으면 안 되는 일이니까요. 그래서 저는 사람들에게 양가적인 감정을 갖게 돼요. 굉장히 고맙고, 또 굉장히 밉기도 하고, 굉장히 두렵고, 굉장히 칭찬받고 싶고, 가끔은 굉장히 멀리하고 싶고……

그리고 이 사회에서 제가 어느 정도 성취를 이룬 만큼 죄책감 같은 것이 있어요.

'혼자 잘살고 있으면서 자꾸 징징대는 거 아닌가.'

'내가 그럴 자격이 있나?'

문득문득 이런 생각하는 거죠.

내가 이렇게 돈 벌면서 이야기할 자격이 있을까?

남성이면서 여성 인권에 대해 말할 자격이 있을까?

젊은 사람이면서 노인의 인권을 이야기할 자격이 있을까?

중년이면서 젊은 후배들, 동생들 사는 세상은

우리 때보다 조금 더 나아졌으면 좋겠다,

그렇게 이야기할 자격이 있을까?

이렇게 덜컹거릴 때 토닥여준 게 저한테는 헌법이었어요.

　　우리 엄마가 「미운 우리 새끼」라는 방송 프로그램에 출연하셨을 때 서장훈씨가 물었어요. 손주가 내 아들의 이것만은 안 닮았으면 하는 것이 있느냐고. 그랬더니 엄마가 이렇게 말씀하셨어요. 엄마도 참…….

　　"안 닮았으면 하는 게 여러 가지가 있어요. 외모. 잇몸 안 닮았으면 좋겠어요. 일단은 어중간한 거 안 닮았으면 좋겠고. 세상 다니면서 바른 소리 하면서 부모 간장 다 녹이는 거. 말을 마 대구 아가 총 쏘듯이 쏘댑니더. 촬촬촬촬촬촬~ 와, 저카고 댕기노, 참말로 내가. 이것 말고도 많아예."

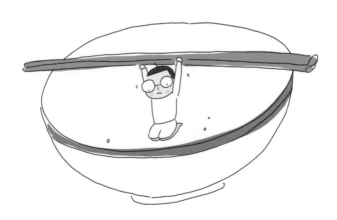

당신이 허락한다면 나는 이 말 하고 싶어요

제가 듣는 많은 욕들을 압축해놓은 것 같죠?

'내가 왜 이렇게 사나' '내가 이러는 게 맞나' '내가 자격이 있나' 싶을 때 "너 그래도 괜찮아"라고 정당성을 부여해준 게 헌법이었어요.
제 주장이 옳다는 뜻이 아니라, 헌법적 가치 아래서는 누구나 자기 생각과 주장을 펼칠 수 있다고 정당성과 자격을 부여해준 거죠.

제가 선택한 일이지만 가끔 돌아보면 좀 버거울 때도 있어요. 누구를 탓할 수도 없으니까 더 힘든지도 몰라요. 그러면서도 제가 이 길을 계속 가는 건, 아주 개인적이고 아주 감정적인 이유 때문인 것 같아요.

예전에 세월호 유가족 중 한 분이 제가 얇은 점퍼를 입은 걸 보더니 옷을 여며주면서 "제동씨 따뜻한 거 입어야 돼!" 그러시더라고요. 그래서 제가 "저 같은 건 아무래도 괜찮아요" 그랬거든요. 그랬더니 저한테 "저 같은 거라니. 제동씨가 지금 우리한테 얼마나 소중한 사람인데" 그러시더군요.

그 말이 오래도록 가슴에 남아요. 내가 왜 살아야 되는지가 그때처럼 명확해졌던 순간이 없었던 것 같아요.

늘 평생을 두고 누군가에게 듣고 싶었던 말이거든요.

이런 말들이 제게는 지속할 수 있게 하는 힘이 됐어요.

'나는 참 지질해.'

'나 같은 게 뭐.'

이렇게 말하는 어떤 순간에도 우리는 분명 누군가에게 도움이 되고 있을 거라는 거죠.

큰 도움은 아니지만 내가 누군가에게 참 고마운 사람이구나, 그렇게 느껴지는 것만으로도 이 세상 살 만하거든요. 우리에게는 그런 존엄이 있다는 것을 서로에게 알려주면 좋겠어요. 우리 모두 누군가에게 필요한 사람이에요.

살면서 우울하거나 스스로 지질하다는 생각이 들 때, 그 순간에도 우리는 분명 누군가에게 꼭 필요한 존재라는 것을 잊지 않았으면 합니다.

가치의 역습

저 사실 여러분한테 진짜 서운한 거 많아요. 왜 잘생긴 배우가 방송국 정상화와 민주주의를 외치면 개념 있다고 하고, 제가 그런 얘기를 하면 종북이라고 그러냐 이 말입니다. 뭔 차이가 있습니까. 외모 때문에 그런 거 아닙니까?

제가 영화배우 황정민씨랑 뮤지컬 배우 박건형씨하고 셋이서 술을 먹었어요.

(삐쳐서 매년 하는 이야기니까 마음 쓰세요.)

그런데 옆자리에 있던 술 취한 사람이 시비를 걸었어요.

"어이, 연예인 별거 없네, 못생겼네."

이 말을 들은 황정민씨가 벌떡 일어나서 이러는 거예요.

"우리 제동이 욕하지 마세요."

거기 세 명이 있었습니다. 그런데 어떻게 그게 저한테 한 말이라고 확신할 수 있는 거죠? 셋 다 연예인 아닙니까? 게다가 저는 그분을 등지고 앉아 있었거든요. 그건 평소에 황정민씨가 저를 그렇게 생각하고 있었다는 이야기 아닙니까? 더 황당한 건 뭔 줄 아세요? 옆에 있던 박건형씨예요. 저보고 "형, 참아" 그러더군요. 이 둘은 이미 공감대가 형성돼 있었던 거예요.

(그래도 정민이 형은 힘들 때 늘 옆에 있어줬어요. 좋은 사람이에요. 이 말도 꼭 적으라고 하네요, 형이.)

그래서 버려지거나 힘없다고 생각하는 것들의 역습에 관해서 한 번쯤은 말씀드리고 싶었어요. 쓸모없다거나 하찮게 여겨지던 것들의 존엄에 대해 이야기하고 싶어요.

먼저 '불안'에 대해 이야기해볼게요. 많은 사람들이 '불안'이라고

하면 부정적인 단어로 생각하죠. '지금 나 불안한데, 불안해도 되나?' 이렇게 말이죠.

하지만 저는 우리의 불안이 당연한 것이라고 생각합니다. 왜냐하면 우리는 '불안해했던 것'들의 후손이기 때문이죠. 무슨 말이냐고요?

원시시대에 동굴 밖에서 짐승 소리가 날 때 불안해하지 않고 '나가볼까?' 하고 나갔던 사람은 다 죽었어요. 반면 그때 불안해하면서 '날이 밝으면 나가보자'라고 소심하게 떨었던 사람들은 살아남았고, 그들의 후손이 바로 우리인 것이죠.

우리 사회에서는 불안해하고 소심해하면 이상한 사람 취급을 받곤 하는데, 불안하고 소심한 건 우리 조상이 물려준 강력한 유산일지도 몰라요. 그러니 불안하고 소심한 생각을 하는 분들에게 마음으로 지지의 한 표를 보냅니다. 그리고 대범한 이들에게 "네가 이상한 거야. 이렇게 살아 있는 네가 용한 거야. 원래 우리처럼 소심해야 이 한세상 살아갈 수 있는 건데 말이지" 이렇게 얘기할 수 있어야 한다고 생각합니다.

대범한 사람들이 잘못됐다는 얘기가 아니라, 소심한 우리의 감정에 지원군을 보내줘야 할 때가 됐다는 겁니다. 불안이라는 감정이 나타나면 무찌르지 말고, 거기에 지원군을 보내줘야 해요. 옳다, 네가 나를 살리러 오는구나 하고. 실제로 불안은 그런 역할을 하는 것이니까요.

문득 시 한 편이 떠오릅니다. 박준 시인의 「슬픔은 자랑이 될 수 있다」입니다.

철봉에 오래 매달리는 일은
이제 자랑이 되지 않는다

폐가 아픈 일도
이제 자랑이 되지 않는다

눈이 작은 일도
눈물이 많은 일도
자랑이 되지 않는다

하지만 작은 눈에서
그 많은 눈물을 흘렸던
당신의 슬픔은 아직 자랑이 될 수 있다

나는 좋지 않은 세상에서
당신의 슬픔을 생각한다

좋지 않은 세상에서
당신의 슬픔을 생각하는 것은

땅이 집을 잃어가고

집이 사람을 잃어가는 일처럼

아득하다

나는 이제

철봉에 매달리지 않아도

이를 악물어야 한다

이를 악물고

당신을 오래 생각하면

비 마중 나오듯

서리서리 모여드는

당신 눈동자의 맺음새가

좋기도 하였다

　저보고 우울하고 슬퍼 보인다고 하는 분이 많은데요, 슬퍼할 줄
모르는 사람과 함께 있는 것이 얼마나 끔찍한 일인지 상상해보세
요. 그러면 답이 나올 거예요. 함께 슬퍼하는 것, 그런 감정이 얼마
나 소중한지 생각해보면 좋겠어요. 우리가 결혼식장에는 못 가더라
도 문상은 꼭 가잖아요. 기쁨이 나쁜 게 아니듯이 슬픔도 나쁜 게
아니라고 생각해요. 대범함이 나쁜 게 아니듯이 소심한 게 나쁜 게

아니죠.

(제가 이렇게 긍정적이라니까요.)

그리고 우리 사회에서 말하는 외모의 기준을 잠깐 짚어볼까요.

외형적으로 못생긴 것은 실제로 세상에 해악을 미치는가?

누가 그런 기준을 만들었는가?

사람 눈이 얼마나 커야 합니까? 부엉이만 해야 합니까? 올빼미만 해야 합니까? 사람인데?

그게 뭐 헌법에 나와 있습니까? 대한민국 국민이면 눈이 얼마나 커야 한다고? 근데 왜 사람 눈이 작다 크다 가지고 차별하느냐, 이 말입니다. 우리 헌법 어디를 살펴봐도 사람 눈 크기로 차별한다는 얘기는 없습니다.

그런데 왜 눈이 큰 사람들은 사회적으로 사슴 같은 눈망울이라는 말을 들으며 대우받고 있죠? 저는 왜 뱀 같은 눈이 되어야 하는 겁니까?

그러면 뱀은 실제로 나쁜가? 사슴은 정말로 착한가?

이렇게 역습해볼 수 있어야 한다고 생각합니다.

눈이 큰 사람들이 잘못됐다는 것이 아닙니다. 눈이 작다고 무시당해온 이들이 역습할 수 있어야 우리 사회가 공평해지고, 웃음 있는 사회가 되지 않을까요.

우리는 고구려 기마 민족의 후예잖아요. 눈이 큰 사람들은 이 나

라, 이 민족을 지키는 데 별로 기여한 게 없어요. 말 타고 달리면서 제대로 전투를 할 수가 없거든요. 그 큰 눈에 먼지가 계속 들어오니까. 우리같이 눈 작은 사람들이 말을 타고 앞으로 계속해서 달리면서도 적에게 집중했죠. 키가 큰 사람들은 기마 민족의 후예가 아니에요. 말을 타고 달리기가 힘들어요. 다리가 땅에 계속 끌리니까. 말도 힘들고 자기도 힘들어요. 저 같은 사람들이 말에 딱 달라붙은 채로 두 눈을 똑바로 뜨고 적진을 향해 나아갔던 것이죠.

그리고 교과서에서 봤던 구한말 의병들 사진을 떠올려보시기 바랍니다. 다 저처럼 생겼습니다.

눈 크고 키 큰 것들만 대접받는 시대는 끝내야 돼요. 그들을 끌어내리자는 것이 아니고, 저같이 못생겼다고 구박받아온(!) 사람들의 위치를 올려줘야 한다고 생각해요.

세상에 생겨난 것 중에 소용없고 쓸모없는 것은 아무것도 없다. 백번 양보해서 우리가 못생겼다면 잘생긴 이들의 존재 기반은 우리다. 못생긴 우리가 없으면 잘생긴 그들도 없다. 그래서 버려졌다고 생각하는 것들을 격상시키는 것에서 진짜 우리의 행복이 시작된다, 저는 그렇게 생각합니다.

이제 가치의 역습을 시작할 때예요.
가자~!

당신이 허락한다면 나는 이 말 하고 싶어요

위치의 재조정

그동안 우리를 너무 바닥에 놓고, 소위 높은 사람들의 생각에만 집중했어요. 이제는 저들의 생각과 말이 아니라 아주 개별적이고 구체적인 우리의 일상에 집중해주는 것. 그리고 거기에 조명을 비춰주는 것이 필요하다고 생각해요.

이제는 국민이 주인인 민주공화국답게 위치의 재조정을 하면 좋겠어요. 높은 것들을 깎아내리자는 게 아니라 낮다고 여겨졌던 사람들을 높여서 누구나 동등하게 존중받는 사회를 만들어야죠. 그동안 높은 자리에서 위세 부리던 것들을 무시할 필요까진 없지만, 우리가 무시당하는 것을 당연시해서는 안 되는 것이죠. 높은 것들을 쓸어내는 것이 혁명이 아니고 이 땅에 낮다고 일컬어졌던 우리들의 위치를 원래대로 회복시키는 것이 혁명이라고 생각합니다. 그렇게 위치의 재조정이 이루어져야 사람이 웃을 수 있는 거죠.

우리 엄마 박동연 여사, 비록 초등학교 졸업이지만
이 나라 망친 거 하나도 없습니다.
언제 씨 뿌려야 하는지 알고,
언제 접시 꺼내야 하는지 알고,
언제 뜨거운 물 부어야 하는지 알고,
언제 밥해야 하는지 알고,
언제 나무 때야 하는지 아는 걸, 철들었다고 하는 거죠.
자연의 철이 온몸에 깊숙이 드는 것이죠.

많이 배우지 못했더라도 이 공동체 사회에 해 끼치지 않고 살아
가면서, 배고픈 사람 보면 먹이고 추운 사람 옷 입히는 사람이 우리
사회에 진짜 필요한 사람 아닐까요?
그런 사람들의 위치를 재조정해야 한다고 생각해요.
그런데 장래희망에다 '노동자'라고 쓰는 아이, 예나 지금이나 보
기 힘들어요. 솔직히 내 딸, 내 아들이 장래희망에다 노동자라고 쓰
면 어떻게 할까요? 야단치진 않더라도 좋은 말로 "꿈을 좀 크게 가
져볼래?" 이러지 않겠습니까?
그런 얘기를 할 수밖에 없게 만들어놓은 사회적 분위기, 많이 배
웠다 안 배웠다의 차이를 바꿔야 합니다.

누가 많이 배운 사람입니까? 지금 이 나라를 망친 건 거의 고학
력자 아닐까요?

당신이 허락한다면 나는 이 말 하고 싶어요

언제 씨 뿌려야 하는지 알고,
언제 접시 꺼내야 하는지 알고,
언제 뜨거운 물 부어야 하는지 알고,
언제 밥해야 하는지 알고,
언제 나무 때야 하는지 아는 걸, 철들었다고 하는 거죠.
자연의 철이 온몸에 깊숙이 드는 것이죠.

누가 많이 배웠다고 생각하십니까? 법 공부 많이 했다면서, 부정으로 재산 축적한 사람들 뒤치다꺼리 하고 있는 사람을 고학력이라고 높이 평가할 수 있을까요?

'그 사람들'은 잘못 배웠어요, 많이만 배웠지. 그렇죠? 많이 배우고 힘 있는 척하고 어깨 힘 줬던 사람들, 그 힘으로 사리사욕을 채운 사람들, 결국에는 다 우리보다 좁은 방에 삽니다. 우리에게는 광장이 있지만, 그들은 외로운 독방 신세잖아요.

제 말은 대학 가지 말자는 게 아니고, 우리 사회에서 많이 배웠다는 사람들이 해왔던 일들에 대해 다시 한번 생각해봐야 한다는 것입니다. 저는 그런 기준을 바꿔놓는 것이 혁명이라고 생각합니다.

우리 국민이 없으면, 그러니까 우리가 당장 내일부터 한꺼번에 "우리도 해외에 놀러 좀 갔다 올게" 하고 2박 3일쯤 이 나라를 비우면 큰일 납니다. 정말 큰일 나요. 그런데 국회의원들은 3박 4일 해외다녀와도 아무 일 없거든요.

지금까지 정치인들이 갑이었다면,

지금까지 거대 언론사들이 갑이었다면,

지금까지 재벌들이 갑이었다면,

지금까지 전문가가 갑이었다면,

우리 헌법 정신이 살아 꿈틀거리는 세상을 만들어내서 국민이 갑인 세상을 열어나가는 것, 한반도에서 다른 나라에 의해 휘둘리지 않고 대한민국이 갑인 시대를 열어나가는 것, 그리고 경제 구조에서 재벌이 갑인 시대가 아니라, 국민경제가 갑인 시대를 열어나가는 것, 정치 권한에 있어서 정치인과 국회의원이 갑이 아니라 국민이 갑인 시대를 열어나가는 것, 그 시대를 우리가 함께 열어나가는 것이 저는 혁명이라고 생각합니다.

역사의 현장에서 역사를 만들어나갈 때 그 참된 가치가 있다는 것을 보여준 우리 국민들께 다시 한번 진심으로 존경과 감사의 마음을 전합니다. 꾸벅

독방과 공감

신영복 선생님의 책 『감옥으로부터의 사색』에 보면 재소자들이 가장 두려워하는 게 독방이라고 해요. 독방이 두려운 건 아무도 들어주는 사람이 없어서가 아닐까요? 독방이라는 곳은 벽만 있잖아요. 말은 할 수 있죠. 그런데 들어주는 사람이 없어요. 그게 인간에게 얼마나 중요한 건가, 문득 그런 생각이 들었습니다.

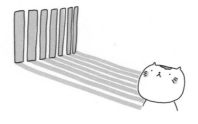

가끔 산에 오르다보면 이름 없는 무덤이 있잖아요. 묘비도 없는 무덤들을 보면 저 사람들은 어떤 인생을 살다 갔을까. 이런 게 궁금할 때가 있어요.

제가 생각하는 공감은 다른 사람들의 마음에서 어떤 일이 일어나는지 상상할 수 있는 능력이에요. 다른 사람의 슬픔을 상상하는 능력이나 다른 사람의 기쁨을 상상하는 능력이에요.

이제 그런 우리의 이야기를 하는 것이 중요하다고 생각합니다. 우리 모두에게 사실 그런 이야기가 있거든요. 모두에게 위대한 이야기가 있고, 사실 우리 일상이 가장 위대하잖아요.

한 사람의 시대가 아니고
이제 모든 사람의 시대가 되어야 합니다.
한 사람은 한 가지를 알지만
모든 사람은 모든 것을 알아요.
그래서 저는 '모든 사람에게 마이크를 주는 것이
민주주의'라고 생각합니다.

정치인들만 정치를 하는 시대는 이제 끝내면 좋겠어요. 민주주의를 잘못 알고 있는 사람들, 민주주의를 외치면서 민주주의를 가장 망치고 있었던 사람들. 그런 사람들의 이야기가 끝나고 우리 이야기가 시작되는 시대면 좋을 것 같아요. 우리 이야기이니까요. 개개인의 이야기가 주목받을 만한 가치가 있다는 걸 서로에게 이야기해

쥐야 할 시기가 왔다는 생각이 들어요. 틀림없는 사실이니까요.

그런데 우리는 지금 모두 독방에 살고 있는 건지도 몰라요. 스마트폰만 들고 있으면 독방에 앉아서 누군가의 이야기를 계속 보기만 하고 정작 내밀하고 진심어린 내 얘기는 못하잖아요. (먹는 이야기 빼고.)

그러니 불안할 수밖에 없죠. 내 이야기를 듣고 공감해주는 사람이 없는 거니까요. 그러니까 우리, 독방 문을 열고 다 같이 광장으로 나와서 자기 얘기를 하고 서로의 얘기를 들어줬으면 좋겠어요. 우리는 그런 걸 서로에게 해줄 수 있거든요.

"너도 그러냐. 나도 그래." "너한테는 그런 감정이 있구나. 나한테는 이런 감정이 있어." "너는 이때 불안하구나. 나는 이때 불안한데. 비슷하네. 넌 잠이 잘 오니? 난 잠이 잘 안 와."

우리는 먼저 자기 자신에게 주목할 수 있어야 하고, 그다음에는 서로에게 "네가 있어줘서 참 고맙다"고 해줄 수 있어야 한다고 생각합니다.

빗길에서 운전할 때 앞에 차가 가고 있으면, 그 차가 나한테 도움을 주려고 앞서 가고 있는 건 아니지만, 앞이 잘 안 보이는 상황에서 그 차를 따라가다보면 문득 고마운 생각이 들잖아요.
'아, 이렇게 사람들이 다 연결돼 있는 거구나.'
이런 마음이 들 때가 있어요.

한번은 명절에 고향에 안 내려갔어요. 아침에 너무 배가 고파서 나왔는데 문을 연 식당이 아무 데도 없는 거예요. 근데 그때 저 같은 사람이 또 한 명 골목을 배회하고 있었어요. 둘이 눈이 마주쳤는데, 전혀 모르는 사람인데도 눈인사를 하고 지나가는 순간에 얼마나 큰 위안이 됐는지 몰라요.

힘 있는 사람들은 목소리를 낼 수 있는 다양한 통로들이 있죠.

국회의원, 판사, 검사들은 다 넥타이 매고 양복 입고 나와서 천천히 할 말 다 하죠. 그 사람들이 교양이 있어서 그럴까요? 아니요. 말할 자리가 확보되고 어떤 이야기를 해도 된다고 하기 때문에 하는 겁니다. 힘이 있으니까.

그런데 힘없는 사람들은 대부분 어디로 갑니까? 굴뚝 위로 올라가서 말하고, 삭발하고 말하고, 아스팔트 위에서 말합니다. 그렇게까지 자기 목소리를 내는데 계속 모른 척한다면, 그냥 지나친다면 서로를 독방에 남겨두는 게 아닐까 생각합니다.

독방에서 힘들어하는 사람들이 문을 두드리면, 그 문을 열어봐주고 지켜봐주고 함께 이야기하는 게 중요하다고 생각해요. 알게 모르게 그런 사람들에게 도움받으며 사는 거잖아요. 그러니 함께 알아주면 좋겠어요. 알게 되면 우리에게 마음이 생겨나잖아요.

목소리 낼 때는 들어줍시다. 그게 광장의 몫 아닐까요?

제가 생각하는 공감은 다른 사람들의 마음에서 어떤 일이 일어나는지
상상할 수 있는 능력이에요. 다른 사람의 슬픔을 상상하는 능력이나
다른 사람의 기쁨을 상상하는 능력이에요.

그런 의미에서 독일의 신학자이자 반 나치 운동가였던 마르틴 니묄러Martin Niemöller의 「그들이 처음 왔을 때」라는 시를 함께 나누고 싶어요.

그들이 처음 공산주의자들에게 왔을 때
나는 침묵했다.
나는 공산주의자가 아니었기에.

이어서 그들이 노동조합원들에게 왔을 때
나는 침묵했다.
나는 노동조합원이 아니었기에.

이어서 그들이 유대인을 덮쳤을 때
나는 침묵했다.
나는 유대인이 아니었기에.

이어서 그들이 내게 왔을 때
그때는 더이상 나를 위해 말해줄 이가
아무도 남아 있지 않았다.

드라마 「미스터 션샤인」에서, 일본인 게이샤인 척 위장하고 있던 조선인 여인이 일본군 하사에게 정체가 발각돼 위험에 처하자 그 모

연대는 결국 각 개인에게 귀 기울여주는 거라고 생각합니다.
인간의 존엄을 지켜주는 건 결국 인간이니까.

습을 우연히 본 여주인공 김태리가 총을 들고 나가서 구하려고 합니다. 그때 함께 있던 남자 주인공 이병헌이 말려요. 저 여자 하나 구한다고 조선을 구하는 게 아니라면서. 그때 김태리가 한 말이 기억납니다.

"구해야 하오. 어느 날엔가 저 여인이 내가 될 수도 있으니까."

연대는 결국 각 개인에게 귀 기울여주는 거라고 생각합니다. 인간의 존엄을 지켜주는 건 결국 인간이니까. 그래서 연대가 필요하고, 우리가 당할지도 모르는 일을 먼저 당한 이들의 울음을 들어줘야 한다고 생각합니다. 그런 데서 출발해야 하는 게 아닌가 싶어요. 그러자면 누구도 숨죽여 우는 일 없이 자기 목소리를 내고 서로 귀 기울여줘야죠. 지금까지 모든 차별과 배제는 자기 목소리를 낼 수 없거나 아무리 소리 질러도 들어주는 사람이 없었기 때문에 생긴 일이거든요.

우리가 지금 당장 할 수 있는 일은 내 옆에 있는 사람이 괜찮은지 살펴보고, 이야기 들어주고, 관심을 기울여주고, 어떻게 하면 함께 행복하게 살 수 있는지 챙겨봐주는 것입니다. 그렇게 서로가 서로에게 힘이 되어주면, 나에게도 반드시 그런 사람이 생길 거라고 생각합니다.

퉁치지 않는 개별성

밥을 할 때 쌀알 하나하나가 잘 익어야 밥이 잘되지요.

한 사람 한 사람을 개인으로 존중하고, 개인의 존엄을 지켜주고, 개인의 정체성을 마음껏 발휘할 수 있게 해줘야 연대가 빛을 발한다고 생각합니다. 개인으로 인정해주지 않으면 연대는 아무 의미가 없지 않을까요.

오케스트라에서도 각 음표 하나하나의 음이 존중될 때 하나의 곡이 되는 거잖아요. 그것이 먼저 선행되어야 하지 않나 생각합니다. 그렇게 되면 연대만큼 즐거운 일이 없을 거예요.

마흔이면 불혹이다, 라고 이야기하죠. 유혹되는 것이 없다고. 그런데 모든 마흔을 통째로 퉁칠 수는 없는 거 아닐까요? 모든 인간은 개별적이니까.

'여자는 이래'라고 얘기하면 여자는 다 그런가요? 다 다르죠. '남자는 다 그래' 하면 남자들은 다 그런가요? 다 다르죠. '충청도 사람은 이래' 하면 다 그런가요? 충청도 사람이라고 해서 다 느린가? 아니잖아요.

그런데 마흔이 넘어서 감정이 불안정하면 다들 한마디씩 합니다.

"갱년기 왔구나."

(저는 갱년기가 와서 그런지 요즘 뭘 잘 흘려요. 그런데 갱년기가 아닌데 잘 흘리는 분들도 있잖아요.)

자기감정에 대해 전혀 공감을 얻지 못해요. 그냥 퉁치는 거잖아요. 그런 게 진짜 서러운 거예요. 아이들이 반항하기 시작한다고 전부 "너 사춘기구나" 이렇게 퉁치면 안 된다고 생각해요. 왜냐하면 모든 인간은 개별적이니까요.

(그런데 저도 자주 그랬던 것 같아서 이불킥 하고 싶네요.)

각각이 다 다르기 때문에 그 다름을 존중받을 권리가 있는 거죠.
고통이나 아픔은 개별적입니다. 굉장히.
누구도 계량할 수 없는 것이죠.

각 개인의 개별성에 집중해주면 된다고 생각해요.
모든 인간은 개별적이다.
그리고 그 개별적 상황에서 느끼는 모든 감정은 옳다.
그럴 수 있다.

이걸 놓치면 안 된다고 생각해요.

한 인간의 개별적인 마음은 '이건 개나리야, 이건 장미야' 하듯이 그렇게 규정지을 수 없다는 데서부터 출발해야 저는 그게 진짜 사랑이라고 생각해요. 각 인간의 개별적 마음에 집중해줄 수 있는 능력이 생기는 것, 그게 제가 요즘 생각하는 사랑이에요.

그렇게 개별적으로 한 사람 한 사람에게 집중하듯, 아이들 한 명한 명에게 집중하면 좋은 교육 정책이 안 나올 수 있을까요? 이 아이가 어떻게 하면 행복해질까? 그걸 고민하는 데서 출발한다고 생각해요.

대학 본관 앞
부아앙 좌회전하던 철가방이
급브레이크를 밟는다
저런 오토바이가 넘어질 뻔했다
청년은 휴대전화를 꺼내더니
막 벙글기 시작한 목련꽃을 찍는다
아예 오토바이에서 내린다
아래에서 찰칵 옆에서 찰칵
백목련 사진을 급히 배달할 데가 있을 것이다
부아앙 철가방이 정문 쪽으로 튀어 나간다
계란탕처럼 순한

봄날 이른 저녁이다

— 이문재, 「봄날」

'철가방'으로 뭉뚱그려지는 누군가도 오토바이에서 내려 목련 사진을 찍는 그 순간 꽃을 보고 감탄하는 한 젊은이로 돌아갑니다. 식당에서 일하던 알바생도 사장님도 일을 마치고 그 골목길을 돌아가는 순간 한 집안의 딸 아들로, 아버지로 돌아가는 거죠.

심리적 지지라는 게 별다른 게 아니에요. 개별적 존재로 인간을 인정해주는 게 아닐까 싶어요. 저는 그런 게 진짜 헌법 정신이라고 생각해요.

길거리에서 손잡고 걷는 엄마랑 아이가 어떻게 하면 행복할까? 자라는 아이들 교통사고 안 나게 하려면 어떻게 해야 할까? 우리 어머님 아버님도 매일 이야기할 사람 없다고 저러시는데, 나하고 친한 할머니가 어떻게 하면 좀 덜 외로우실까? 그런 고민을 하면 어르신들을 위한 정책이 나오지 않을까요? 지금까지는 전부 다 뭉뚱그려서 노인 정책, 청소년 정책, 청년 대책을 세운다고 해왔잖아요.

우리 사회에서 청년 문제라고 말할 때, 저는 각기 다른 개별적 상황에 놓여 있는 사람들이 떠올라요. 각 개인의 개별적인 일상 속에서 구체적인 상황에 집중하면 오히려 큰 것들을 발견할 수 있을 것 같아요. 그런 힘들이 우리 안에 다 있거든요. 그런 확신을 가질 수 있으면 좋겠어요.

우리들로 부족하지 않다. 절대로 부족하지 않다.

충분하다. 이미 충분하다.

그랬으면 좋겠어요.

정치인들이 자꾸만 말하죠.

"국민을 통합시키겠다."

이런 말에 반항해야 합니다.

"니들이 뭔데 우리를 통합을 시킨다 만다 하는데? 제일 분열되어 있는 건 니들 아니니? 국민 조화를 이뤄내겠다고 하면 몰라도."

이렇게 반항하고 저항할 수 있어야 우리에게 힘이 생긴다고 생각합니다. 우리가 정치인들을 나름대로 통합시켜야죠.

흥!
반항할
거야!

우리가 대표입니다!

국민이 역할을 다하고 있었으니.
그래도 우리나라가 여기까지 왔구나.
길 지나는 모든 이의 뒷모습에 마음으로 깊이깊이
머리 숙였습니다.
진짜 대우받아야 할
'유구한 역사와 전통에 빛나는 우리 대한국민'에게.

제가 전에 SNS에 쓴 글입니다. 다시 보니 새롭네요.

'개헌에 대해 국민들이 모두 이야기할 수 있다'라는 합의가 이루어지는 것 자체가 개혁이라고 생각합니다. 지금까지 법이나 사법 제도, 행정 제도, 정치 제도 모두가 전문가들에게 맡겨져 있었죠. 그런데 그것을 '국민 누구나 이야기할 수 있다'라고 바꾸는 것이 사실 개혁의 가장 중요한 첫걸음이라고 생각합니다. 그다음에 개헌이 그런 방향에 맞추어 이루어져야겠지요.

우리가 뽑은 심부름꾼, 우리가 자를 수 있다. 그걸 어려운 말로 '국민소환제'라고 하죠. 거기에 국회의원들만 법률안 내지 말고 우리도 낼 수 있다, 이런 거 포함되면 좋겠죠. 예를 들면 10만 명 이상이 원하면 법률안으로 채택하자, 아니면 최소한 심사 또는 심의라도 하자, 그런 걸 좀 어려운 말로 '국민 법률안 발의권'이라고 합니다. 헌법 40조를 보면 "입법권은 국회에 속한다" 이렇게 되어 있는데 법을 좀 바꾸면 어떨까요? "입법권은 국민에게 속하고 국회가 행한다." 그렇게 국회의원들의 입법권을 보장하고, 국민의 참여권도 보장하는 방향으로 나아가면 좋겠어요.

그런 방향으로 국민 주권을 강화해나간다면, 그래서 결국 행정부와 사법부, 입법부의 권한을 국민이 통제할 수 있게 되면, 제왕적 대통령의 폐해를 막기 위해 내각제를 한다, 분권적 대통령제를 한다, 이런 건 부차적인 문제라고 생각해요. 이 정신에 입각하면 어떻게 해도 되거든요.

사실 제일 중요한 건 우리의 참여라고 생각합니다. 국회의원 수가 많아지면 아무래도 우리의 목소리가 좀더 반영되지 않을까요? 국회의원 수를 천 명 정도로 늘리면 어떨까요?

국회의원 수를 늘리고 예산은 동결하면, 불필요한 특권은 없어지고 더 다양한 사람들이 국회로 진출할 수 있지 않을까요? 그러면 국민들이 부려먹기는 더 편해지고, 여러 이익집단들이 로비를 하기는 더 어려워지지 않을까요?

국회의원들도 고생하는 분은 엄청 고생하니까 성과연봉제가 도입되면 좋겠어요. 고생하시는 국회의원들 응원도 해주고 그래야 그분들도 일할 맛이 나잖아요.

정동영 의원이 어느 인터뷰에서 덴마크 의회 얘기를 했어요. 덴마크 의회에 가서 고용노동위원회 위원들을 만났는데, 고용노동위원회 위원장이 부두 노동자 출신이더라는 거예요. 부위원장은 목수 출신이고, 위원들도 조선소 노동자, 금속 노동자, 간호사 등 블루칼라가 대부분이었대요.

그래서 정동영 의원이 "한국에는 국회의원이 300명인데, 그중 한 명이 용접공 노동자 출신이고, 나머지는 다 엘리트"라고 얘기하니까 덴마크 의원이 되묻더래요.

"그러면 당신네 나라에서는 노동 조건과 임금 문제 등을 결정하는 사람들이 어떤 사람들입니까?"

어떤 사람일까요? '엘리트들'이죠. 더욱이 그 용접공 출신 의원 한 명마저 이제 안 계시잖아요.

우리나라 국회의원들 보면 변호사, 판사, 검사, 언론인, 교수 출신이 두드러지죠. 공무원, 기업 CEO도 많고요. 그런 전문적인 인력도 필요하지만, 국민 전체로 보면 그들의 비중은 극히 적은데 그들이

국회의 대다수를 차지한다는 건 비례성에 어긋난다고 생각해요.

국민들이 혜택 받을 수 있게 비례성이 잘 발현되도록 선거법 개정하고, 일 잘하는 사람들로 국회의원 수도 좀 늘려서 이제 나라 걱정은 그들한테 맡기고 우리는 좀 놀면 좋겠어요. 우리 국민들 특기가 어쩌다 국난 극복이 됐는지 모르겠어요. 왜 세비는 그쪽이 받고, 국난 극복은 우리가 해야 되냐고요.

예전에는 고민하고 걱정한다고 해결책이 있을까 싶었는데, 20~30대들이 자기 의견을 드러내면 선거 결과가 바뀌더라고요. 정치를 상대로 국민들이 승리하는 걸 우리는 경험했고, 앞으로도 할 수 있어요. 저는 그 경험이 굉장히 소중하다고 생각합니다.

**정치에 대한 풍자와 비판과 함께
정치 혐오가 아닌
적극적인 정치 참여가 중요합니다.**

근데 재미있는 게 뭐냐 하면요, 국회의원들은 대통령이 잘못하면 탄핵할 수 있는 권한이 있어요. 그리고 지방 정부의 경우에도 지역 주민들이 지방자치단체장을 해임할 수 있는 권한이 있거든요. 근데 국회의원들은 아무리 잘못을 해도 우리가 내쫓을 수 없어요. 그들에게 입법권이 있기 때문에 그런 법을 아예 안 만들어요. 그러니까

개헌을 한다면 국민들이 그런 법을 만들 수 있어야 합니다. 국회의
원들이 국민의 눈치 보고, 일 제대로 안 하면 언제든지 제명당할 수
있어야 하는 거죠.

이거 마치 저 혼자 다 생각한 것 같죠?

이게 다 광장에서 많은 분들이 얘기해주신 걸 저는 그냥 종합했
을 뿐이에요. 국민들 수준이 이렇게 높다니까……

(일일이 찾아가서 저작권료를 드려야 할 것 같아서 살짝 바꿔서 얘기했
어요.)

내가 꿈꾸는 나라

김구 선생님이 『백범일지』에서 '내가 원하는 나라'에 대해 이렇게 말씀하셨더라고요.

"우리의 부력富力은 우리 생활을 풍족히 할 만하고, 우리의 강력强力은 남의 침략을 막을 만하면 족하다. 오직 한없이 가지고 싶은 것은 높은 문화의 힘이다. 문화의 힘은 우리가 자신을 행복되게 하고, 나아가서 남에게 행복을 주기 때문이다."

이 말은 헌법 9조 "국가는 전통문화의 계승·발전과 민족문화의 창달에 노력하여야 한다"라는 부분을 잘 설명하는 게 아닐까 싶어요. (그런데 블랙리스트로 문화계를 억압했다면 헌법 위반이죠.)

또 '내가 원하는 나라'에 대해서 이렇게 말씀하셨더라고요.

"우리는 개인의 자유를 극도로 주장하되, 그것은 저 짐승들과 같이 저마다 제 배를 채우기에 쓰는 자유가 아니요, 제 가족을, 제 이

웃을, 제 국민을 잘 살게 하기에 쓰이는 자유다. 공원의 꽃을 꺾는 자유가 아니라 공원에 꽃을 심는 자유다. 우리는 남의 것을 빼앗거나 남의 덕을 입으려는 사람이 아니라, 가족에게, 이웃에게, 동포에게 주는 것으로 낙을 삼는 사람이다."

김구 선생님이 꿈꾸었던 나라는 일제 치하에서 해방된 나라, 그것은 우리 후손들이 이미 살고 있는 나라가 아닐까 생각합니다. 그래서 저도 제가 꿈꾸는 나라를 생각해봤어요.
만약 대한민국이 통일이 된다면, 지금도 물론 좋은 나라지만 좀 더 좋은 나라가 된다면 어떤 일을 해볼까, 이렇게요.

제 꿈은 마이크 하나 들고 스피커 하나 놓고
사람들 많은 장소에 가서 함께 이야기하면서
웃고 노는 거예요.
그러면 저도 좋잖아요.

나도
데려가라!

그리고 '국회의장의 망치와 목수의 망치가 모두 존중받는 사회, 남과 북을 자유롭게 오갈 수 있는 나라'에서 관광 가이드를 해보고 싶어요. 제가 관광학과 출신이거든요. 전공 좀 살려봅시다.

언젠가 결혼을 한 뒤 부부싸움을 하면 금강산으로 가출하고, 만약 아이가 생긴다면 그 아이가 수학여행으로 열차 타고 시베리아를

거쳐서 유럽으로 가고, 저는 택시 타고 대동강 가서 맥주 마셨으면 좋겠어요. 그리고 이렇게 말하는 거죠.

"한때 여기를 못 넘어왔을 때가 있었구나!"

이런 말을 할 수 있게 하루빨리 통일이 되었으면 좋겠어요.

그래서 남북의 두 정상이 판문점에서 만나 정상회담을 했을 때 정말 기뻤어요.

제가 생각하는 좋은 나라는 각 세대가 존중받고 모든 사람들이 각자 존엄을 되찾는 나라예요. 산업화의 공은 그것을 이룬 사람들에게 돌리고, 민주주의의 가치는 민주화를 이룬 국민들이 누리고, 앞으로 한반도의 번영은 통일을 이룰 우리 아이들이 맛보면 좋겠습니다.

그런 나라가 되면, 가만히 앉아서 마이크 잡고 사람들과 조곤조곤 이야기하고, 공연장 만들어서 날마다 공연하고 싶어요. 김광석 아저씨처럼. 그런 거 해보고 싶어요.

여러분이 꿈꾸는 나라는 어떤 나라인가요?

그러게요.

한대 여기를 못 넘어 왔을 대가 있었죠.

38

다양성은 축복이다

제가 헌법에 관심이 생기다보니까 다른 나라 헌법도 보게 됐는데요, 남아프리카공화국의 헌법을 보니 헌법 전문 마지막 문장이 11개 언어로 되어 있었어요. 11개 부족의 언어 모두를 공용어로 채택했다는 것, 그 자체로 감동적이었어요.

다양성은 인간의 가치를 존중해주는 상황에서 나옵니다. 사투리를 예로 들어서 설명해보겠습니다.

표준어라는 말이 생긴 지 오래됐죠? 그런데 세상에 표준어가 어디 있습니까? 내가 쓰면 그게 내 표준어지. 우리 엄마가 쓴 말을 내가 쓰면서 서울에 가면 그걸 부끄러워하는 거, 그게 이상한 거죠. 그냥 내 입에서 튀어나오는 말이면 되는 거 아닌가요?

그래서 적어도 지역 방송 9시 뉴스 정도는 지역 사투리로 해야 한다고 생각합니다. 대통령이 어느 지역에 가면 그 지역 사투리로 인사하고요. 그러면 얼마나 좋을까요? 그런 다양성을 말살하지 말 아야 한다는 겁니다.

전라도 사투리는 놀랍습니다. 지금 전 세계 어떤 언어학자도, 4차 산업의 어떠한 인공지능도 '거시기'의 정체를 밝혀낼 수 없습니다. '거시기'는 '거시기'를 말하는 사람을 깊이 이해하고 공감하는 사 람만 알 수 있어요. 아버지가 "아따, 날씨가 거시기하니까 거시기 를 가지고 와야" 그러면 아들이 우산을 들고 옵니다. 우산이라는 단어가 단 한 번도 안 나왔음에도 불구하고요. 정말 놀랍습니다.

누구나 서울말, 표준말 써야 한다는 생각에서 벗어났으면 좋겠어 요. 지역 사투리는 우리가 생각하는 것보다 훨씬 더 놀랍거든요. 지 역감정은 없어야 하지만, 지역 특색은 제각기 살려줘야 한다고 생각 합니다.

전라도 광주는 스케일이 남다른 지역이죠.
광주에 가면 항상 생각나는 친구가 한 명 있습니다. 저는 그 친 구를 제 인생에서 만나본 애 중에 제일 과감했던 친구로 기억합니 다. 촛불 집회가 한창일 때 제가 물었어요.
"너는 촛불 집회에 대해서 어떻게 생각하나?"
그랬더니 그 친구가 그러는 거예요.
"잘못됐어야. 우리는 촛불 집회 그런 거 안 해야!"

그래서 제가 "그래? 그렇게 생각할 수 있겠네"라고 말했습니다. 각자의 정치적 성향은 존중해야 하니까요.

그런데 그 친구 SNS를 보고 깜짝 놀랐어요.

금남로에서 횃불을 들고 있더라고요.

나중에 그 친구가 제게 이렇게 말했어요.

"촛불 그런 거 드는 거 아니어야!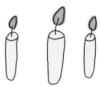
바람 불면 막 꺼져야!
우리는 횃불 들어야!"

저는 개인적으로 지역색, 지역 정치가 훨씬 더 강화되어야 한다고 생각합니다. 야구장에 한화 팬들도 많고 기아 팬들도 많고 삼성 팬들도 많아야 야구 전체가 발전하는 것처럼, 지역색을 억지로 누르는 것이 아니고 존중해줘야 각각의 지역색이 제각기 꽃피우면서 대한민국이라는 조화로운 세계를 만들어나갈 수 있는 것이죠.

제주도 지역 사투리는 '하영하영, 감수광' 이렇습니다. 'ㅇ' 소리가 많습니다. 왜 그럴까요? 파도가 많고 바람이 많기 때문에 굴러가는 소리들을 썼습니다. 멀리까지 잘 들리는 소리죠.

경상도는 산맥이 많고 분지 지역이라서 소리를 내면 메아리가 울리기 때문에 경상도 사투리에는 귀에 확실히 꽂히는 발음이 많아요. '카드나, 캤나, 와 이카노, 치아라, 비키라' 전부 다 메아리가 울

려도 귀에 쭉쭉 꽂히는 소리예요. "저기 나무 좀 해와와 와와" 하면 잘 안 들립니다. "해오라 안 카나?" 하면 쫙 꽂혀요. 실제로 그렇습니다.

경상도는 압축미가 남다릅니다. 날씨가 덥고 짜증이 많이 나기 때문에 말을 길게 하지 않습니다. "할머니, 텔레비전 안 보이니까 머리 좀 숙여주시겠습니까?" 이런 거 없습니다.

"할매, 쫌!"

끝이에요. 그러면 할머니가 기분 나빠하지 않고 "오냐" 하시면서 비켜주세요. 아주 쿨합니다.

"쫌!" 한 마디로 모든 게 끝납니다.

엄마가 방문을 열고 들어갔는데 애가 공부를 안 하고 있으면 "쫌!" 한 마디에 애가 공부를 하기 시작합니다. 새벽 두 시에 문을 열었는데 아직 안 자고 있으면 "쫌!" 한 마디에 자기 시작합니다. 아침에 문을 열고 "쫌!" 하면 애가 일어납니다. 이 한 마디로 모든 게 돌아가요.

이런 것들이 지역이 가지고 있는 색깔입니다. 지역마다 주민들이 공통점을 가지고 있다면, 그것은 다른 지역과 차별받아야 할 이유가 아니라 존중받아야 할 고유의 색깔과 개성이라고 생각합니다.

(이건 모두 제 생각입니다. 어떤 근거도 없어요.)

빠진 지역들이 좀 있죠? 다양성에 대해 이야기하면서도 '선택과 소외'가 이루어지네요. 다음 책에서는 꼭 빠짐없이 이야기하도록 할 게요.

충청도에 사는 친구 이야기는 지금 도착하는 중이래요.

저는 이런 충청도의 느긋함이 정말 좋아요.

누가 4차 산업혁명에 대해 알려주세요!

    제가 인터넷에서 시 한 편을 봤는데요. 읽는 순간 엄청 놀랍고 찡했어요. 여태 제목이 「미숫가루」인 줄 알았는데, 찾아보니 아니더라고요.

미숫가루를 실컷 먹고 싶었다
부엌 찬장에서 미숫가루통 훔쳐다가
동네 우물에 부었다.
사카린이랑 슈가도 몽땅 털어 넣었다.
두레박을 들었다 놓았다 하며 미숫가루를 저었다.

빰따귀를 첨으로 맞았다.
―박성우, 「삼학년」

놀라운 압축성, 놀라운 스킬, 그리고 과감한 실행력.

미숫가루가 실컷 먹고 싶어서 우물에 미숫가루 탈 생각을 한 아이. 그런 아이에게 "너 왜 그런 짓을 했니? 그러면 안 되는 거야" 이렇게 야단치고 손이 먼저 올라갈 게 아니라, 사실은 "그렇게 먹고 싶었니?"라고 물어보고 "정말로 실컷 먹고 싶었구나!" 하면서 아이의 마음을 헤아려줄 수 있어야 하는데, 그게 잘 안 되죠.

요새 강연을 하러 가면 청년들이 저한테 4차 산업혁명에 대해서 자꾸 물어요. 저도 누가 좀 알려주면 좋겠어요.

제가 잘은 모르지만 4차 산업혁명이 별건가요? 인간의 가치를 가장 소중히 여겨야 하는 시대가 다가오고 있는 거죠. 1차 산업혁명 때는 기계와 노동력이 싸우고, 그 기계를 잘 다루는 사람들이 가치를 인정받았다면, 2차 산업혁명 때에는 전기 기계를 잘 다루는 사람들이 사회에서 대접을 좀 받았죠. 3차 산업혁명, 정보혁명 시대에 들어오면서는 다들 컴퓨터 다루게 하고 인문학과는 찬밥 취급 당했잖아요. 그래서 인간의 가치가 소멸되기 시작했다고 생각합니다.

그런데 4차 산업혁명은 오히려 인간의 가치를 다시 생각해볼 수 있는 좋은 계기가 될 거라고 내심 기대하고 있어요. 이제 좀 놀 수 있을 거예요. 힘든 일은 기계한테 시키고, 그 대신 재밌는 일들은 우리가 하면 되잖아요. 노는 거.

근데 과연 일하는 것과 노는 것의 차이점이 명확하게 구분이 될까요? 생각해보면 돈 받고 하는 건 다 일이에요. 예전에 제가 이승

미숫가루를 실컷 먹고 싶었다
부엌 찬장에서 미숫가루통 훔쳐다가
동네 우물에 부었다.
사카린이랑 슈가도 몽땅 털어 넣었다.
두레박을 들었다 놓았다 하며 미숫가루를 저었다.

뺨따귀를 첨으로 맞았다.
—박성우, 「삼학년」

엽 선수한테 일요일에 취미로 사회인 야구 한다고 했더니 이승엽 선수가 그랬어요. "형, 쉬는데 왜 야구를 하세요?" 자기는 쉬는 날 딴 거 하고 싶겠지. 근데 우리는 돈 받고 야구하는 거 아니잖아요. 그러니까 재밌죠. 조기 축구 하는 사람들 보면 참 희한하죠? 아침에 회사 가는 건 그렇게 힘들어하면서 일요일에 안 깨워도 막 벌떡 일어나서 나가잖아요? 그런 거 보면 돈 받고 하는 건 거의 노동이에요. 만약에 "3만 원 줄 테니 저기 무등산 올라갔다 와라" 그러면 싫을 거예요.

4차 산업혁명은 자발적으로 뭔가를 하는 사람들이 선도하게 될 거라고 생각해요. 알파고 보면서 좀 안됐다 싶더라고요. 응원해주는 사람도 없고. 이긴다고 한들 뭐 집에 가서 맥주 한잔 같이 먹을 사람이 있나. 그렇죠? 사람은 그런 걸로 사는 거잖아요. 거창한 걸로 사는 거 아니잖아요. 그래서 저는 여러분을 진심으로 존경해요. 저는 그런 게 최고의 가치인 줄 모르고 살았거든요. 무대, 사람들의 환호, 이런 걸로 사람이 살 수 있다고 생각했어요. 박수 받으면 그걸로 살 수 있다고 생각했어요.

그런데 못 살아요. 절대로. 거의 사막에서 조난당한 유명한 생수 회사 사장같이 사는 거예요. 아무리 잘나가는 생수 회사 사장이라도 당장 먹을 물이 없으면 공장에 아무리 좋은 생수가 쌓여 있다 한들 무슨 소용이겠어요. 집에 금은 있는데 먹을 쌀은 없는 거죠. "금 팔아서 쌀 먹으면 되지." 사람들은 그러겠죠. 근데 그렇게 쌀로 바꿀 생각조차 못하고 배고프면 금을 핥는, 그런 인간으로 산 것 같아요. 솔직하게 고백하는 거예요.

"지금 몇 시니?" 이렇게 물어보면 "3시 50분입니다" 대답해주는 인공지능 있죠? 우리 집에도 있어요. "밥 다 돼가?" 그러면 아무 대답 없다가 조금 있으면 "취사가 완료되었습니다. 보온을 시작합니다" 그래요. 근데 그게 함께 사는 사람의 온기를 대체할 수 있을까요? 밥은 해줄지 몰라도 같이 밥 먹는 즐거움, 이런 건 못해주잖아요.

제 친구가 대기업에 다니는데 새벽에 술 먹고 전화 와서 "제동아, 회사 관두고 싶다." 그러더라고요. 그래서 제가 "그만둬라" 그랬더니 걔가 막 울어요.

"고맙다. 니가 처음이다. 가족은 어떡하냐, 조금만 더 견디면 빛이 보일 거다, 다들 그러는데 그만두라고 한 사람은 니가 처음이다."

"아니, 그만둬라. 니가 죽겠으면 그만둬라."

그런데 석 달 후에 새벽 3시에 또 전화가 왔어요.

"제동아."

"왜?"

"그만두고 싶다."

"아직 안 그만뒀나?"

"그만둬도 된다고 한마디만 해줘라."

그래서 제가 말해줬어요. "그만둬라." 그런데 걔 아직도 회사 다닙니다.

지가 뭘 안다고, 이렇게 생각하실 수 있지만 그런 마음을 인정받으면, 인간의 마음을 알아주면, 4차 산업혁명이 아니라 6차 산업혁명이 와도 저는 그걸로 충분하다고 생각합니다.

지금까지 수많은 혁명의 시기를 버텨온 건 사람들의 마음 덕분 아닐까 싶어요. 그거 하나 알아주는 거면 충분하다고 생각해요. 그게 진짜 사람 사는 거죠.

앞으로 4차 산업혁명 시대가 오고 우리 아이들이 자라났을 때쯤 되면, 세상에서 제일 중요한 건 다른 사람의 아픔에 공감하는 능력, 다른 사람과 함께 살아가는 능력이 될 겁니다. 아이들이 그런 능력 가질 수 있도록 해야죠.

꼭 4차 산업혁명 시대가 아니더라도 인간의 가치, 인간의 다양성, 인간의 마음을 인정해주는 시대로 나아가야 한다고 생각해요. 우

잘 지내보자, 우리!

리 사회가 이어져온 건 기술의 발전 덕분이기도 하지만 사람의 관계가 이어졌기 때문이라고 생각하거든요. 그 관계를 무너뜨리지 않도록 하는 것. 저는 그게 4차 산업혁명의 핵심이라고 봅니다.

알 수 없는
인간의 마음

당신이 허락한다면 나는 이 말 하고 싶어요

헌법과 치유

"판사들은 울지 않는다. 하지만 투투 대주교는 울었다.
법원이 매우 격식을 갖춰 조사를 하는
엄격한 기관이라는 측면에서 보면
진실화해위원회는 확실히 법정은 아니었다.
대신 매우 인간적이고 한 사람 한 사람을
중요하게 생각하는 기관이었다."

남아프리카공화국의 헌법재판소 재판관을 지낸 알비 삭스의 『블루 드레스』라는 책에 나오는 구절이에요. 알비 삭스 전 재판관의 삶 자체도 대단히 존경스럽지만, 그분이 지켜본 진실화해위원회 활동이 매우 인상적이었어요. 남아프리카공화국은 극심한 인종차별 정책 때문에 수십 년간 수많은 사람들이 일상적인 차별은 물론 납치, 고문, 살인, 강간, 방화로 인해 피해를 봤거든요. 1994년에 국민투표를 통해 정권이 바뀌고 넬슨 만델라 대통령이 취임했을 때 사람들은 기쁘면서도 불안하지 않았을까요? 우리를 그렇게 괴롭힌 저들과 어떻게 같이 살지? 하는 생각도 들었을 테고, 아니 내가 그렇게 못살게 굴었는데 이제 세상이 바뀌었다고 나한테 보복하려 들면 어떡하지? 하고 겁먹은 사람도 있었겠죠?

하지만 남아프리카공화국의 흑백 연합 정부는 차별 없는 국가를 만들기 위해 새로운 헌법을 제정하고 진실화해위원회라는 조직도 만들었어요. 그 조직의 위원장으로 활동한 분이 바로 데스몬드 음필로 투투 대주교예요.

진실화해위원회에서 투투 대주교가 가장 중요하게 생각한 것은 들어주는 일이었어요. 어떤 형태의 피해라도 좋으니 원하면 나와 이야기하라. 그렇다고 당장 누구를 잡아주겠다 하는 것은 아니지만 그 억울함을 들어주겠다는 거였어요. 그 모습을 보고 알비 삭스 재판관이 그런 얘기를 글로 쓴 거예요. 법정에서 법관은 울지 않았지만, 투투 대주교는 그들을 위해 울어주었다고.

투투 대주교가 쓴 『용서 없이 미래 없다』라는 책을 보면 이런 대목이 나와요. 국가 공권력으로 인해 피해를 본 것이 확인된 이들에게 국가가 배상금을 지급하기로 결정한 다음에 그 피해자들에게 이런 뜻을 전달했다는 거예요.

"당신이 엄청난 권리 침해를 당하셨음을 인정합니다.
그 무엇도 사랑하는 사람을 대신하진 못할 것입니다.
그러나 한 국가로서 우리는 이렇게 말하려 합니다.
죄송합니다.
당신이 고통으로 받은 상처를 깨끗하게 해드리고 싶습니다.
이 배상금은 그 상처가 낫도록 돕고자 붓는
향유이고 연고입니다."

진실화해위원회 위원들은 '보상'이라는 단어를 의도적으로 피했다고 해요. 사랑하는 남편, 아버지, 자식을 잃은 유가족에게 보상할 방법이 뭐가 있겠어요? 국가가 일정한 액수를 지급하기는 하지만, 그것은 국가의 잘못을 사죄하고 남은 이들을 위로하는 상징적인 의미밖에 될 수 없다는 것을 국가 스스로 인정한 거죠. 이런 게 국가의 품격 아닐까요?

이 사회가 희생자를 대하는 모습을 보면 살아 있는 사람들에게 어떻게 하는지 알 수 있죠. 국민 한 명 한 명에게 예우를 지키는 게 진짜 멋진 국가의 모습이 아닐까요? 공권력이 개인을 존중하고 개인이 공권력에 존경을 표하는, 바로 그런 것이 국가 아닐까요. 최고

저는 그게 출발점이라고 생각해요. 국민들을 전적으로 신뢰한 거잖아요. 피해자만큼이나 가해자도 많았을 텐데 어떻게 사람들을 믿을 수 있었는지 너무나 놀랍습니다. 반대파나 인종차별 정책을 펼쳤

"당신이 엄청난 권리 침해를 당하셨음을 인정합니다.
그 무엇도 사랑하는 사람을 대신하진 못할 것입니다.
그러나 한 국가로서 우리는 이렇게 말하려 합니다.
죄송합니다.
당신이 고통으로 받은 상처를 깨끗하게 해드리고 싶습니다.
이 배상금은 그 상처가 낫도록 돕고자 붓는
향유이고 연고입니다."

던 사람들을 확 쓸어버리고 싶었을 수도 있는데, 누구도 배제하지 않고 갈등하고 화해하고 싸우고 화해하면서 어떻게든 차별과 혐오를 배제하고자 했다는 것이. 그들을 남겨두거나 완전히 배제하지 않으면 또다시 그런 일을 할 거라는 불안함이나 두려움도 있었을 텐데요.

진실화해위원회와 남아프리카공화국의 핵심 가치는 '우분투'라고 해요. 우분투는 '모두 함께' '당신이 있기에 내가 있다'라는 뜻인데, 나라는 존재가 홀로 존재하는 게 아니라 더 큰 전체에 속했을 때 비로소 존재 의미를 갖는다는 뜻이라고 생각해요. 그렇다면 분노나 적개심, 복수심, 치열한 경쟁 같은 것은 자기 존재를 갉아먹는 것이고, 용서는 사실 상대방을 위한 게 아니라 자기가 살기 위한 방편이 되는 거죠. 누군가를 미워하면서 함께 산다는 건 참으로 고통스러운 일이니까 용서해주고 맘 편히 살자는 거죠. 다만 용서를 받으려면 진실을 밝혀야 하고, 진실을 밝히는 데 기여한 사람만이 용서받을 수 있다는 것입니다.

"우리는 복수할 수도 있었다. 그냥 사면할 수도 있었다. 그러나 쉬운 방법을 택하지 않고 진실화해위원회를 통한 국민 화합과 국가 통합이라는 어려운 길을 택했다."

그렇게 치유 과정을 가진 것이죠. 그래야 상처를 회복하고 미래로 나아갈 수 있으니까요.

괴물이 된 국가 권력의 폐해에 대해서는 우리나라도 만만치 않은 경험을 가지고 있잖아요. 우리가 아직 해결하지 못한 과거사를 그냥 넘어가면 또다시 옛날처럼 고문하고 국민을 함부로 잡아가두고 때리고 죽이는 시대가 올 수도 있으니까, 그런 일이 일어나지 않는 세상을 만들려면 국민들의 손 안에 헌법이 있어야 한다고 생각합니다.

성경이나 불경을 머리맡에 두기만 해도 왠지 잠이 잘 올 것 같은 기분 들 때 있잖아요. 저한테는 헌법이 그런 느낌이에요.

또 병원이나 한의원에 가면 아픈 곳을 짚어주고 이야기를 들어주잖아요. 헌법이 그렇게 상처받은 우리를 치유해줄 수 있지 않을까, 생각해봅니다.

우리는 이렇게 책임지고 살아가는데

예전에 어느 동네 이장님이 수해 복구 물품으로 온 속옷 중에서 부인 몫으로 속옷을 한 벌 빼돌렸대요. 그게 밝혀져서 이장직을 그만두게 생겼다며 막걸리 한잔 드시면서 푸념하는 것을 들은 적이 있어요. 결국은 그만두셨는데, "생각해보니 그건 내가 잘못한 것 같다"고 마을 사람들에게 정중히 사과하고, 그 마을에서 지금도 잘 살고 계세요.

독일은 아직도 나치 부역자들을 찾아서 처벌한다는 기사를 본 기억이 있어요. 얼마 전에 90세가 넘은 어떤 한 노인에게 나치 혐의가 있다고 소환을 요구했잖아요. 인간적으로는 물론 '아이고, 연세가 저렇게까지 드셨는데' 이런 생각 들 수 있다고 생각합니다. 저도 한구석에 그런 마음이 있습니다. 그러나 그 사람이 한 일에 대해서는 책임을 물어야죠.

나치의 전범을 끝까지 추적하고 그 사람들을 법정에 세우는 것에는 처벌의 의미도 있지만, 저는 치유의 의미가 있다고 생각합니다. 그리고 미래에 혹시라도 누군가 그런 일을 꾀하려고 할 때 용기를 주면 안 되니까, 인종 청소라든지 사람이 사람에게 해서는 안 되는 일에 대해서는 단호하게 경고할 필요가 있는 거죠. 그런 게 정당한 권위잖아요. 반인륜적인 범죄에 대해서는 반드시 끝까지 책임을 묻는다는 원칙을 세워야 하는 거죠.

"너희는 반드시 처벌받는다."

1980년 광주민주화운동의 수많은 희생자들에 대해 지금까지 아무도 책임지지 않고 있어요. 책임은커녕 그날의 진실조차 제대로 밝혀지지 않았어요. 그때 당시 국민을 총칼로 찔러 죽인 사람들이 아직도 제대로 심판받지 않고 있죠. 상처가 치유되려면 반드시 책임자 처벌이 선행되어야 하거든요. 책임자 처벌이라는 건 진실을 밝히고 사과하는 겁니다. 그래야 치유든 뭐든 할 수 있는데 아직까지도 그게 안 되고 있다는 게 참 안타깝습니다.

우리는 비록 푸념을 할망정 콩 한쪽, 속옷 한 장에도 칼같이 책임을 지는데, 언제쯤이면 그들이 무릎 꿇고 사과하는 모습을 볼 수 있을까요?

그들을 미워하자는 것이 아니고, 진압대를 투입한 그 권한자들과 책임자를 기억하자는 것입니다. 국가 주권자인 국민을 다치게 한 사람들에게 책임을 물어야 이 땅에 다시는 그런 사람들이 발붙일 수 없으니까요. 과거의 잘못에 대해 책임을 묻는다는 건, 다시는 누구도 그런 짓을 하지 못하게 경고하는 거죠. 그런 의미에서 아직까지 진실을 외면하고 있는 그들에게 반드시 책임을 물어야 합니다.

당시 권좌에 앉았던 사람이 한 일을 제대로 밝히고 법적 책임을 묻지 않는다면, 또다른 누군가에게 그런 식으로 헌법을 어겨도 괜찮다는 빌미를 주는 거죠. 또다시 국민을 총칼로 찔러 죽일 유혹을 느끼지 않겠어요? 임진왜란 때 선조가 백성을 버리고 몰래 도망치니까, 6·25 전쟁 때도 대통령이라는 사람이 국민들에게는 피난 가지 말고 자리를 지키라고 해놓고 자기는 부산으로 도망갔잖아요. 일개 권한자들이 헌법과 법률을 어떻게 위배했는지 밝히고 책임을 묻는 것이, 후손들을 위해 불행한 역사의 반복을 막는 일이라고 생각합니다.

일단 먼저 시인하고, 사죄해야 하는 거죠. 인적 청산은 공동체에서 완전히 소외시키자는 것이 아니에요. 책임이 있는 사람은 그 책임 있는 자리에서 물러나게 하고 부당한 권리나 혜택을 누리지 못하게 하자는 것이죠. 내려오고 난 다음에 만약에 인간적인 사과를 한다면 세월이 흐르면서 국민들이 그에 대해서 또 판단을 할 수 있을 거라고 생각해요. 어떤 사람 자체를 청산하자는 게 아니에요.

　제가 생각하는 적폐청산은, 좌가 정권을 잡으면 우를 쓸어버리고 우가 정권을 잡으면 좌를 쓸어버리는 게 아닙니다. 민주화 정권이 자리잡으면 산업화 정권을 쓸어버리고 산업화 정권이 자리잡으면 민주화 정권을 쓸어버리는 게 아니에요. 40대 이상의 어른들이 힘을 합쳐서 지금의 10대, 20대, 30대들이 살아나갈 세상에 우리가 만들어놓은, 혹시 모를 장애물들을 제거하는 것. 그게 저는 진짜 적

폐청산이라고 생각합니다. 적폐청산, 다른 말로 하면 우리 세대가 싼 똥, 우리가 치우고 가는 것 아니겠습니까? 그래야 아이들이 우리 똥 안 밟고 살 거잖아요.

공자가 어느 날 제자와 길을 가다가 길가에 똥 누는 사람을 보고는 크게 꾸짖었다고 해요. 그런데 하루는 길 한가운데다 똥 누는 사람을 봤는데 그냥 지나갔대요. 그 모습을 보고 옆에 있던 제자가 왜 저 사람은 꾸짖지 않으시냐고 물으니 공자가 "길가에다 똥 누는 사람은 가르치면 바뀔 수 있지만, 길 한가운데다 똥 누는 사람은 가르쳐도 안 된다"라고 했대요.

저는 길 한가운데다 똥 누는 사람이 되고 싶진 않아요.

내가 싼 똥은 내가 치우고 가고 싶어요.

우리 후손들이 살 세상을 제가 바꾸어놓을 수는 없겠지만 적어도 내가 싸놓은 똥은 치워줘야 하지 않을까요? 치워줄래?

경로 안내를 시작합니다

우리 세대가 싸놓은 똥(?!) 중에 제일 큰 게 뭘까요? 저 는 분단이라고 생각해요. 이거 우리 아이들을 위해 걷어 내야 하지 않을까요?

"나는 헌법을 준수하고 국가를 보위하며
조국의 평화적 통일과 국민의 자유와
복리 증진 및 민족 문화 창달에 노력하며
대통령 직책을 성실히 수행할 것을 엄숙히 선서합니다."

그동안 정치 민주화 이후 여러 명의 대통령을 배출했는데요. 그 분들이 취임할 때 이렇게 선서했어요. 그러니까 대통령은 취임을 하 는 순간부터 조국의 평화적 통일을 위해 노력해야 합니다.

사실상 우리나라 경제 구조를 보면 통일을 하지 않고는 우리 아

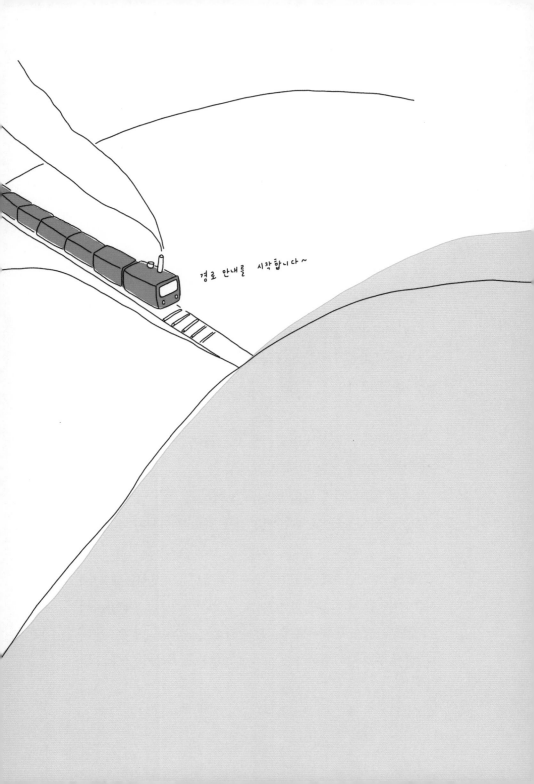

경로 안내를 시작합니다~

이들이 살 미래를 장담하기가 어렵습니다. 지금의 정체기 그대로 가야 해요. 남북 인구를 합치면 8500만 정도 되는데, 인구 1억 명 정도 되면 안정적인 자립 경제가 된다고 하죠. 그런데 이런 얘기는 이제 그만할래요. 통일 비용이니 수익이니 하는 얘기도 안 할래요. 저는 그냥 자동차 타고 유럽 한번 가보고 싶어요.

> 스마트폰 내비게이션에 '오스트리아 빈'을 딱 입력하면
> '목적지까지 8800킬로미터,
> 안 쉬고 가면 88시간 뒤 도착.
> 경로 안내를 시작합니다.'
> 이렇게 안내 멘트가 나온다고 상상해보세요.

통일이 되면 우리 아이들은 삶의 스케일이 달라질 거예요. 섬도 아닌데 섬처럼 갇혀 살면서 이건 이래서 안 되고, 저건 저래서 안 된다는 말만 듣고 살아온 우리 아이들에게, 마음만 먹으면 기차 타고 유라시아 대륙까지 쭉 갈 수 있는 시대를 열어주면 좋겠습니다.

생각만 해도 가슴이 뜁니다. 완전한 통일이 이루어지기 전에라도, 자연의 보고라는 비무장지대에서 남북의 유치원 아이들, 초등학생 아이들이 만나 함께 동물을 관찰하고 식물도 공부하게 되면 얼마나 좋을까요? 남북의 네다섯 살 아이들이 태권도 겨루기도 하고요. 그런 장면, 생각만 해도 참 저릿저릿하지 않습니까? 그리고 이산가족들은 비무장지대에 수시로 드나들 수 있게 해서 자주 만

나 살 비빌 수 있게 해줘야죠. 그렇게 하는 게 우리 세대의 역할이라고 생각해요.

산업화, 민주화를 이루어낸 그 손으로 힘을 합쳐서 통일 대한민국을 이루어, 통일신라 시대 이후 가장 넓은 영토를 가진 민주 공화국을 한반도에 수립하는 것. 유라시아 대륙의 관문이며, 인구 1억 명의 안정된 내수 시장을 가진 나라가 되는 것. 통일 대한민국에서 행복하고 자유롭게, 전쟁의 위협이 없는 시대를 여는 것이 40대 이상의 어른들이 해야 할, 지금부터의 적폐청산이라고 생각합니다.

국민들과 남북 정상의 노력으로 이제 그 첫번째 돌을 놓았습니다.

정치적 통일은 나중에 하더라도 서로 교류하는 통일이라도 차근차근 해나가면 좋겠어요. 이건 좌나 우, 진보나 보수의 문제가 아니라 아이들의 미래가 걸린 문제라고 생각해요. 아이도 없는 제가 아이들 걱정을 하고 있네요.

네, 저나 잘살겠습니다!

당신이 허락한다면 나는 이 말 하고 싶어요

평화로 가는 길은 없어요, 평화가 길입니다

대한민국은 통일을 지향하며, 자유민주적 기본질서에 입각한 평화적 통일 정책을 수립하고 이를 추진한다.(4조)

그런 생각 해봤습니다.

평화란, 우리의 이런 일상을 지켜내고

그리고 우리 아이들이 이런 일상을 누리게 해주는 것이다!

그런 생각 한번 문득 해봤습니다.

오늘 70여 년의 아픔을 어루만지는 그런 날이 되었으면 좋겠습니다.

사람들의 고운 기도가 우리 아이들을 위한,

그리고 수국, 개나리, 민들레의 길을 열었으면 좋겠습니다.

지금까지 평화의 꽃씨를 심은 사람들의 마음이

오늘 이 맑은 날씨처럼 결실을 맺었으면 좋겠습니다.

여러분, 같이 가요, 함께 갑시다!

—2018년 4월 27일 「굿모닝FM 김제동입니다」 '동디' 멘트 중에서

사람들이 통일을 이야기하는 저더러 '종북'이라고 했을 때, "아니다, 나는 경북이다"라고 받아치긴 했지만, 집에 돌아오면 '내가 정말 종북인가?' '내 속에 내가 모르는 내가 있나?' 하는 생각을 하면서 한없이 작아졌어요. 이런 소리까지 들어가며 말하고 다녀야 하는 건가 싶고.

그런데 헌법을 보고 안심이 됐어요. 좌우, 보수와 진보가 합의하고 이 틀만큼은 지켜내자고 선언한 헌법에 적어둔 거잖아요.

요즘 애들 말로 '득템'한 느낌이었어요. 보는 순간 안정감이 느껴졌어요. 이걸 몰랐구나. 이걸 몰라서 그렇게 쫄았구나. 마치 제 인감도장을 생판 모르는 남에게 오래 맡겨뒀다 찾은 느낌이랄까. 그때부터는 누가 저더러 종북이라고 하면 헌법 4조에 평화적 통일 정책을 수립하고 이를 추진하여야 한다, 이렇게 나와 있다고 되받았어요.

보수의 진짜 가치가 뭘까요? 국가를 생각하고, 민족을 생각하고, 아이들을 생각하는 겁니다. 그게 어른 된 도리입니다. 어른은 아이들의 배후가 되어주어야 합니다. 청소년들이 잘 먹고 잘살 수 있도록, 돈 걱정 없이 공부할 수 있도록 해주고, 청년들이 제대로 사랑할 수 있는 나라를 만들어주는 것이 진짜 어른들의 역할이라고 생각해요.

전쟁을 주장하는 사람들도 있습니다. 감정적으로야 '저것들 확 쓸어버리면 좋겠다' 이런 마음 들 수 있습니다. 그러나 자신들의 기득권을 지키기 위해 함부로 전쟁을 얘기해서는 안 됩니다. 사람들의 생명을 가지고 장난치면 안 되는 거죠.

국군은 정치적 중립성을 지켜야 한다는데, 그 국군이 누군가요? 바로 우리 자식들이잖아요. 군인들이 아니고 군복 뒤에 숨어 있는 우리 아이들을 봐야 합니다.

드라마 「태양의 후예」 때문에 많이 아시게 됐지만, 훈련병들은 계급이 없습니다. 그러니 전쟁이 나면 어떤 대우를 받을까요? 전쟁은 그야말로 인간의 가치가 바닥으로 곤두박질치는 현장입니다. 전쟁은 그렇게 끔찍한 겁니다. 그래서 "전쟁하자"고 하는 사람들이 있으면 의심해봐야 합니다. 말은 그렇게 해놓고 과연 전쟁에 참여할 것인지. "전쟁하자"는 사람일수록 전쟁 나면 제일 먼저 도망갈 가능성이 높고, 그 자식들은 이미 해외에 멀리 나가 있을 가능성이 굉장히 높습니다.

전쟁은 무조건 막아야 합니다. 어쩔 수 없이 해야 한다면 반드시 이겨야 합니다. 이 땅에 전쟁이 일어나면, 분단에 책임이 없는 아이들과 10대, 20대가 가장 큰 고통을 겪을 거예요. 그런 위기를 걷어내는 게 어른들의 자세라고 생각합니다.

'적어도 우리 아이들이 사는 세상에서 전쟁 위기는 없어야 한다. 그것을 해결하는 데 있어서 우리 헌법 전문에 나와 있는 것처럼, 헌법 4조에 나와 있는 것처럼, 헌법 69조 대통령 선서에 나와 있는 것

처럼, 평화적인 방법을 포기하면 그것은 좌우, 보수 진보를 막론하고 헌법적 가치를 훼손하는 것이다. 그리고 평화를 외치는 것은 비겁한 것이 아니라 강한 사람만이 감히 평화를 외칠 수 있다.

이것이 제 생각입니다.

평화는 언제나 용기라고 생각해요.
성주에 사드 기지가 사라지고 평화 열차가 통과한다면,
우리뿐 아니라 세계인들이
얼마나 놀라운 시선으로 바라볼까요.
성주가 분단의 상징이 아니라 평화의 상징이 되는 거잖아요.
평화로 가는 길은 없어요.
평화가 길입니다.

우리가 다시 쓰는 헌법 1조

우리 사회가 이뤄낸 역사적 성과, 경제적 성과, 그리고 인적 성과들을 독점하는 무리가 있다면, 과연 이것이 정의인지 물어볼 수 있어야 한다고 생각합니다.

상위 10퍼센트가 사회 전체 부의 50퍼센트를 차지하는 것이 과연 정의인가? 물어봐야 합니다.

일주일에 60시간 넘게 일하는 사람들이 계속해서 가난해져야 한다면 이것이 정의인가? 물어봐야 합니다.

아이들이 엄마와 아빠를 만날 시간이 없다면 이것이 정의인가? 물어볼 수 있어야 합니다.

젊은이들이 몰카 걱정 때문에 마음 편히 생활할 수 없다면 이것이 정의인가? 물어볼 수 있어야 합니다.

입법, 사법, 행정 어떤 과정에도 국민이 제대로 참여할 수 있는 장치가 확보되지 않은 상황에서 겨우 투표만 할 수 있다면 이게 정의

당신이 허락한다면 나는 이 말 하고 싶어요

인가? 물어볼 수 있어야 합니다.

　국민의 마음을 잘 알아주는 국회의원을 만나는 게 가뭄에 콩 나듯 힘들다면, 그마저도 한 분이 돌아가셨다면 이것이 정의인가? 물어볼 수 있어야 한다고 생각합니다.

　정의란 너도 좋고, 나도 좋고, 지금도 좋고,
　나중도 좋아야 하는 것이라면,

지금 우리가 사는 세상이 정의로운지
물어볼 수 있어야 합니다.
지금 당장 우리의 권리를 쟁취하지 못한다 하더라도,
지금 우리가 겪어내는 일들이 정말로 정의인가?
물어볼 수 있는 절차가 확보되어야 합니다.

우리의 이런 질문과 우리의 목소리가 헌법이 되기를 바랍니다. 저
는 지금의 헌법도 좋지만 그런 헌법이면 더 좋겠습니다. 여러분은
어떠세요?

저는 국민들이 헌법을 한 번씩 읽으면서 소감을 이야기할 수 있
다면, 지금도 좋은 나라이지만 앞으로 훨씬 더 좋은 나라가 될 수
있을 거라고 생각합니다. 그래야 헌법에 기반한 참된 애국심도 생길
거라고 생각합니다.

헌법을 읽고 난 다음,
여러분이 생각한, 여러분만의 헌법 1조는 무엇인가요?

유머와 판결문

알비 삭스
전 남아프리카공화국 헌법재판관
×
김제동

알비 삭스 Albie Sachs   법대생이던 열일곱 살 때 인권 운동을 시작해 감금과 추방, 자동차 폭탄 테러를 당하면서도 인종차별에 저항하는 싸움을 계속했다. 1994년 남아프리카공화국 헌법재판소 재판관에 임명되어 2009년에 퇴임하기까지 인간애를 강조하는 여러 판결을 남겼다.

김제동 재판관님의 온화한 미소를 바라보며 말씀을 듣고 있으니 제가 맨 처음 대한민국 헌법을 읽었을 때와 같은 생각이 듭니다. 그때 매우 깊은 감동을 받았고 무척 기쁘기도 했거든요. 이런 질문을 드리고 싶습니다. 선생님을 비롯한 모든 법조인은 전문적인 교육을 받은 사람들입니다. 하지만 평범한 사람들은 헌법과 법에 대해 자세히 알지 못합니다. 그래서 보통은 변호사나 판사, 교수 같은 전문가가 아니면 헌법에 대해 거론하면 안 된다고 생각합니다. 하지만 선생님은 가난한 사람들이 법을 가까이 느끼게 하려고 노력하셨고, 헌법을 그들의 방패막이로 이용하셨습니다. 제가 보기에 그렇지 않은 법관들도 많은 것 같은데, 이유가 뭘까요?

알비 삭스 제 생각에는 헌법이 어떻게 생겨났는지와 어느 정도 관련이 있는 것 같습니다. 자신의 투표권을 위해 싸우고 투쟁하며 희생했던 사람들은 주로 가난한 이들이었습니다. 경제적 혹은 정치적 위기를 타개하기 위해 법적으로 고민했던 이들이 손쉽게 일궈낸 열매가 아닙니다. 정말 긴 역사를 거쳐 힘겹게 얻은 결실입니다. 남아프리카공화국은 더이상 식민지가 아니지만, 독립할 당시 영국인들이 흑인을 제외하고 전체 인구의 10퍼센트에 불과한 백인들에게만 독립의 자유를 주었습니다. 그러므로 민주주의를 통해 우리의 헌법을 만드는 것은 대중이 자신들의 권리를 되찾는 일이었어요. 따라서 일반 대중이 가장 고단한 싸움을 해왔습니다. (자유롭게) 의견을 말할 권리와 투표할 수 있는 권리를 요구했습니다. 그러다 붙잡혀 감옥에 가고, 자유를 위한 투쟁에 기꺼이 목숨을 바쳤습니다. 그런 의미에서 헌법은 이들의 투쟁이 낳은 산물입니다. 그리하여 마침내 모든 국민이 생애 처음으로 투표를 하게 되었을 때, 그건 꿈같은 순간이었습니다. 당시 95세인 한 노인이 손수레를 타고 투표하러 와서는 "투표를 해보기 전에는 절대 죽고 싶지 않다"고 했었죠. 그 노인에게 투표는 하나의 민주적 권리 그 이상이었습니다. 그것은 인간의 존엄이자 평등이며 자유였습니다. 가난하고 거동이 불편함에도 투표소에 나온 많은 이들의 이야기가 남아 있습니다.

그렇기 때문에 헌법을 이해할 때에는 우선 헌법이 그런 이들을 위해 만들어진 것임을 알아야 합니다. 물론 헌법은 부유하고 힘센 이들도 보호합니다. 하지만 돈과 힘이 있고 안락한 삶을 누리는 이들보다 가난한 이들이 훨씬 더 법으로 인정되는 권리를 필요로 합니다. 그런 의미에서 재판관들은 자신의 생각을 헌법에 강제하는 것이 아니라, 헌법의 정신에 자신의 판단을 맞추어야 합니다. 그것이 헌법의 요구에 맞는 결정을 내리는 길입니다. 이건 저 혼자 그렇게 한 것이 아니라 다른 재판관들과 한 팀이 되어서 그렇게 했던 것입니다.

김제동 재판관들이 팀으로 그렇게 하는 경우도 있지만, 선생님이 특히 더 그러지 않으십니까?

알비 삭스 넬슨 만델라에 대해 들어본 적 있죠? 올리버 탐보에 대해서도 들어보셨습니까? 올리버 탐보는 넬슨 만델라와 함께 법률사무소를 열었던 평생의 동지였습니다. 만약 그가 살아 있었다면 2017년이 100주년이었을 겁니다. 그리고 올해는 만델라가 태어난 지 100년이 되는 해입니다. 올리버 탐보는 넬슨 만델라와 성향과 비전이 같고, 대단히 정직한 인물이었습니다. 만델라는 국내에서 저항 운동을 이끌었고, 탐보는 주로 국외에서 인종차별 정책에 반대하는 운동을 이끌었습니다. 탐보의 탄생 100주년을 기념해 그의 고결함과 정직성에 대해 많은 이야기들이 있었는데, 저 또한 그에게서 큰 영향을 받았습니다. 가난한 시골 마을에서 가축을 돌보며 자란 그는 신앙심이 강한 민족주의자였습니다. 성공회 목사가 되려고 했었죠. 반면에 저는 무교 집안에서 자란 국제주의자였습니다. 하지만 그는 제게 큰형님 같았고 저는 그의 어

린 동생과 같았습니다. 저는 국제주의자이고 그는 아프리카 민족
주의자였지만, 우리가 추구하는 이상과 소중히 여기는 가치는 똑
같았습니다. 그의 아프리카 민족주의는 편협하지 않고 민주적
이었습니다. 제가 열일곱 살 법대생이었을 때, 만델라와 탐보가 운
영하는 법률사무소에 찾아간 적이 있습니다. 당시 그 법률사무소
는 1950년대 남아프리카공화국 내에서 유일하게 흑인이 운영하
는 법률사무소였기에 저는 그 두 사람이 매우 존경스러웠습니다.
제가 찾아가면 그들은 저를 "알비 동지"라고 부르며 차를 대접해
주곤 했습니다. 당시 그들이 제게 많은 이야기를 한 건 아닙니다.
하지만 저는 그들의 행동에서 느낄 수 있었습니다. "당신이 우리
의 투쟁에 함께한다면 언제나 환영입니다. 당신이 우리의 이상을
지지하고, 우리의 믿음을 실현하는 데 도움을 줄 의사가 있다면
매우 기쁘게 받아들일 것입니다."

그로부터 30여 년 뒤 저는 그들과 함께 헌법의 토대를 마련하기
위해 노력하고 있었습니다. 참 아름다운 일이었습니다. 그때 한
가지 아주 중요한 사건이 벌어졌습니다. 올리버 탐보가 제게 도움
을 요청했습니다. 아프리카민족회의(ANC, 남아프리카공화국의 인
종차별 정책에 대항해온 흑인해방운동 조직)를 염탐하고 파괴하려는
이들을 붙잡았는데, ANC 헌법에는 그들을 어떻게 처우해야 하
는지에 관한 규정이 전혀 없어 난감하다는 것이었습니다. 그래서
제가 국제법에는 비인도적 처벌이나 대우를 금지하고 있으며, 고
문도 절대 안 된다고 명시되어 있다고 했지요. 그런데 올리버 탐

보가 말하길 "우리는 이미 고문을 사용하고 있다"는 것이었습니다. 저는 믿을 수가 없었습니다. 자유를 위해 싸우는 사람들이 고문을 이용하다니요.

저는 그날 올리버 탐보가 제 생각에 동의한다는 것을 확인하고, 이후 법률 작업을 모두 마쳤습니다. 나중에는 남아프리카공화국의 헌법을 만드는 데 참여했고, 헌법재판관이 된 다음에는 사형제도에 대해 위헌 결정을 내리고, 동성 결혼을 허용해야 한다는 등의 판결을 내렸습니다. 그러나 제가 가장 중요하다고 여긴 법률 작업은, 그때 당시 올리버 탐보와 함께 고문을 금지하는 법을 만든 것입니다. 그들이 우리에게 한 짓을 우리는 똑같이 되풀이하지 않았습니다. 그것을 통해 우리의 도덕성이 그들의 잔인함보다 훨씬 강하다는 것을 보여주었습니다. 우리는 우리가 공유하는 믿음 덕분에 함께할 수 있는 것입니다. 그 믿음 중 하나는 바로 인간다움과 자유를 지키기 위해 투쟁한다는 믿음입니다. 우리는 절대 인간다움을 잃어버려서는 안 될 것입니다. 그리고 이 인간다움을 위한 투쟁은 만인의 것이며, 우리는 우리 영혼이 갖고 있는 인간다움을 잃어버려서는 안 됩니다. (그렇기 때문에) 우리는 고문을 사용하지 않습니다. 이런 정신은 우리가 헌법을 만들기 전, 자유를 위해 투쟁하던 날들에 깊이 새겨져 있습니다. 그리고 ANC의 의장이었던 올리버 탐보가 그러한 정신에 입각한 법을 만들 수 있도록 지지해주었기에 가능했습니다.

김제동 알겠습니다. 그 말씀에 동의할 수 있을 것 같습니다. 우리는 각자의 가슴속에 지니고 있는 인간다움을 잃어버려서는 안 됩니다. 하지만 이 말씀은 드려야 할 것 같습니다. 30여 년 전, 한국에서는 어떤 군인이 쿠데타를 일으켜 대통령이 되었습니다. 그리고 광주라는 지역에서 많은 시민들을 학살했습니다. 하지만 아직도 이 나라에서 전직 대통령 대우를 받으며 살고 있습니다. 많은 이들이 그를 비난했고, 저 역시 그를 비판하고 시위도 했습니다만, 그는 광주에서 희생된 이들에게 사과하지 않았습니다. 오히려 나라를 위해 그랬을 뿐이라고 말합니다. 도대체 그가 말하는 나라는 과연 무엇인지 묻고 싶습니다. 저는 국가라고 하면, 우리 모두가 이웃과 동료, 친구와 어우러져 사는 공동체라고 생각합니다. 하지만 그는 그 자신이 국가라고 생각했었던 것 같습니다. 그래서 저는 가끔 이런 사람을 생각하면, 인간다움을 포기하고 싶은 마음이 들곤 합니다. 저도 선생님과 똑같이 하고 싶은데, 이런 사람을 어떻게 하면 좋을까요? 헌법을 통해 우리가 무엇을 할 수 있을까요?

알비 삭스 남아프리카공화국의 진실화해위원회는 바로 그런 사람들이 자신의 존엄성을 지키며 지난날의 잘못을 시인할 수 있도록 하기 위해 만든 것입니다. ANC 내부에도 그런 무자비한 일을 벌여 진실화해위원회로 갈 수밖에 없었던 이들이 있었습니다. 사람들은 저에게 이렇게 말하곤 했습니다. "알비, 남아프리카공화국에서 진실화해위원회를 지지하는 사람이 어떻게 칠레의 피노체트에 대해서는 처벌하는 것이 옳다고 주장할 수 있는가?" 하지만 그 둘 사이에는 큰 차이가 있습니다. 우리나라에서는 오랜 세월 고통받으며 자유를 위해 투쟁한 이들이 먼저, 아무리 잘못한 사람이라도 진실을 고백하면 사면받을 수 있게 해주자는 제안을 반겼습니다. 반면에 칠레에서는 피노체트 스스로 자신을 사면했죠. 피노체트로 인해 고통받은 이들이 먼저 용서하고 사면해준 것이 아니라, 폭력의 가해자 스스로 사면을 한 겁니다. 또 한 가지, 남아프리카공화국에서는 개개인이 나서서 자신이 저지른 일을 고백해야 했던 반면에 칠레에서는 진실 규명과 관계없이 모든 군인과 경찰에게 일괄적으로 사면을 내려주었습니다. 안타깝게도 피노체트는 죽는 날까지 자신의 잘못을 인정하지 않았지요.

남아프리카공화국에서는 탄핵이 일어나지 않았지만, 인종차별 정책은 잘못된 것이며 다수의 인권을 침해하는 일임을 모두가 인정합니다. 이렇듯 과거에 벌어진 일들이 명백히 잘못된 것임을 인식하고 하나의 새로운 역사를 시작하기까지 진실화해위원회가 많은 기여를 했습니다. 그 덕분에 사람들은 관용을 베풀 수 있었습니다.

그러니 제동씨도 절대 인간다움을 포기하면 안 됩니다. 그렇다고 책임을 묻지 말라는 뜻이 아닙니다. 책임질 사람은 책임을 져야 합니다. 하지만 절대 그들과 똑같이 행동하면 안 됩니다. 고문해서는 안 됩니다. 만약에 그들이 재판을 받게 될 경우, 끔찍한 일을 저질렀으니 공정한 재판을 받을 자격이 없다고 말하면 안 됩니다. 또한 아무리 끔찍한 일을 저질렀어도 사형에 처해서는 안 된다고 생각합니다. 사형 집행은 명백한 인권 침해이기 때문입니다. 국가가 한 사람을 냉혹하게 죽이는 것이지요. 그래서 책임자를 처벌할 때는 반드시 인간다움을 놓지 말고 붙들어야 합니다.

요즘 남아프리카공화국 사람들은 더 풍족하고 번창한 나라가 되기 위해서는 대만과 한국을 본보기로 삼아야 한다고 말합니다. 그렇다고 우리가 독재자를 가질 수는 없지요. 독재 정권이 더 많은 주택과 자동차, 부를 가져다준다 해도 우리는 그런 정권을 원치 않습니다.

애국심에 대해 말해볼까요. 헌법 초안을 만들 당시 우리는 '헌법에 기반한 애국심constitutional patriotism'이라는 개념을 좋아했습니다. 남아프리카공화국 국민임을 자랑스럽게 여기는 이유는, 어떤 부족이나 인종, 정당에 속하기 때문이 아니라 자유인이기 때문이라는 것이죠. 그 자부심은 헌법에 기반한 민주국가에 살고 있다는 사실에서 오는 것이며, 그 자부심이 곧 애국심으로 이어진다는 뜻입니다. 그리고 지금껏 우리는 이런 생각을 지켜올 수 있었습니다.

김제동 네, 맞습니다. 우리는 좋은 집보다 민주주의를 더 열망합니다. 이것이 제 마지막 질문이 될 것 같습니다. 어떻게 하면 우리 같은 평범한 사람도 헌법을 위해 무언가를 할 수 있을까요? 그리고 어떻게 하면 앞서 말씀하신 것처럼 지위가 높은 사람, 돈이 많은 사람들과 함께, 평범하고 힘없는 이들을 위해 헌법이 작용할 수 있을까요? 사실은 두 가지 질문이네요.

알비 삭스 첫번째로 말하고 싶은 것은, 일단 헌법을 마음속에 간직하고 살아간다면 우리는 담대해질 것이며, 헌법도 그만큼 강력한 힘을 갖게 될 것입니다. 두번째, 헌법을 개정할 때 적극적으로 관여하는 것이 중요합니다. 헌법이 무슨 뜻인지 알아보는 것입니다. 우리 한 사람 한 사람이 법률가가 되어보는 겁니다. 헌법은 그 자체로 이해할 수 있어야 합니다. 누구나 읽고 그 의미를 명확하게 이해할 수 있어야 합니다. 헌법의 주요 체계 또한 분명하게 드러나야 합니다. 만약 변화가 필요하다면 적극적으로 관여해야 합니다. 그것은 우리의 후손들에게 물려줄 유산을 만드는 작업과 같습니다. 마치 나무의 나이테와 같습니다. 나무에 또 하나의 나이테가 추가로 형성되는 것입니다. 우리의 손녀 손자들이 자신들을 위해 할머니 할아버지가 이렇게 기여한 것을 알면 기쁘고 자랑스럽겠지 하고 생각하면 뿌듯할 수도 있습니다. 헌법은 법률가들의 것이 아닙니다. 헌법은 국민을 위한 것입니다. 그렇기에 국민들은 무조건 적극적으로 관여해야 합니다. 헌법을 만들고, 해석하고, 헌법이 보장하는 권리를 주장하고, 국가와 모든 이들에게 의미와 특질을 부여하는 것에 말입니다.
남아프리카공화국의 모든 국민은 큰 역할을 담당하고 있습니다.

이렇게 되기까지 정말 오랜 시간이 걸렸습니다. 흑인과 백인은 결코 평화롭게 어우러져 함께 살았던 적이 없어요. 그러니 만약에 선동적인 정치가가 대통령이 되었더라면, 민주주의는 아주 빠르게 파괴되었을 것입니다. 사실 우리 민주주의는 매우 활기차고 굳건하며, 선거도 매우 공정하고 의미 있게 이뤄집니다. 그리고 사람들은 자유롭게 의견을 말할 수 있으며 비판할 수 있습니다. 인간의 존엄성을 이루는 요소 중 하나는 마음속에 있는 것을 자유롭게 말하는 것입니다. 슬프게도 어떤 사람들은 권력을 쥐게 되면 그 권력을 남용합니다. 헌법은 과거에 자유를 위해 투쟁해온 사람들이 (권력을 얻은 뒤에도) 헌법에 기반하여 권력을 남용하지 않도록 도왔습니다. 헌법에 대한 저와 제동씨의 생각이 남아프리카공화국과 대한민국을 이을 수 있다는 사실이 놀랍습니다. 이것이 바로 헌법의 중요성입니다.

김제동 선생님과 말씀을 나눠 무척 영광이었습니다. 그리고 만약 시간이 된다면 한국에 꼭 한번 방문해주시면 좋겠습니다. 그럼 제가 저녁을 요리해 대접할게요. 그리고 한 가지만 더 질문해도 될까요?

알비 삭스 물론입니다.

김제동 혹시 제가 어떤 일을 하는 사람인지 아시나요?

알비 삭스 기자 같은데요.

김제동 사실 전 변호사입니다. 아니에요, 농담입니다. 저는 한국에서 코미디언으로 활동하고 있습니다. TV 쇼에서 사회를 보기도 합니다. 제가 좀 배우같이 생겼지만 사실은 코미디언이에요.

알비 삭스 그 말을 들으니 매우 기쁘네요. 놀라운 일입니다. 코미디언이 저를 인터뷰하고 있다는 사실이 매우 자랑스럽네요.

김제동 제가 코미디언이라도 헌법에 대해 말할 자격이 있는 걸까요?

알비 삭스 물론입니다. 말할 수 있을 뿐 아니라 '반드시' 말해야 합니다.

김제동 꼭 말해야 한다고요?

알비 삭스 사실은 제 판결문에 "그냥 웃고 넘기라"라는 얘기를 한 적이 있습니다. 책에 나와 있는 사건이에요. 그때 당시 저는 법이 과연 유머감각a sense of humor을 가질 수 있을까 질문했었는데요. 유머는 민주주의를 유지하기 위해 중요한 요소입니다. 이것은 민주주의가 허용한 것일 뿐 아니라 민주주의를 위해 꼭 필요한 것이기도 합니다. 유머가 없었다면 긴장 상태가 너무 심각해졌을 테니까요. 유머는 위기와 분쟁, 그리고 심각한 문제들을 폭력이나 살상이 아니라 단순히 생각을 바꾸는 것으로 해결할 수 있게 합니다. 그래서 저는 웃길 수 있는 권리를 지지할 뿐만 아니라 웃으며 살아야 할 의무가 있다고 생각합니다.

김제동 그렇게 말씀해주셔서 고맙습니다. 독재자에게는 긴장이, 민주주의는 유머가 필요하다는 말씀이시군요. 귀한 시간 내주시고, 인간의 존엄과 인간의 평등에 대해 말씀해주셔서 고맙습니다. 무엇보다 선생님의 웃음, 눈빛, 그리고 몸짓이 매우 인상 깊었습니다. 앞으로 우리나라를 위해 최선을 다하겠습니다. 저는 유머로, 선생님은 열정과 헌법으로 그렇게 하시리라 생각합니다.

당신이 허락한다면
나는 이 말 하고 싶어요
ⓒ 김제동

1판 1쇄 발행 2018년 9월 5일
1판 7쇄 발행 2024년 12월 5일

지은이 김제동
펴낸이 이선희

기획편집 이선희
모니터링 박소연
디자인 표지 송윤형 본문 이현정
광고 디자인 최용화 장미나 이연우
마케팅 정민호 박치우 한민아 이민경 박진희 황승현
브랜딩 함유지 함근아 박민재 김희숙 이송이 박다솔 조다현 배진성
제작 강신은 김동욱 이순호
제작처 영신사

펴낸곳 ㈜나무의마음
출판등록 2016년 8월 25일 제406-2016-000107호
주소 10881 경기도 파주시 회동길 210
문의전화 031-955-2696(마케팅) 031-955-2643(편집) 031-955-8855(팩스)
전자우편 sunny@munhak.com

ISBN 979-11-959068-4-0 03810

www.munhak.com